무한의 저편으로

OVER THE INFINITE

1

Futatsugi Gorin

후타츠기 고린

GAWAIN
가웨인

FILOS
필로스

RIRIKA
리리카

GWAL
그왈

CHITTA
칫타

YUKITO
유키토

TSUNA
츠나

CHARACTERS

무한의 저편으로
OVER THE INFINITE

CONTENTS

제1장
미궁도시의 두 사람

자! 나를
해치우고
앞으로 가!

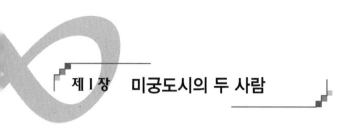

제1장 미궁도시의 두 사람

∞ 프롤로그 『두 번째 프롤로그』

익숙한 왕도(王都)의 돌길을 혼자 걷는다.

아직 주변은 어둡고 태양도 거의 얼굴을 드러내지 않은, 이른 아침이라고 부르기에도 이른 시간대. 새벽을 여는 번화가의 장인들이 겨우 일어나기 시작할 무렵이나 됐을까.

지금 왕도를 나가 조금만 멀리 벗어나면 끝없는 황야 끝에서 일출을 확인할 수 있을 것이다.

어두운 데다 굉장히 진한 아침 안개로 시야가 막혀 있지만 익숙한 길을 걷는 데에는 아무런 문제도 없다.

어제 어떤 사정으로 손에 들어온 돈으로 산 신발을 통해 전해지는 바닥 감촉이 좋다. 싸구려라 해도 튼튼한 감촉이 이제 신천지로 간다는 실감을 전해 준다.

원래라면 신발 말고도 준비해야 할 게 많지만 오랫동안 입은 옷도, 가방으로 쓰는 자루도 아직 쓸 만하다. 앞으로 갈 도시에서 새로 사서 바꾸면 된다.

먹을 건…… 조금밖에 없지만 마차를 이용할 수 있는 것 같으니 움직일 수 없어서 목적지에 도착하지 못하는 일은 없을 것이다. 이틀이나 사흘 정도 못 먹는 거라면 어떻게든 버틸 수 있고, 그런 건 익숙하다. 얼마 전까지 신세를 졌던 술집에서도 축하의 의미로 마지막 식사를 성대하게 차려 줬다.

임시 수입 덕분이리라. 평소에는 박하게 대우하면서, 참 약삭빠르기도 하셔라. 뭐, 야반도주라는 최악의 패턴으로 여행길에 오른 건 아니니 그쪽도 불만은 없을 거다.

목적지는 왕도의 대문을 나와 약간 떨어진 곳에 있는 것 같다.

이 시간대에도 문 가까이에는 마차와 사람이 있다. 아마도 교역 상인이겠지. 문 가까이에서 철야를 하며 아침 일찍 마을로 들어가는 수속을 해 준다는 곳이 저긴가.

마차를 이용해 마을로 들어오고 나갈 경우의 수속은 까다롭지만 난 이 몸 하나다. 밤 당번 위병과 인사를 하고 간단한 수속을 마치고는 문을 나선다.

정기적으로 전용 마차가 온다는 지정 장소에 와 보니 이미 다른 손님이 먼저 와 있었다.

작은 여자아이로 머리가 하얗다. 도저히 그렇게 보이지는 않지만 이 아이도 소문의 '미궁도시'로 가려는 걸까.

이곳은 마차 정차장도 뭣도 아니지만 소문대로라면 분명 여기일 것이다.

"미궁도시로 가는 마차는 여기에서 기다리면 돼?"

동행자라면 앞으로 며칠간은 함께 지내게 될 것이다. 커뮤니케이션은 해 둬야만 한다.

멀리서 봤을 때도 작다고 생각했지만, 가까이서 보니 생각보다도 훨씬 작았다. 아마 150센티미터도 안 되겠지.

하지만 그보다도 외모의 임팩트 쪽이 더 강하다.

광택 어린 하얀 머리카락은 부드럽게 웨이브가 져 있고 눈동자는 붉다. 그 조합은 색채가 풍부한 이 세계의 외모 중에서도 단연 눈에 들어올 정도로 독특하고, 예쁘장한 생김새와 굉장히 잘 어우러져 환상적인 아름다움을 자아내고 있다. 확실히 미소녀다. 느낌만으로 본다면 약간 토끼 같다.

"맞아. 이제 곧 오지 않을까."

상대도 날 동행자라고 인식해 준 모양이다.

그런데 목소리도 상당히 귀엽다. 외모도 포함해 도저히 모험가가 되려 하는 사람처럼은 안 보인다.

드레스만 입으면 귀족 따님이라 해도 문제없이 통할 것이다. 슬럼가를 걸으면 세 발짝도 못 가 납치될 부류의 외모다.

다만 망토와 자루뿐인 나와는 달리, 그녀의 망토 밑으로 금속제 무기 같은 게 여럿 보이는 걸 보니 목적이 같은 건 확실한 모양이다. 단순한 호신용이라기에는 좀 살벌한 숫자다.

"아무래도 긴 여행이 될 테니 자기소개라도 해 둘까. 난 츠냐야."

"츠나……? 이상한 이름이네. 난 유키…… 응, 유키라고 불러 줘."

상대가 이상한 이름이라고 반응하는 건 익숙하다. 그보다 그러는 유키도 꽤나 이상한 이름이라고 생각한다.

외모에서 일본어의 '유키(雪)'를 연상시키는데 혹시 부모가 전생에 일본인이었던 걸까. 하얘서 이 이름을 지었다거나. ……아니면 이 녀석이 스스로?

"혹시나 해서 물어보는데 설마 전생에 일본인이라거나 그런 건 아니겠지? 부모님에게 일본어로 '유키'라는 말 들은 적 없냐?"

"아……."

반응을 보니 빙고였나 보다. 게다가 본인이 일본인인 것 같다. 이 세계로 와 처음 만난 같은 동향 출신이다. 지구인을 기준으로 하면 여관에 있던 네팔 사람 이후로 처음이다.

"그게, 맞아, 전 일본인이야."

"그러냐, 나도야. 일본인은 처음 만나."

"엄청난 확률이네. 약간 놀랐어."

신천지로 떠나는 여행 첫날에 같은 고향 출신을 만나다니, 이건 정말 운명적이다.

약간 뜬금없는 이야기지만, 나에게는 지난 생의 기억이 있다. 과거 지구라는 별의 일본이라는 섬나라에서 살았던 기억이다.

전생(轉生)…… 환생이라고 말하는 게 좋을지도 모르지만, 아무튼 그런 미심쩍은 체험을 하고 있다.

그렇다고는 해도 어떻게 죽은 건지, 애초에 정말 죽은 건지조차 확실하지 않다.

기억에 있는 전생의 마지막은 분명 평범한 일상이었는데 정신을 차리고 보니 지구와는 다른 이 세계에 태어나 있었다……. 다시 말해, 이 세계의 내가 전생의 기억을 생각해 낸 것이다.

실은 기억만이 유입됐다는 설정이고 저쪽의 난 평범하게 생활하고 있을 가능성도 없는 건 아니지만.

"나도 전 일본인을 만난 건 처음인 것 같은데."

"전생을 가지고 있는 사람만 본다면 많은데……."

다만 유감스럽게도 이 세계에는 전생의 기억을 가지고 있는 케이스가 드물지 않다.

흔한 건 아니지만 30~50명에 한 명 정도는 있는 존재인 것 같다. 반에 한 명 정도는 있던 희한한 성을 가진 녀석 정도의 비율이다.

기억을 되찾았을 때는 자신을 특별하다고 느껴 다가올 미래에 가슴이 부풀었지만 나의 희소성은 그냥 그 정도였던 것이다.

전생에서 읽었던 인터넷 소설에서는 나처럼 다시 태어나 현대 지식을 사용해 생활을 개선하거나, 신에게 치트 능력을 받아 몬스터 상대로 대활약하는 이야기가 넘쳐나고 있었다.

같은 경우라면 '어쩌면 나는 세계 최강!!!' 하며 기대에 부풀겠지만 크게 특별하지 않은 것이다. 반칙 같은…… 치트 비슷한 능력도 없다.

"있잖아, 그런데 어떤 거 기억해? 만화 같은 건 어떤 걸 읽었다거나."

만화는 물론이고, 연예인, 정치, 스포츠 이야기도 문제없이 가능하다. 아무래도 10년도 더 된 일이라서 잊은 것도 많지만 일반 상식 같은 거라면 문제없다.

처음 만난 사람과 종교와 정치, 야구 이야기는 피하는 게 좋을 것 같으니 만화라는 주제는 나쁘지 않다.

"그런 건 거의 또렷하게 기억하고 있어."

미소녀가 말을 거는데 기분 나쁠 일은 없다.

게다가 공통의 화제도 풍부할 것 같다. 이런 건 첫인상이 중요한 거다. 스타트가 좋다.

"나도 거의 다 기억하고 있긴 하지만 같은 문화의 전생을 가진 사람이 없었기 때문에 무지 신선해."

"나도 그래. 여기에서 제일 가까운 여관에 전 네팔인이 있긴 하지만 그 사람은 많은 걸 기억하고 있지는 않은 것 같더라고."

"아, 나도 알아. 이상한 느낌이었어. 서로 네팔어와 일본어를 모르는데도 대륙 공용어로 통하니까 말이야."

기억이 있다고 해도 내용과 정도는 사람마다 제각각으로, 그 네팔인은 성인이 된 다음부터 죽을 때까지의 기억이 상당히 흐릿한 것 같았다.

기억이 어렴풋한 걸 넘어 거의 아무것도 기억 못하는 케이스도 많아 나처럼 선명하게 기억하고 있는 케이스는 다소 드문 청도는 되는 모양이다.

대부분은 전생의 이름과 성별이 기록으로 남아 있거나, 인상이 강한 체험만을 떠올릴 수 있는 정도라고 한다.

"그럼 유키라는 이름은 전생의 이름인 거야?"

"으, 응…… 맞아."

전생이 있는 자는 태어났을 때부터 이름이 기록으로 존재한다. 교회에 가 특수한 도구로 '스테이터스'를 보면 여러 가지 정보와 함께 그곳에 표시되는 것이다.

그래서 그 이름을 그대로 쓰거나 이 세계의 이름과 조합하기도 하는 케이스도 많다.

때문에 이 세계에서는 나라나 지역에 따라 이름을 짓는 룰과 관습이 거의 없어 자유로운 이름이 많다. 통일성은 전혀 없다. 독자적 언어를 쓰고 있는 아인종(亞人種)에서 그 경향을 볼 수 있을 정도다.

"이봐, 꽤 친해 보이는데. 친구 사이냐?"

그런 전생의 화제로 이야기꽃을 피우고 있자니 또 다른 한 명이 다가왔다.

아지랑이로 덮여 그림자밖에 보이지 않아서 몸집이 꽤 큰 남자라고 생각했지만 가까이 오니 인간조차 아니었다.

"도마뱀……."

"그래, 도마뱀이다. 리저드맨이다."

직립하는 파충류형 아인, 리저드맨. 사람의 말을 이해하고, 일부이긴 하지만 인간과 같이 생활하는 자도 있는 소수 종족이다. 몬스터가 아니다.

그 밖에도 이 세계에는 신체 일부가 짐승의 부위로 되어 있는 수인과 판타지에 필수로 등장하는 엘프, 드워프 같은 요정족도 존재한다.

하지만 수는 적다. 있다는 이야기는 들어 봤지만 지금까지 아인을 만난 적은 없었다.

"리저드맨 같은 거 처음 봤어. 당신도 미궁도시로?"

"아니, 난 반대야. 미궁도시에서 왔다. 왕복편의 마부거든."

아무래도 이 리저드맨이 우리를 미궁도시로 데려가 주는 모양이다.

마차도 가까이에 있지만 아지랑이 때문에 보이지 않을 뿐인 것 같다.

"일단 규칙이니 사전에 이름과 나이를 물어봐도 될까? 그리고 모험가 지망 이외는 못 데려가니까 혹시 관광이 목적이라면 다른 편을 찾아봐."

모험가가 되기 위해 가는 거라 문제는 없다.

"난 츠나. 열다섯 살이야."

리저드맨은 어딘가에서 꺼낸 종이 뭉치에 이름을 기입했다.

……잉크 없이 쓸 수 있는 건가? 무슨 마법구인가. ……설마 볼펜은 아니겠지.

"좋아, 츠나……라. 본명이지?"

"본명입니다."

리저드맨에게는 이상한 이름으로 들리지 않는지 반응은 평범하다.

"그쪽 하얗고 쪼그만 사람은?"

"……아, 그게…… 꼭 본명이어야 하나요?"

"딱히 상관없지만, 마을에 들어갈 때 심사하면 바로 드러나거든."

심사가 있는 건가. 살짝 귀찮을 것 같지만 나에게는 더는 물러설 데가 없으니 별수 없다.

……그보다 조금 전에 말한 유키라는 이름이 본명이 아니었다는 건가?

"저기…… 그게…… 유키토입니다. 열네 살."

"오케이, 유키토."

"유키 아니었어? ……애칭?"

"유키토는 남자 이름 같아서 싫거든."

……아, 그랬구나. 하지만 그건 일본인 이름이잖아. 이 세계에서 신경 쓸 일은 아닌 것 같은데.

"남자가 남자 이름인 게 뭐가 어때서."

"엥?"

리저드맨이 이상한 말을 내뱉었다. 그 말은 들은 유키도 눈을 동그랗게 부릅뜨고 있다.

"누가 남자?"

"이 녀석."

당연한 소리를 하고 있는데 뭐가 이상하냐는 듯한 눈빛으로 날 본다. 리저드맨이라 표정을 읽기 힘들지만 확신하고 있는 것 같다.

다시 한 번 유키를 보니 거북한 표정으로 내 시선을 피하고 있었다.

"……아, 네. 남자입니다."

"…………뭐?"

내 귀를 의심할 정도로 경악스러운 사실이다. 아무래도 이세계(異世界)에서 처음 만난 전 일본인은 소위 [*]오토코노코'였던 모양이다.

"……진짜?"

"상당히 본의 아니게 진짜야."

확실히 그다지 여자애 같은 말투는 아니었지만, 남자들만의 직업인 모험가니까 의도적으로 그러는 거라고 생각하고 있었다.

진실을 알고 다시 봐도 여자애로 보인다.

……실은 속이고 있을 가능성도 있기 때문에 정말로 달려 있는지 확인하는 편이 좋을지도 모르겠다. 남자들끼리니 분명 그리 큰 문제는 아닐 테지만 좀 흥분해 버릴 것 같다.

외모도 목소리도 여자아이, 본인도 여자인 척하고 싶어 하는 것 같다.

뭔가 사정이라도 있는 건지 물어봤더니 유키는 전생에서 여자였다고 한다. 아직도 남자 몸에 익숙하지 않은 모양이다.

그래도 벌써 14년이나 남자로 살고 있으니 받아들이라고 말하고 싶지만 본인은 납득하지 않는다. 완고하다.

---

* 오토코노코: 신조어. 여장한 남자 중에서도 미소녀와 구분이 안 가는 계열을 총칭하는 말.

전혀 상관없는 이야기지만 이 리저드맨도 전생자인 듯, 전생에는 마두인(馬頭人)이라는 의문의 종족이었던 모양이다. 기억은 거의 없는 것 같지만.

여기 세 사람 모두 전생자라니 상당한 레어 케이스 아닐까.

"저기…… 어떻게 남자라는 걸 알았죠?"

약간 낡은 마차까지 안내받은 다음 다른 승객이 없는지 기다리는 동안 유키가 리저드맨에게 물었다.

그건 나도 궁금했던 부분이다.

"너희가 알아듣기 쉽게 말하면 말이지…… 아, 교회에서 스테이터스를 보는 거랑 마찬가지야. 그런 스킬이 있어."

"아, 그렇군요."

그런 거라면 도저히 속일 수 없겠군.

이 세계에는 전생의 컴퓨터 게임 같은 데에 존재했던 스테이터스…… 〈힘〉이나 〈민첩성〉이 수치화되어 있다.

교회에 가면 이 정보를 알아볼 수 있는데 그 안에 이름과 성별도 포함되어 있는 것이다.

룰은 좀 명확하지 않지만 근육 트레이닝 등을 해 주면 그 능력치가 상승한다. 게임이었다면 레벨이 올라가 이 수치가 증가하기도 하겠지만 레벨을 적는 칸은 없다.

덧붙여 HP와 MP도 없다. 능력이 올라간 것에 대한 확인과 기준 정도로밖에 쓸 수 없는 수치다.

나는 잘 모르지만 이 수치를 기준으로 채용을 정하는 직업도 있는 모양이다. 야박한 이야기다. 일단 낮은 수치인 게 드러나 버리면 대충 속여 넘어가는 것도 불가능하다.

이렇게 게임 같은 스테이터스 수치가 있어서 전생을 기억해 냈을 당시는 뭔가 특수한 게임 세계에 갇혀 있다는 케이스도 생각했지만, 이 수치에 게임적인 요소는 전무하다. 완력을 키우려면 운동과 신체 단련을 하는 수밖에 없다. 지난 생과 다를 게 없다.

"기프트나 스킬도 보이는 건가요?"

"아니, 난 못 봐. 교회 인간들과는 약간 다르지."

게임적인 요소라고 하면 유키가 말하는 '기프트'와 '스킬'이 가장 게임스럽다. 이 아저씨한테는 보이지 않는 것 같지만 스테이터스와 마찬가지로 그 사람이 갖고 있는 기능을 확인할 수 있는 것이다.

이야기를 들어 보니 아저씨한테는 스킬은 보이지 않아도 이름은 보이는 것 같다. 조금 전 문답은 이름을 속이고 있지는 않나 하는 테스트를 겸했는지도 모르겠다.

마차는 황야의 지평선에서 떠오른 태양의 햇살을 받으며 덜그 럭거리는 소리와 함께 앞으로 나아간다.

우리가 탄 마차는 본래 손님을 태우는 용도가 아니라서 간이

덮개만 달려 있을 뿐이다. 그 짐칸에 똑바로 앉아 있으려니 엉덩이가 무지 아프다.

공짜로 태워 준 거니 불평할 수는 없지만 내 엉덩이의 피해는 심각하다. 또 다른 동승자는 좀 더 심각한 모양으로 어떻게든 충격을 줄이기 위해 악전고투하고 있다.

여자애였다면 내 위에 앉히는 것도 완전 환영이지만……. 하지만 이 외모라면 가능할 것도 같은데? 아니, 아니 이상한 데라도 닿으면 트라우마가 될 것 같잖아.

"미안하군. 모험가용 마차였다면 좀 더 좋은 마차를 쓸 수 있었을 텐데. 뭐, 공짜니까 참아 줘."

도마뱀 아저씨는 커다란 입을 쩌억 벌려 웃으면서 말했다.

아저씨는 도마뱀이라서 분명 엉덩이 가죽도 두꺼울 것이다. 끄떡없어 보인다.

무슨 이유인지는 모르겠지만 공짜라는 건 무지 고맙다. 지금은 주머니가 두둑하지만 이건 신천지에서의 활동 자금이다. 여러 가지를 사야 하니 아껴야 한다.

타고 있는 건 나와 유키, 도마뱀 아저씨뿐이다. 결국 우리 말고 이 마차를 타는 사람은 나타나지 않았다.

애초에 모험가를 생업으로 하고 있는 사람들은 또 다른 마차 편이 있는 모양이다. 그쪽은 좀 더 좋은 마차로, 그것과 비교하면 일반인용인 이 마차는 대우가 좋지 않은 것 같다.

역시 실적이 다르면 이런 건가. 가령 '미경험자 환영'이라고 해도 경험자가 우대받는 건 어쩔 수 없는 일이다.

하지만 짐도 없어 짐칸이 텅텅 빈 덕에 잠자리 공간을 걱정하지 않아도 된다는 건 다행이다. 어제까지는 말을 신경 쓰며 자야 했으니까.

"그 마차는 밥도 침낭도 지급되지만 말이야. 이 마차는 미안하지만 본인들이 챙겨 온 보존식으로 참아 줘."

"네."

"…………."

하루 이틀은 참을 생각으로 먹을 것은 거의 가져오지 않았다. 하지만 밥이 지급되는 마차가 있다는 소리를 들었더니 갑자기 배가 고파지는 것 같다.

……당연한 거겠지만 유키는 밥을 제대로 챙겨 온 모양이다. 넉넉하다면 좀 나눠주지 않을까.

"미궁도시에는 언제 도착할 예정이야? 며칠 걸린다고 들었는데."

"트러블이 없으면 대부분 3일. 사람이 적고 가벼워서 크게 늦을 일은 없을 것 같은데."

3일이라…… 그 정도라면 문제없다. 그쪽에 도착하면 바로 뭔가를 먹자. 소문대로라면 맛있는 걸 먹을 수 있을 것이다.

"그런데 정말 왕도에서 떨어지면 아무것도 없구나."

"유키는 왕도에서 나온 적 없는 거야?"

"고작해야 주변 정도였지. 이쪽은 아무것도 없다는 이야기는 들었지만 이렇게까지 아무것도 없을 줄은 몰랐어. 츠나는?"

"황야 입구까지라면 가 본 적 있어."

그곳을 넘으면 정말 아무것도 없는 땅이다.

덮개 틈 너머로 보이는 건 끝없이 펼쳐진 황야로 지평선 너머까지 변변한 목초조차 찾아볼 수 없다. 길다운 길도 없다.

마차를 타고 겨우 몇 시간밖에 지나지 않았는데도 이 모양이다. 걸어서 여행하기는 힘들 것이다.

도마뱀 아저씨 말에 따르면 이곳은 아주 먼 옛날부터 황야로 사람이 다니지 않는 장소였다고 한다. 정말 이런 땅에 소문의 도시가 진짜 존재하는 건지 불안해질 정도로 불모의 땅이다.

지금 우리가 향하는 곳에는 '미궁도시' 라 불리는 도시가 있다고 한다.

왕국의 일부인 것 같지만 타국과 접해 있음에도 왕도 이외에서의 출입국은 불가. 왕도에서 들어오는 경우에도 출입국 수속이 필요한, 거의 독립된 자치권을 갖고 있는 특수한 도시. ……이른바 '뭐든 원하는 소원이 이루어지는 도시' 라고 한다.

그곳에는 그 이름 그대로 미궁…… 던전이 있고, 수많은 '모험가' 가 그곳을 탐색하며 하루하루 먹고살 양식을 얻고 있다고 한다.

던전 자체는 그 도시 말고도 어디든지 있는 것 같지만, 그걸 탐색하는 게 직업으로 성립될 정도로 이용되는 건 그곳밖에 없는 것 같다.

확실히 이 세계에 태어난 지 십수 년이 지났지만 던전을 탐색하는 것만으로 돈을 벌 수 있다는 이야기는 미궁도시의 소문 말고 들어본 적이 없다.

솔직히 말해 왠지 의심쩍은 수상한 소문밖에 없다. 나도 어느 정도의 승산이 없었다면 이 마차에 탈 일은 없었을 것이다.

그런 도박을 하지 않으면 안 될 정도로 이 세계는 살벌하다. 살아간다는 것마저 힘들다. 이런 꿈같은 이야기에 매달리는 거야말로 살기 위해서다.

왕후귀족처럼 멋진 생활을 하고 싶다거나, 영웅 같은 명성을 원하는 게 아니다.

남들처럼, 아니 최소한도로 인간의 존엄을 지킬 수 있을 정도의 생활을 하고 싶다는 일말의 희망을 가지고 미궁도시로 향하는 것이다.

"그러고 보니 츠나는 왜 미궁도시로 가는 거야?"

"생활을 위해서."

내 대답에 유키의 얼굴이 굳었다. 스스로 생각해도 너무 현실적인 대답이지만 세상이 그런 것이다.

뭐든 원하는 걸 이룰 수 있는 동네라면 일단 기본적인 평범한 생활을 하게 해 주기를. 다음 일은 그때 생각하자.

이 세계에서 내 고향은 상당히 가난한 시골로 먹을 것조차 변변치 못했다. 1년에도 몇 명은 굶어 죽는 레벨이다.

그런 시골에서 난 촌장 격인 집의 삼남으로 태어났는데, 이런 세계의 농가에서 삼남의 지위는 상당히 낮다.

장남은 가문의 후계자라 상속할 집도 밭도 있다. 차남은 장남에 비해 지위는 상당히 낮지만 그래도 장남의 예비로 사는 것은 가능하다.

하지만 삼남은 예비의 예비라 돌아오는 식사량마저 적다. 변변한 옷도 얻어 입을 수 없다. 겨울은 지옥이었다.

아버지가 늘 하는 말이 "여자애였다면 팔기라도 했을 텐데 어째서 사내놈들만."이었다. 대를 이을 남자를 못 낳은 집안에 사과하고 싶을 정도다.

심한 이야기지만 시골에서는 그게 흔한 일이다. 여자애는 매년 팔려 갔기에 숫자가 적어서 어느 집이든 장녀 정도밖에 없었다.

판타지 소설이라면 본격적으로 본편이 개시되기 전에 마을의 귀여운 여자애와의 로맨스가 그려지기도 하지만 그런 이벤트가 발생할 여지는 손톱만큼도 없다.

덧붙여 젊은 남자도 거의 없다. 내가 어릴 적에 터진 전쟁으로 대부분은 징병된 데다 돌아왔어도 바로 팔려 가 버렸다.

고향에 남아 있는 사람은 젊은이 몇 명과 노인 그리고 어린아이 약간뿐이다. 한계 촌락 정도의 레벨이 아니었다. 한계 돌파 촌락이다.

팔 수 있는 인간은 다 팔아 인구가 적어졌지만 여전히 먹을 건 부족했다. 산에 먹을 수 있는 동식물이 있을 때는 괜찮았지만 그것마저 씨가 말라서 심할 때는 마을 사람을 먹을 계획까지 세울 정도였다.

우리 집은 촌장 비슷한 걸 하고 있었기에 살아남을 수 있었지만 마을 사람들은 훨씬 더 비참했다.

뭐, 매년 그렇게 심했던 것은 아니지만 어쨌든 힘들었다는 건 이해했으리라.

일본에서 풍요롭게 생활한 기억이 있었다면 그 상황이 훨씬 더 괴로웠겠지만, 가난한 건 익숙했기에 난 매일 필사적으로 서바이벌을 하면서 살아남았다.

그러던 중 장남의 결혼이 결정되었고, 사전에 다 준비된 거였는지 반년 후에는 후계자가 되는 아들도 태어나 차남과 삼남인 나는 쫓겨났다.

형제 둘이서 생활해야만 한다는 걸 어쩔 수 없이 받아들였다. 그래도 거의 입은 옷 그대로 쫓겨난 우리는 불과 며칠 전까지 왕도에서 허드렛일을 하며 생활해 왔다.

사실 쫓겨나는 타이밍이 나빴다면 잡아먹혔을 수도 있다.

"너무 심하다."

"아니, 이런 건 말이야. 일본에서의 상식에 계속 사로잡혀 있으면 확실히 죽어. 노예 시장의 시세가 폭락해서 몸을 파는 것조차 안 되는 상황은 상상도 못했지."

"아, 그러게. 우리 집은 거래하지 않았지만, 길드가 같았던 노예상의 이야기를 듣긴 했어. 파는 값도 엄청 싼 것 같더라."

왕도로 간 뒤 노예라면 밥 정도는 먹을 수 있을 거라는 생각에 몸을 팔러 갔지만 황당하게도 매수를 거부당했다.

너무 수가 많아 유지비로 적자가 나는 상태라서, 노예가 되는 것도 보증금을 내고 흥정해야만 하는 모양이었다.

왕도에서 제일 큰손이라 불렸던 노예상도 그 수준이다. 그 어디에서도 사 주지 않는다.

그렇게 오갈 데 없게 된 우리 형제는 먼 친척에게 매달리시다시피 해서 그 연줄로 술집에서 견습 점원으로 일하게 되었다.

술집에서 일하면 일단 밥 걱정은 없을 거라고 생각했지만, 남은 음식은 슬럼의 사람들에게 헐값에 팔아넘겨 우리에게 돌아오는 몫은 입에 풀칠만 할 정도의 양이었다.

급료도 거의 받지 못했기 때문에 별도로 식료품을 사는 것도 불가능했다. 그래도 고향 시골보다는 낫다고 생각했다.

도쿄 뒷골목에서 버린 음식물을 찾아다닐 수 있다면 모든 걸 버리고라도 갔으리라. 유통기한이 지난 편의점 음식 같은 것도 지금은 진수성찬으로 느껴진다. 기억 속 포식의 나라는 그 정도로 빛나 보였다.

"난 약간…… 아니, 상당히 나았던 것 같네. 같은 삼남이긴 하지만 우리 집은 꽤 크게 장사를 했기 때문에 비교적 유복해서 밥을 못 먹거나 쫓겨나는 일은 없었으니까."

"뭐, 내가 이렇게 옛날 이야기를 할 수 있는 것도 왕도로 간 뒤 좀 더 심한 이야기를 들었기 때문이야. 아니, 진짜 완전 심해. 비교적 심한 생활을 한 내가 충격 먹을 이야기가 주변에 널렸거든. 노예상에서 허드렛일을 하는 크리프 씨 같은 경우는 너무 심해서 꿈에 나오는 레벨."

"됐어, 듣고 싶지 않아."

뭐야, 크리프 씨는 진짜 끝내준다고. 인간의 존엄 따위 산산조각이 난 반평생을 보내고 있으니까.

저 따위가 불행 자랑을 해서 죄송합니다 싶을 레벨이다. 어렸을 적에 친하게 지낸 사람을 해체한 일화는 듣기만 해도 구역질이 나올 레벨이었다고.

앞으로 내 인생에 또다시 크리프 씨가 출연하는 일은 없겠지만, 그의 장절한 반평생은 여전히 내 마음에 각인되어 쉽게 떠나지 않는다. 그렇게는 되고 싶지 않다는 표본이다.

"그런 이유로 인생 대역전을 꿈꾸며 미궁도시의 모험가가 되겠다는 건 누가 봐도 이상하지 않겠지. 시민권이라도 있었다면 이주에 제한이 있겠지만 그딴 잘난 건 없으니."

"드물긴 하지만 이상하지는 않아. 근처 마을에서 모험가를 해도 돈이 안 되고, 일확천금의 찬스도 없으니 말이야."

그렇다. 이 세계에도 완력을 살린 직업이나, 판타지 소설과 게임에 나오는 모험가가 있다. 술집에서 일하고 있을 때는 그런 사람들을 많이 봤고 이야기도 들었다.

……물론 존재는 하지만 이야기를 들을수록 힘든 직업이었다. 되는 건 쉽지만 멀쩡한 생활이 가능할 것 같지 않았다. 그러니 미궁도시의 소문을 믿는 건 정말로 도박인 것이다.

"미궁도시 소문에 기회가 있다거나 돈을 벌 수 있다는 듣기 좋은 이야기만 있는 건 아니잖아. 그곳에서는——."

"'일본인의 냄새가 난다', 맞지?"

아마도 내가 하는 말을 이해했을 것이다. 유키는 내가 할 말을 가로챘다. 의기양양한 표정이다.

……그렇다. 그곳의 소문에는 일본인만 알 수 있는 키워드가 상당히 많이 포함되어 있다. 마치 부르고 있는 것처럼.

그리고 우리와 같은 전생자일 그 소문의 발신원은 평범한 존재가 아니다. 흔히들 말하는 치트 주인공만의 힘이 있다고 느껴지는 것이다.

틀림없이 신이 머리를 조아리고 치트 능력을 부여한 부류의 녀석이다. 만약 그게 사실이라면 부럽다.

"일확천금 정도는 아니어도 그곳에서라면 나도 남들 비슷하게 생활할 수 있지 않을까. 어쩌면 이 세계의 시스템에서 벗어날 수 있는 방법 같은 걸 알 수 있을지도 모르고 말이야."

아주 대충인 기준으로밖에 쓸 수 없는 스테이터스, 제대로 습득할 수 없는 스킬 등 거의 도움이 되는 건 없었지만 게임 시스템 같은 세계라는 사실 하나만은 틀림없다.

이 시스템에 구멍을 뚫어 권력을 손에 넣었다거나 하는 이야기를 들을 수 있을지도 모른다.

"아, 거기까지인 건가. 약간 정보 수집이 부족해 보이는데."

……이런.

"뭐야, 뭔가 꿍꿍이가 있는 말투인데."

"미안, 분명 좀 더 정보를 갖고 있을 거라고 생각했어. 일반적으로, 괴상한 소문도 많은 그 도시로 가겠다는 결단을 내리려면 용기가 필요하니까."

그건 그렇다. 너무 수상해서 농담으로만 들리는 이야기인 것이다. 상식적인 사람이라면 그런 곳으로 가는 우리가 이상해 보일 것이다.

"왕도에 도는 미궁도시 소문은 모두가 미심쩍은 것들뿐이니까 말이야. 난 거기에서 온 사람을 만난 적이 있지만 들어가면 두 번 다시는 나올 수 없다는 소문도 있었어. ……아무튼 뭐. 이야기를 들어 보면 그런 케이스도 있구나 싶어."

"뭔가 비밀이라도 있는 것 같은 말투네. 같은 고향 사람인데 말 좀 해 봐."

"응, 이미 왕도에서 떠나 여기까지 왔으니 괜찮겠지. ……실은 말이야, 그 도시를 기록한 대부분의 자료에는 암호화된 '일본어'로 된 기록이 있어."

그건 의심할 여지없이 일본인이 있다는 확증 아닌가.

"그래? 난 소문만 들은 처지라 전혀 몰랐어."

아니, 애초에 난 글자를 거의 못 읽는다. 쓸 수 있는 것도 내 이름 정도다.

"말은 그래도, 그 기록 하나하나는 일본어로 볼 수도 있다는 수준의 암호였어. 여러 가지를 모으다 어떤 걸 알게 됐지."

"역시 상인의 자식은 뭐가 달라도 다르구나."

애초에 내가 이 세계에서 태어나 교회의 스테이터스 표시 외의 글자를 봤던 건 왕도로 간 이후다. 책 같은 건 존재하지 않는다고 생각했었다.

"미궁을 공략하는 자에게는 엄청난 힘과 엄청난 재물, 엄청난 영광이 주어지리라."

유키는 짐보따리에서 꺼낸 책을 펼쳐 읽기 시작했다.

그건 미궁도시에 대해 써놓은 책인가. 왠지 굉장해 보인다.

"──라는 해독문 외에 '간단히 말해서 로그라이크 같은 이 상한 던전을 만들었으니 다 같이 놀아보자고! (·∇·)b'라고 써져 있어."

유키는 그대로 바로 그 부분을 나에게 보여 준다.

의자에서 떨어질 뻔했다. 저게 뭐야. 오랜만에 본다, 일본어. 그리고 이모티콘.

분명 왕국에서 사용되는 공용어와 수수께끼 문자가 혼재되어 있지만 비스듬하게 썼을 뿐 암호도 뭣도 아니다. 일본인이라면 알아채지 못하는 게 더 이상할 정도다.

눈이 휘둥그레진 내 표정을 보며 유키가 웃는다. 아니, 놀랄 만도 하지 않나.

"이건 제일 간단한 예이긴 하지만 이모티콘의 해석이 어렵고, 어떻게 보면 고대 문자로 보이기도 해. 그래서 이어지는 다른 문 자의 의미도 제대로 이해할 수 없게 되어 있는 것 같아. 확실히 이모티콘 같은 건 모르는 사람이 보면 얼굴로 보이지 않을지도."

그야 이모티콘 같은 건 이해 못하겠지. 문자의 의미 따위는 애 초에 없으니까 말이야.

"덧붙여 모든 암호 자체는 간단했어. 일본어만 알면 어린아이 도 풀 수 있는 레벨. 이렇게 비스듬하게 읽으면 되는데 일본어

부분 말고는 거의 수수께끼 언어야."

뭐지, 이 힘 빠지는 느낌.

"아, 지금 말한 이유는 경쟁 상대를 늘리고 싶지 않아서?"

"맞아. 이미 가기로 정한 너 같은 사람이라면 몰라도 평범하게 생활하고 있는 사람까지 몽땅 미궁도시로 가게 할 수는 없으니까. 남을 밀쳐낼 필요는 없다고 생각하지만 일부러 친절하게 가르쳐 주는 것도 좀 그래서. 게다가 미궁이라는 게 어느 정도인지는 알 수 없지만 몬스터와의 싸움이 없는 것도 아니니까. 평범하게 생활할 수 있다면 그냥 그 생활을 유지하는 게 좋잖아. 난, 우리 가족한테도 말 안 했어."

그건 그럴지도 모른다.

마을에서 용병이나 모험가를 하고 있는 기질이 거친 사람이라면 몰라도 직업을 가지고 있는 인간이 일부러 힘든 경험을 할 필요는 없을 것이다.

보통 그런 사람과는 가깝게 지내고 싶지도 않지만.

"그 모습을 보니 상당히 조사를 많이 한 것 같은데. 그거 말고 다른 유익한 정보는 없냐? ……아, 유료?"

이 마차가 공짜였기 때문에 아직 돈이 있긴 하지만 그건 좀 서비스로 해 주면 안 되려나. 앞으로 여러 물건들을 사야 되니까 말이야.

"돈은 됐어. 뭐, 거기 가서 파티를 짜 주면 좋겠는데. 로그라이크(Roguelike)라고는 해도 같은 것이고, 솔로 전제가 아니잖아."

"그거야 오히려 내가 먼저 부탁하고 싶을 정도인데. ……덧붙여 로그라는 게 뭐냐?"

뭐야, 유키 씨가 굳어 버렸잖아.

이상한 던전은 알고 있다고. *배불뚝이 아저씨가 빵을 한 손에 들고, 들어갈 때마다 구조가 바뀌는 던전으로 계속 죽어가며 돌격하는 게임이다.

"그런가, 별로 지명도가 없는 건가……."

갑자기 지친 표정을 지은 유키가 설명해 줬다.

로그(Rogue)라는 건 텍스트 기반으로 표시되는 MAP 자동 생성형 던전 탐색 RPG라는 것 같다. 이상한 던전도 그 아류인가 보다.

유키는 이 게임의 팬으로, 그래픽 기반 게임이 나오게 됐어도 텍스트 기반인 걸 계속하고 있었던 모양이다.

로그라이크(like)라는 말대로 원조 외에도 여러 파생작이 있는 것 같지만 들어도 차이점을 모르겠다. 애초에 배불뚝이 아저씨랑 **삿갓의 차이점도 잘 모르겠고.

"원래 어릴 적에는 집에 게임기가 없어서. 창고에서 먼지 쌓인 UNIX 머신으로 시작한 게 계기였어. 처음에는 뭐가 뭔지 몰랐지만……."

"아니, 원작 게임 이야기는 지금은 됐어."

이런 종류의 중독자는 이야기를 꺼내면 끝이 없기 마련이다.

---

* 배불뚝이 아저씨 : 일본의 춘 소프트에서 발매한 게임 『토르네코의 대모험 : 이상한 던전』의 주인공. 이 시스템을 계승한 다른 작품들을 '이상한 던전 시리즈'라고 부르기도 한다.
** 삿갓 : 일본의 춘 소프트에서 발매한 게임 『이상한 던전 2 : 풍래의 시렌』의 주인공.

전생에서도 그런 녀석이 있었기 때문에 잘 안다.

"그보다 그 말은 다시 말해 미궁도시의 던전은 들어갈 때마다 구조가 바뀐다는 뜻이냐?"

"아니, 실제로 본 것도 아니고, 자세한 정보도 없었기 때문에 그건 모르겠어. 다만 원작을 알고 있으니 더 유리한 거 아닐까, 정도로는 생각하고 있어."

으음, 난 해 본 적이 없으니 잘 모르겠다.

나한테는 죽으면 Lv 1로 돌아가는 게 도무지 익숙해지지 않았던 것이다. 이 세계에는 레벨 개념이 없으니 그럴 수는 없을 테지만 말이다.

애초에 컴퓨터 게임 자체를 아주 대단한 인기작 말고는 제대로 해 보지 않았다. 게임 같은 걸 전혀 하지 않는 녀석들한테는 게임만 한다는 소리를 들은 적도 있지만 꽤 라이트 게이머였다고 생각한다.

"그리고 또 알아낸 정보가 있는데, 그 던전 안에서는 안 죽는 것 같아."

"뭐, 안 죽는다니 대단하네, 어떤 기술인 거지?"

"구조도 잘 모르고 구체적인 건 모르지만 아무래도 그런 것 같아. 실제로 던전 안에서 죽은 적이 있었다는 사람도 만났고."

"죽은 적이 있었다는 건 다시 살아났다는 이야기야?"

"자세한 건 못 들었지만 아마도 그런 것 같아."

죽어도 괜찮은 거라면 계속 죽었다 살아나며 돌격할 수 있다는 건가?

아, 하지만 게임이 아니니까 죽을 때까지 그것에 상응하는 아픔과 고통을 맛보는 건가.

"그렇다면 열심히 하면 쉽게 클리어 할 수 있다는 뜻이야? 클리어 같은 개념이 없는 시스템일지도 모르지만 말이야."

"죽지 않는다는 건 반대 의미로도 받아들일 수 있어. ――몇 번이든 죽는 게 당연한 난이도인 거 아닐까. 로그라는 게 죽으면서 배우는 게임의 대명사 같은 점도 있고."

"…………."

그건 심하다. 하지만 죽는 것보다는 나은 건가? ……괜찮으려나?

마차는 도마뱀 아저씨가 몰기 때문에 우리는 그동안 그저 엉덩이의 고통을 견디고 있으면 되는 거지만 솔직히 할 일이 없었다.

그런 상황이라 그저 유키와 수다만 떨게 된다. 도마뱀 아저씨는 마부석에 있기 때문에 대화하기에는 약간 멀다.

그리고 이런 긴 잡담을 할 때 반드시 나오는 화제가 있다. ……내 이름 이야기다.

"그러고 보니 네 이름은 정말 전 일본인인지 의심하게 만드는 이름이야. 원래 이름은 *시치킨인가?"

"아니."

---

* 일본어로 츠나와 참치(TUNA)는 발음이 같다. 시치킨(Sea Chicken)은 유통되는 참치의 한 종류.

다른 사람에게는 별거 아닌 이야기지만, 나에게 이름 이야기는 피하고 싶은 화제다.

'츠나'라는 이름은 이 세계에서도 이상한 부류에 속한다. 하물며 현대 일본에서는 보다 더 특이한 이름으로 취급받았다. 뭐, 유키와는 달리 원래부터 츠나다.

일본인이 츠나라는 소리를 들으면 대부분 떠올리는 건 참치 캔이다. 유키가 말하는 시치킨이라고도 한다. 전생에는 이 둘이 본명보다도 많이 쓰였던 별명이다.

"그런데 어떤 한자야?"

"'강(綱)'이야. '망(網)'과 자주 헷갈려 하지."

솔직히 말해 한자를 안다 해도 이상한 이름일 것이다.

"……아, 그렇다면 성은 와타나베? 그러면 엄청 멋진 이름이 잖아. 귀신 퇴치도 가능할 것 같구. 친구 중에 킨타로 없었어?"

"알고 있었냐. ……그래, 원래 성은 와타나베야. *와타나베 츠나. 하지만 킨토키도 요리미츠도 없어."

그렇다. 헤이안 시대의 무장, 와타나베노 츠나에서 나온 이름이다. 그렇다고 해도 아버지가 그렇게 역사에 밝은 것도 아니어서, 단순하게 와타나베 성을 가진 위인을 찾아내 그 이름을 그대로 쓴 것이리라. 거의 무개념 이름이라고 보면 된다.

하지만 어린애가 그런 역사 같은 걸 알 리가 없다. 초등학교 저학년 때 '참치캔'이라고 불린 이후, 계속 내 별명은 '참치캔'

---

* 와타나베노 츠나(渡辺綱): 일본 헤이안 시대(8~12세기)에 있었다는 무장. 요괴 퇴치로 유명한 미나모토노 요리미츠의 부하로, 본인도 많은 요괴 퇴치담에 주역으로 등장한다. 같이 요리미츠를 섬긴 사카타노 킨토키, 우스이 사다미츠, 우라베노 스에타케와 함께 요리미츠 사천왕이라고 불리기도 한다.

이거나 '시치킨'이었다.

그 영향으로 나와 친했던 친구들은 강제적으로 샐러드에 들어가는 음식과 관련된 별명이 붙여졌다. 토마토라 불리는 걸 좋아한 녀석도 있었지만.

유키가 말한 킨타로는 와타나베노 츠나처럼 미나모토노 요리미츠를 받들었던 사카타노 킨토키를 말한다. 그림책으로 된 어린 시절(킨타로) 쪽이 더 유명한 위인이다. 물론 그런 친구는 없다.

"미궁도시의 던전 안에서는 본인에게 소질 있는 스킬을 배우기 쉬운 것 같던데 네 이름에 걸맞게 《도술(刀術)》스킬 같은 걸 배우게 되는 거 아닐까?"

"배워서 뭘 어쩌게. 이쪽에서 일본도는 본 적도 없다고."

있다면 써도 좋겠지만 애초에 일본에 있을 때도 만져 본 적조차 없다. ……손도끼는 칼과 분류가 다르겠지?

애초에 헤이안 시대의 칼은 소위 우리가 아는 일본도와는 분명 다른 거였을 테고.

"나도 본 적은 없지만 미궁도시라면 있지 않을까, 일본도."

확실히 있을 수도 있다. 소문과 유키의 정보를 믿는다면 일본도를 만드는 것도 가능할 것 같다.

"전생에서도 칼 같은 건 써 본 적 없어. 학교에서도 검도 수업은 없었고. 검도부 활동도 한 적 없고."

기껏해야 수학여행 갔을 때 선물 가게에서 목검을 산 정도다.

몇 번 휘둘러 보고는 벽장에 처박아 뒀다.

"뭐야, 이세계 판타지물에 있을 법한 일본도를 다루는 주인공은 못 되는 건가."

듣고 보니 많았지, 일본도를 다루는 주인공. 몬스터랑 싸우기에는 일본도는 어울리지 않는다고 생각했지만.

"그러고 보니 무기는 어떻게 하는 거지. 주운 검 말고는 나이프 정도만 써봤는데. 그리고 곤봉."

"뭐랄까, 그런 상황에서 용케도 모험가가 되려고 생각했네."

선택지가 없었다고.

"넌 어떤데? 이세계 판타지의 주인공 씨."

"난 한 손으로 드는 검과 단궁(短弓)이 특기야. 힘이 별로 없어서 사이즈가 작은 걸로."

젠장, 평범했어. 유키의 체격과 무기의 중량을 생각하면 현실적인 라인이다. 대검이라든가 대낫 같은 걸 말하면 중2병이라고 말해 줬을 텐데.

"미궁도시라고 불리는 곳이니 무기도 여러 가지를 팔 거라 생각해 왕도에서는 안 사 왔어. 평소에 쓰는 나이프 정도밖에 없는데."

출처는 말할 수 없지만 가지고 있는 돈은 꽤 있다. 그렇다고는 해도 무기 하나 겨우겨우 살 수 있을 정도지만.

난 이 도시에 모든 걸 걸고 있기 때문에 생명선인 무기에 돈을 아낄 생각은 없다.

아무리 그래도 나이프로 던전 탐색은 무리다……. 최악의 경우 통나무나 각목을 휘두르는 방법도 있지만 무기 정도는 멀쩡한 걸로 갖고 싶다.

"등록하기 전에 무기라도 살래? 파티를 짜자곤 했어도 훈련하는 걸 기다릴 정도로 빈둥대고 싶지는 않지만 말이야."

"걱정 마, 나 《근접전투》랑 《한손무기》 기프트 소유자라서 그 두 개 중 하나에 맞는 거라면 걱정 없어. 활 같은 것만 아니라면 최악의 경우 곤봉으로라도 어떻게든 될 거야."

"우와, 굉장하다. 농가에는 전혀 쓸모가 없는 스킬이잖아."

『스킬』이란 말 그대로 스킬이다. 이걸 가지고 있으면 기술이 향상되기도 하고 신체 능력이 향상되기도 한다. 마법을 쓸 수 있게 되기도 하는 것 같다. 내가 이 세계에서 가장 게임스럽다고 느끼고 있는 부분이기도 하다.

스킬 습득은 쉽지 않다. 특수한 케이스를 제외하면 대충 1년 정도의 훈련이 필요하다고들 한다. 물론 아무리 노력해도 적성이 없는 건 습득할 수 없다.

이 스킬이란 모든 행동, 재능마다 존재하는 게 아닌가 싶을 정도로 숫자가 많다. 그리고 이걸 가지고 있는 자와 가지고 있지 못한 자 사이에는 모든 의미에서 차이가 생긴다.

가령 예를 들면 《검술》이라는 스킬이 있다고 하자. 이건 검으로 분류되는 무기라면 뭐든 해당되는 걸로, 검을 사용했을 때의 기술에 보정이 걸린다. 그냥 자연스럽게 능숙하게 사용하는 법을 알 수 있게 되는 것 같다.

《근력 강화》처럼 신체 능력 그 자체가 강화되는 스킬도 있다. 그렇다고 해도 설명문이 있는 것도 아니라서 이름만으로는 효과를 잘 알 수 없는 것들도 많은 모양이다.

나도 어디에 쓰는지 알 수 없는 스킬을 보유하고 있다.

그리고 『기프트』라는 건 선천적으로 가지고 있는 스킬을 가리킨다. 기프트와 스킬 두 개의 성능에 구별은 없고 스테이터스 항목의 표시 위치가 다른 정도다.

다만 드물게 독특한 기프트를 가진 자가 있는데 그런 걸 특별하게 '기프티드' 같은 말로 부르기도 한다.

내 경우는 태어났을 때부터 기프트로 《근접전투》와 《한손무기》를 가지고 있었던 모양이다.

기본적으로 전생자는 전생의 기능을 기프트라는 형태로 가지고 태어나는 경우가 많은 것 같은데 내 경우는 무슨 이유에서인지 극단적으로 전투형 기능이다.

플레이했던 MMORPG에서 전사직이었기 때문인가. 그렇다고 하면 굉장히 대충대충이다.

"덧붙여 스킬은 《서바이벌》과 《음식물 감정》도 있어."

"응, 그런 걸 가지고 있을 거라고 생각했어."

《서바이벌》과 《음식물 감정》은 내가 후천적으로 취득한 스킬이다. 살아남기 위해 필사적이었기 때문이라고도 말할 수 있다.

《활》과 《수렵》, 《동물 해체》 등은 재능이 없었는지 가지고 있지 않다. 동물성 단백질을 얻기 위해 갖고 싶었지만 말이다.

"넌 어때? ……뭐, 말할 수 있는 범위로도 괜찮아."

이 세계, 기본적으로 타인에게 스킬을 알려 주거나 하지 않는다. 취직할 때도 신고하는 건 필요한 스킬만인 게 보통이다.

생활 습관 등이 스킬로 나타나는 경우도 있기 때문에 프라이버시적인 문제도 있다.

다만 알려 주면 안 된다는 법률이 있는 것도 아니니까 모험가로서 파티를 짤 상대라면 전투 관련 스킬 정도는 물어도 괜찮을 것이다.

"전투와 관련될 것 같은 건 아까 말했던 《검술》과 《투척》. 《산술》 같은 것도 있어. 너도 가지고 있을 거라고는 생각하지만."

"뭐, 《산술》은. 전생에서 초등학교 저학년 레벨의 산수를 습득했을 뿐이긴 하지만 가지고 있는 것 같아."

전생에서 사칙연산이 가능할 정도로 산수를 습득하면 대부분 《산술》을 가지고 태어나는 모양이다. 전 네팔인한테서 들은 이야기다.

그렇다고는 해도 이 세계에서 기초부터 산술 스킬을 배우는 건 상당히 힘든 일이라서 상인이 활용하는 산술을 습득해도 스킬로써는 나타나지 않는 것 같다.

태어나서 지금껏 이 스킬이 도움이 된 적은 없지만, 전생에서 배워두길 잘했다는 생각이 들긴 한다.

사실 이 《산술》은 가지고 있으면 상인의 도제가 될 때 상당히 유리한 스킬이지만, 난 글자를 거의 모르기 때문에 대상 외였다.

……뭐, 내가 글자를 모른다는 것도 좀 그렇지만, 이 세계는 애초에 글을 읽을 줄 아는 사람이 전체의 10% 미만이라고들 한다. 대부분의 사람은 자신의 스테이터스도 읽을 수 없는 것이다.

"그럼 우리는 비교적 전위(前衛) 스킬은 충실하다는 뜻인가."

"그러게. 파워는 기대해도 돼. 철판이나 쇳덩이로 착각할 만큼 커다란 검은 무리라고 생각하지만."

"츠나는 덩치가 크니까. 팔도 두꺼워서 손잡이가 긴 도끼도 휘두를 수 있을 것 같아."

도끼를 써 본 적은 없지만 필연적으로 중량급 무기를 사용하게 될 것 같군. 해머라든가.

"후위(後衛)가 둘인 것보다는 낫다고 생각하지만 가능하다면 힐러가 있으면 좋겠네. 마법사라든가."

게임에서라면 이 외에 도적(척후)과 마법사, 승려가 있으면 밸런스가 좋다.

"이 세계, 마법사 같은 건 거의 못 찾을걸."

"알고 있어. 그냥 말해 봤을 뿐이야."

이 세계도 판타지 같은 마법사…… 마술사가 있기는 하지만 거의 딴 세상 존재다. 이야기만 들었지 실제로 본 적도 없다.

마력이 있어도 마법을 배우는 건 어렵고, 공개되어 있는 술식(術式) 따윈 존재하지 않는다. 만화 같은 영창이 있는지 어쩐지도 모른다. 대부분 후계자 한 명에게만 전하는 세계다.

그런 기술을 독점하고 있는 마술사는 기본적으로 부자다. 일부러 위험한 모험가가 될 필요 따위 없다.

그러니 인터넷 소설에서 정석처럼 나오는, 갓난아이 때부터 마력 트레이닝을 해 무쌍하는 것도 거의 불가능하다. 트레이닝 방법이 없다.

덧붙여 교회에 있는 신부님들도 스테이터스를 보는 스킬은 가지고 있지만 회복 마법은 쓸 수 없다. 회복 마법도 마술사의 영역 같다.

신의 힘으로 치료해 신앙심을 부추기거나 하지도 않는다. 상당히 고지식한 사람들이다. ……애초에 교회는 있어도 신의 이야기 같은 건 들어본 적도 없다.

"뭐, 한동안은 둘이서 촌스러운 치고받기인가."

"수수한 그림이 될 것 같네."

화려함이 손톱만큼도 없다. 이세계 전생이라고 말해도 현실은 그런 것이리라.

하지만 미궁도시라면 포기하고 있던 판타지 성분을 맛볼 수 있을 것 같다. 남자라면 동경하는 거잖아.

두 사람이라고는 해도 오랜만에 만난 동향 사람이다. 화제도 부족하지 않아 따분하지 않게 날짜가 지났다.

서로 엉덩이의 고통을 견디면서, 거기에 더해 난 공복을 견디면서 마차는 황야를 달렸다.

그리고 3일째 아침.

"이봐, 꼬맹이들, 성벽이 보이기 시작한다. 아직 거리는 좀 있지만 저게 미궁도시야."

도마뱀 아저씨가 마부석에서 뒤돌아보면서 말했다.

마차 짐칸에서 얼굴을 내밀어 쳐다보니 거리감을 잃을 만큼 스케일의 거대한 벽이 있었다. 지방 도시라 부르기에는 너무나 거대한 중후한 성벽이다.

끝없이 펼쳐진 황야 속에 거대한 균열이 내달리고, 그곳에 걸쳐 놓은 다리 끝에 압도적인 존재감을 발하는 벽이 있다.

"저게…… 미궁도시."

누가 말했는지는 잘 모르겠다.

우리는 현대 일본에서도 본 적 없는 중후함에 그저 압도되어 있었다.

거대한 벽과 문을 앞에 두고 사람의 행렬이 이어지고 있었다.

안에 들어가려면 여기에 줄을 서야 하는 것 같은데, 엄청난 인파다. 시내로 들어가기 위한 심사도 긴 것 같지만 그 심사를 받을 차례를 기다리는 것도 오래 걸릴 것 같다.

이렇게 가까이 와 쳐다보니 벽이 훨씬 더 거대하게 느껴졌다. 스케일이 너무나도 거대해서, 눈짐작으로 알 수 있는 건 수십 미터 따위의 높이는 가볍게 넘고 있다는 정도다. 그런 벽이 시야 끝까지 이어져 있다. 정말 심상치 않다.

도마뱀 아저씨는 우리를 내려놓고는 인사만 하고 그대로 마차를 몰고 가 버렸다. 아마도 마차용 출입구가 있는 모양이다.

미궁도시에 살고 있는 것 같으니 기회가 되면 또 만날 일도 있을지 모르겠다. ……만나도 다른 리저드맨과 구별할 수 있을지 어떨지는 모르겠지만.

"그러고 보니 이 줄을 선 사람들 모두 모험가 지망인 건가."

듣고 보니 줄을 서 있는 일행들 중 무기를 지닌 모험가와 위병으로 보이는 사람들이 많다.

거친 근육과 가죽, 금속으로 된 갑옷. 휴대하고 있는 무기는 다들 손에 익어 보여 위협적으로 느껴진다. 역시 본직이라는 건가. 나보다도 체격이 좋은 녀석도 꽤 보인다.

전사만이 아니라 활을 가진 자, 진짜인지 어떤지는 모르겠지만 마법사 같은 로브를 입은 사람도 있다. 아니, 바로 눈앞의 쪼그만 사람이 그렇다.

갑자기 레어 직업이다. 이 정도라면 우리랑 파티를 짜 줄 마법사가 있을지도 모른다.

"그렇지 않을까? 미궁도시라고 할 정도니."

"하지만 상인 같은 사람들도 조금은 섞여 있는 게 보통일 텐데. 그래 보이는 사람이 없어."

정말 부자연스러울 정도로 '싸울 줄 압니다' 같은 사람밖에 없다.

도마뱀 아저씨의 마차도 모험가 지망만 태워 주는 것 같았고,

이곳에는 정말 그 방면 인간들밖에 없는 걸지도 모른다.

"너희는 몰랐어?"

앞의 조그만 로브가 말을 걸어왔다. 목소리를 들어 보니, 위협적으로 높은 남성 비율 가운데 드물게도 여자아이 같다. 유키……는 아니니까 운 나쁘면 홍일점인가?

아니, 유키 같은 경우도 있으니 아직 여자아이인지 아닌지는 모르지만. 로브 때문에 얼굴이 거의 안 보이지만 보이는 범위로는 귀엽다……고 생각한다.

"몰랐다니?"

"미궁도시는 기본적으로 모험가밖에 안 받아 준다는 이야기. 상인도, 모험가 이외의 주거자도 안 받아."

"그런 규칙이 있었어?"

리저드맨 아저씨가 모험가이거나 모험가 지망용 정기 마차밖에 없다고 말하긴 했지만 그거 말고는 전혀 없다는 건가?

무역 같은 건 어떻게 하는 거지? 왕도의 일부인데 나라 안에서 쇄국이라도 하고 있는 건가.

"규칙인지 뭔지는 모르지만 모험가들 사이에서 떠도는 정보로는 그런 것 같아."

"흐음, 본업이 모험가였던 사람은 독자적인 정보원이 있는 거야? 난 그런 이야기는 못 들었는데."

"응. 제국 모험가 길드에서 어느 정도의 실력이 있다고 판단되는 사람들에게만 공개되는 정보. 나도 여긴 추천을 받아 왔어."

그럼 유키의 정보망에는 걸려들지 않았겠군.

모험가는 독자적인 세계를 구축하고 있는 면이 있어 보인다.

"그렇구나……. 그럼 제국에서 온 거야? 엄청나게 긴 여행이었겠어."

"……응. 상당히 귀찮은 루트였어. 국경을 몇 개 지나왔는지 모를 정도야."

그렇게 중얼거리는 모습은 굉장히 지쳐 보였다. 제국은 어지간히 먼 모양이다.

뭐, 난 애초에 제국이 뭔지조차도 모르지만 말이다.

……제국이라는 국가 체제를 모른다는 소리가 아니다. 이 세계에 어떤 국가가 있는지 잘 모른다는 뜻이다.

관심이 없기 때문에 알 기회도 없었다. 술집에서 듣는 소문들은 단편적인 것밖에 없고, 이상하게 줄여 말하는 경우도 많았으니까. 방금도 제국이라고만 말했으니. ……무슨 제국이냐구.

"일단 여기 있는 사람들은 기본적으로 동업자."

"그 지팡이와 로브를 보니 마술사로 보이는데 역시 모험가인 거야?"

"마술사 모험가가 드문 건 자각하고 있어."

뭐, 이 아이 말고는 그래 보이는 녀석이 없으니. 꽤 레어 케이스를 조우했다는 건가.

겉멋이나 술김에 될 수 있는 그런 직업이 아니니 뭔가 사정이 있겠지.

"그보다 여기 있다는 건 너희도 그렇지? ……맞지?"

이 녀석, 내 차림을 보고 주저하고 있잖아.

하긴 무기다운 무기는 가지고 있지도 않고, 망토 안은 슬럼에 있어도 위화감이 없는 레벨로 너덜너덜한 옷차림이라 그럴 만도 하다.

"음, 저기. 그게. 이주자는 받아 주지 않는 것 같으니까……."

"아니, 모험가 지망이니 문제없어."

"그래…… 그렇구나. 파이팅."

그것은 모험가 일 파이팅이라는 의미일 것이다.

마을에 들어갈 수 있게 파이팅 하라는 의미는 아닐 것이다.

그리고 긴 행렬을 기다리길 몇 시간. 심사와 등록을 기다리길 몇 시간. 줄을 서기 시작한 건 이른 아침이었는데 도시에 들어오니 점심이 지났다.

"오——."

이 세계에선 왕도에서조차 볼 수 없었던 도시라 불리기에 어울리는 광경이 눈앞에 펼쳐졌다.

왕도에서도 성을 제외하면 고작 2층 건물뿐이었는데 이곳은 대충 훑어 봐도 수십 개의 거대한 건물이 있다. 엄청 대단한데.

오가는 사람들도 다채롭다. 지금까지 살면서 다른 인종을 본 적이 거의 없었는데 이곳은 다종다양한 인종의 전시장이다. 아인종과 요정종까지 자연스럽게 걸어 다니고 있다.

무엇보다 활기가 있다. 왕도의 정체된 공기와 달리 사람들의 얼굴에는 미소가 있다. 정말 이곳은 살아 있는 도시다.

평범한 가게도 많지만 이곳은 도시 밖에서 온 사람들이 상대라 그런지 노점이 상당히 많다. 주변에서 무지 맛있는 냄새가 피어오르고 있다.

"앗, 용이 날고 있어."

하늘을 보니 건물보다 더 높은 곳에서 날개가 달린 생물이 바구니를 달고서 날고 있었다. 저건 와이번이라는 건가. 소문으로 들은 '용 가마'라는 거군.

마차도 왕도보다 많고 말만이 아니라 날개 없는 용이 끌고 있는 마차도 있는 걸 보니 변경이니 어쩌니 하는 분위기가 아니다. 이곳은 대도시다.

"아, 드디어 끝났네. 기다리다 죽는 줄 알았어."

바보처럼 넋이 나가 정신없이 도시를 보고 있는데 유키가 말을 걸어왔다.

오래 걸렸는데도 기다려 줬다니 의외로 의리 있는 녀석이다. 그 꼬맹이가 말한 것처럼 심사에서 튕겨 나갈 가능성 같은 건 생각 안 했던 걸까.

"미안. 호모 같은 사람이 심사관이었어. 시간을 엄청 잡아먹으면서 몸을 만지더라고."

"그래, 츠나는 확실히 게이들이 호감을 가질 만한 느낌이야. 전생에서 했던 BL 게임의 등장인물 중에도 있었어. 너 같은 녀석."

그만~. 그만 좀 하시죠.

"한 대 쳤다가는 큰일 날 것 같아서 겨우 참았는데, 결국 내 엉덩이로 손을 뻗어서 주먹이 나가 버렸어."

"요, 용케 무사했네."

"전생에서 습득했던 다양한 프로 레슬링 기술을 구사했더니 관객이 몰려들었어. 살짝 히어로 같았지. 구경 값도 받았어."

"괜찮은 건가, 이 도시."

그 망할 안경잡이는 한동안 못 움직일 것이다. 그보다 그런 놈을 심사관으로 쓰면 안 되는 거잖아. 아니, 일부러 짓궂게 구는 건가.

"그러고 보니 구경 값으로 이상한 티켓을 받았어. 이 도시는 독자적인 통화가 있나 봐."

"뭐? 그게 뭔데?"

"너도 모르는 정보냐. 보통의 통화도 쓸 수 있는 것 같으니 거리에서 방황할 일은 없을 것 같다만."

왕국 통화를 쓸 수 없으면 어쩌나 싶었지만 그런 일은 없는 것 같다. 이 티켓이 어느 정도의 가치가 있는지는 모르지만 겸용 가능하다 한다.

티켓은 질 좋은 종이에 몬스터 그림과 숫자가 인쇄되어 있다. 100MP라고 되어 있지만 단위를 모르겠다. 매직 포인트?

"흐음."

유키는 그 종이를 멀뚱멀뚱 들여다본다.

그거, 내가 번 돈이니까 돌려줘.

"굉장하다, 이거. 일본의 지폐 정도는 아니지만 꽤 고도의 기술을 사용했어. 종이에 비치는 무늬까지 들어가 있어. ……밖에는 변변한 인쇄 기술도 없는데."

"뭐, 확실히 책 같은 건 본 적 없지만 활판 인쇄 같은 것도 없어? 누군가 전생자가 만든 뭐 그런 거."

현대 기술 치트 같은 거. 농업과 비교하면 숫자는 적지만 그런 창작물도 있을 것 같은데.

……혹시 왕도에서는 파피루스라든가 양피지를 메인으로 쓰거나 하는 건가?

"없어. 책을 베껴 쓰는 게 직업으로 성립될 정도니까. 식물로 만든 종이조차 제대로 보급되어 있지 않은데 인쇄는 허들이 높지. 잉크도 굉장히 비싸고. 활판 인쇄는 나도 개요 정도밖에 모르지만 세간에서 이용하는 기술은 고작 판화 레벨. 마법 같은 게 있으니 비교 자체가 불가능하지만 어쨌든 밖은 중세 이하의 문명이란 거야. 제지 기술을 확립하는 것만으로도 엄청 벌 수 있을 거라 생각해. 우리 집에서라면 흔쾌히 살 거야."

그러고 보니 왕도에 있을 때도 이 세계 문명의 수준 같은 건 알아보지 않았다. 흔히 있는 중세 레벨조차 안 된다는 건가.

시골에 있을 때는 문명이라는 걸 접할 기회조차 없었다. 기억이 돌아왔을 때는 원시 시대인가 싶었을 정도다. ……뭐, 원시 시대는 말이 좀 심하긴 하지만 말이다. ……고대 정도?

"이런 기술은 전문 지식이 없으면 제대로 성과를 낼 수 없는 거야. 지식이 있어도 단계를 모두 뛰어넘어 그 기술을 개발할 수 있는 것도 아니고 애초에 돈이 많이 들어. 농가에서 태어나

분뇨 구덩이를 만들려고만 해도 참사를 불러일으키는 게 고작일걸? 기생충이라든가.”

“나, 마을에서 떨어진 숲에서 부엽토 같은 거 만들고 있었는데.”

“만들어도 그 정도지. 츠나는 현명한 거라고 생각해. 돈도 전문 지식도 시행 착오도 없이 뚝딱 만들어 내는 건 무리라고. 실패한 당사자가 말하는 거니까 틀림없어.”

네 체험담이냐.

덧붙여 부엽토도 처음에는 효과도 없고 벌레가 들끓어 힘들었다고.

“그래서 이 도시는 이상해. 역시 치트 주인공의 냄새가 나.”

“흐음.”

지폐 하나로 그렇게 다른 건가. 신용 통화(아마도)라는 것만으로도 굉장한 건가.

“맞다, 그 쪼그만 녀석은 봤어? 깜빡했는데 마술사니까 우리 파티로 들어오라고 말해 두는 편이 좋지 않을까?”

“그러고 보니 이름도 안 물어봤네. ……하지만 아직 심사 중일 거야. 나, 상당히 빨리 끝났지만 벽 쪽에서는 아무도 안 나왔으니까. 츠나가 첫 번째였어.”

그런 건가. 그 망할 안경잡이 때문에 시간이 걸려 다른 녀석들은 먼저 들어갔을 거라 생각했다.

“길드 등록은 꼭 해야만 하는 것 같으니 거기 가면 만날 수 있지 않을까?”

"그러게. 하지만 등록보다 먼저 일단 밥이나 먹자. 넌 마차 안에서 육포를 먹었지만 난 어제 음식이 다 떨어져서 아무것도 못 먹었거든."

알고 있었을 테지. 엄청 간절한 눈으로 봤다가 무시당했으니.

"그래. 최대한 절약하고 싶으니 싼 데가 있으면 좋겠다……."

과연 기대하고 기대하던 미궁도시의 밥은 어떨까.

도시 입구라는 위치가 관련이 있는 건지 모르겠지만 주변을 둘러보니 의외로 식당이 많다. 점심 식사 시간이라 그런지 노점도 많이 있고 맛있는 냄새가 자욱하다.

일본인 전생자에게 어울리는 밥 같은 건 안 나오는 건가. 생선구이 정식이라든가.

유키가 아무 말 없이 소매를 잡아끌어 뒤돌아보니 식당 간판을 가리키고 있었다.

「오늘의 메뉴 '고등어 된장 조림 정식/런치타임 밥 된장국 무한 제공'」

우리는 아무 말 없이 서로를 쳐다보며 끄덕이고는 비틀거리며 빨려 들어가듯이 가게로 들어갔다.

절약이라든가, 그 간판이 일본어로 써져 있었다든가 하는 것도 머리에서 사라져 어딘가로 날아가 버렸다.

◆ ◇ ◆

"우오오오오오."

우리는 눈앞에 놓인 쟁반을 수놓은 궁극의 색채에 마음을 빼앗겨 괴상한 소리를 지르고 있었다.

고등어 된장 조림, 된장국, 가지 절임, 연두부, 날달걀, 그리고 방금 지은 쌀밥. 반찬 하나하나가 현대 일본에서 내놔도 이상하지 않을 솜씨.

테이블에는 맛 조절용 조미료로 간장과 소스까지 놓여 있다.

이 세계라면 시대를 수백 년 앞서간 명백한 오버 테크놀로지다.

그보다 바깥 세계에서는 저런 식재료들조차 본 적이 없다. 날달걀 같은 건 현대의 지구라도 일본 정도밖에는 안 먹을 텐데.

"아, 나 앞으로 영원히 여기 살래."

"나도, 돌아갈 고향 따위 없어."

꽤나 진심이었다.

그렇다기보다 내 경우는 몇 년 있으면 고향이 없어질 가능성도 있으니.

"밖에서 온 사람들은 너무 호들갑이 심해요. 스푼이나 포크 필요하신가요? 젓가락으로 먹기는 힘드시죠."

호들갑……이라.

상당히 귀여운 옷을 입은 고양이 귀 웨이트리스가 잠꼬대를 하고 있다.

난 이 정도의 식사를 계속 먹을 수 있다면 죽어도 좋다는 생각마저 들었다.

유키도 굶은 적은 없다고 말했지만 그가 먹은 건 이 세계 기준의 것으로, 분명 일본에서 먹을 수 있는 것과 비교 자체가 불가능할 것이다. 자각하고 있는지 어떤지는 모르겠지만 침까지 흘리고 있다는 게 증거다.

우리는 고양이 귀 웨이트리스의 말을 무시하고 음미하듯이 식사를 시작했다. 유키를 따라 "잘 먹겠습니다."라고 말했다. 이 말을 한 건 몇 년 만일까.

몸은 변했지만 몸에 밴 젓가락 사용법은 잊지 않았던 모양이다.

오로지 먹기만 했다.

몇 번을 더 갔다 먹었는지 알 수 없을 정도로 먹었고, 나중에는 반찬이 다 떨어져 밥과 된장국만으로 계속 먹었다. 그것만으로도 충분한 진수성찬인 것이다.

움직일 수 없을 정도로 한계까지 배를 채우고 식후 녹차를 홀짝이면서 우리는 서로가 울고 있다는 사실을 깨달았다.

"바깥 식사는 쓰레기야."

"짐승 사료야."

지금까지의 생활에서 먹어 왔던 건 그저 살기 위해 필요한 사료였다. 이런 걸 진짜 식사라 부르는 거다. 너무나도 오랫동안 이 세계에 있었기 때문에 잊고 있었다.

우리는 이곳에서 나고 자란 사람과 밖에서 살았던 전 일본인 이외의 사람들은 알 수 없는 궁극의 감동을 맛보고 있었다.

"저기. 이제 점심시간도 끝나서 말인데요. 계산 좀 해 주셨으면 합니다만."

"아, 죄송합니다."

궁극의 감동이 깨져 버렸다.

◆ ◇ ◆

계산을 마친 우리는 정식집 근처에 있는 광장 벤치에 앉아 있었다.

광장 중앙에는 거대한 분수. 그 앞에서는 길거리 연예인이 재주를 보여 주고 있었고 몇몇 관객이 그걸 둘러싸고 있다. 오가는 사람도 많고 아이와 함께 나온 부모도 눈에 띈다.

······평화로운 광경이다. 왕도의 살벌한 분위기와는 비교가 안 된다.

너무 힘들었는지 옆에 앉아 있던 유키가 똑바로 벌러덩 드러누웠다. 뭐, 그 정도 먹었으니 어쩔 수 없는 거겠지.

배꼽을 내놓은 옷차림인데 배만 뽈록 나온 게 무지 코믹하다. 짧은 바지의 버튼은 채우지도 못한 채다.

"이봐, 어쩌지."

"뭘 말이야?"

"······그렇게 먹고 한 사람에 소은화(小銀貨) 하나잖아."

"응."

그건 한 번 밥값으로는 싸지 않은 금액이다. 바깥 세계였다면 보통 며칠 먹을 밥값이다.

한 번에 그 정도를 쓰는 건 어제까지의 나였다면 도저히 있을 수 없는 사치다. 하지만 그래도 고작 며칠분이다. 며칠 참으면 그걸 먹을 수 있는 것이다. 말도 안 된다.

"지역 격차니 어쩌니 할 레벨이 아냐."

"실은 여기 이세계 아닐까. 우리가 있던 세계와도 달라."

그렇다. 저 거대한 벽은 완전히 세계를 가로막는 벽이다.

이 광장도 왕도의 더러운 골목길과는 비교도 안 될 정도로 정비가 잘 되어 있다. 쓰레기 하나 없다.

아무것도 없는 저 황야와 문명으로 넘치는 이 대도시, 오로지 벽 하나를 사이에 뒀을 뿐인데 이렇게나 다르다. 마치 밖에 확산되려 하는 문화를 저 벽으로 막으려 하는 것처럼도 느껴진다.

……어쩌면 착각이 아닐지도 모른다. 이곳으로 들어올 때의 엄중한 심사 역시 그게 목적일지도 모른다. 진짜 어떤 치트 자식이길래 이렇게까지 차이를 만들어낼 수 있는 걸까.

"미궁에서 돈을 벌 수 있게 됐으니 그걸 매일 먹을 수 있다는 건가."

"그렇지 않을까? 잊었는지 모르지만 그거 오늘의 메뉴 정식이었어."

이 도시에서는 서민의 식사일 것이다. 육체 노동하는 아저씨가 먹는 그런 밥이다.

"엄마, 케이크 먹고 싶어."

"이런, 어쩔 수 없네, 어떤 거?"

"있잖아, 저기…… 딸기 쇼트케이크!"

길을 가던 엄마와 아이가 그런 이야기를 하는 게 들린다.

얼굴을 드니 광장에 접한 장소에 동화적인 장식을 한 케이크 가게가 있는 게 눈에 들어왔다. 가게 앞에 전시되어 있는 건 전생에 일본에서 팔던 것 같은 케이크다.

얼마에 파는지는 모르지만 분명 서민이 살 수 있는 범위의 가격인 거겠지. 왕도에서는 가격은커녕 애초에 팔지도 않는다.

옆에 쓰러져 있는 유키 역시 꿈쩍도 안 하고 있지만 그들의 대화에 귀를 쫑긋 세우고 있다는 건 알 수 있다.

"이봐 너, 설마 케이크를 먹을 생각은 아니지?"

우리 배는 터지기 직전이다.

설마 디저트 배는 따로 있다고 말하는 건 아닐 테지. 넌 지금 남자니까 말이다.

"아, 안 되려나."

당연히 안 되잖아. 어째서 눈에 핏발이 선 건데.

이 녀석도 분명 알고 있을 것이다. 한 입이라도 더 뭔가를 입에 넣었다간 우리는 사회적으로 파멸이다. 이 깨끗한 광장에 더러운 다리가 놓일 것이다.

유흥가의 아저씨들도 대낮부터 토하거나 하지는 않는다.

"나중에 먹어."

"하지만 쇼트케이크잖아! 그것도 딸기!"

알고 있다고. 하지만 너, 지금도 토할 것 같지 않냐.

"남자는 이해 못할지 모르지만 디저트는 완전 달라."

"너, 남자, 오케이?"

"젠장……."

진심으로 분해 보인다. 십 년도 넘게 남자로 살았으니 포기해.

게다가 저 엄마와 아이를 보니 앞으로 먹을 기회는 얼마든지 있을 것 같다고.

"그런데 이제 어쩐다. 잘 곳을 정할까, 모험가 등록을 할까."

"등록부터 해야지. 미궁 길드에서 모험가 등록을 하면 여러 가지로 할인 같은 게 있다는 광고가 정식집 벽에 붙어 있었어."

잘도 봤네. 난 밥에만 집중해서 보지도 못했다.

"오호. 역시 미궁도시구나."

"등록료도 없는 것 같으니까 일단 미궁 길드로 가볼까."

길드라는 건 중세에 있던 직업별 조합 같은 거다. 상조회 같은 조직에 가까운 걸로 왕국 안에 있다.

길드란 원래 등록하는 데에도 신원 보증이 필요하고 돈도 많이 든다. 경우에 따라서는 전문 기술을 가지고 있지 않으면 문전박대를 당하는 경우도 있는 모양이다.

그렇다고 이곳의 후원이 없는 상태로 뭔가 장사 같은 걸 시작하려 하면 길드에 가입해 있는 사람을 모두 적으로 돌리고 말 것이다.

상인, 장인의 이권을 보호하기 위해 조직된 세력권 비슷한 조합이다. 적어도 등록한 것만으로 일을 소개해 주는 직업 안내소 같은 조직이 아니다.

길드는 본래 그런 거라지만 전생의 인터넷 소설에서 유행하던 이세계 전생물과 판타지 소재로 한 게임에서는 약간 취급이 다르다.

모험가 길드=등록 수수료가 들지 않고, 신원 불명의 수상한 인재에게 신원 보증을 해 주고 일까지 알선해 주는, 국가 권력마저 무시하는 초 거대 조직인 경우가 많다.

아마 게임을 원활하게 진행하기 위한 장치로 취급되고 있기 때문에 그런 초 거대 조직이 됐을 것이다.

지금까지 손에 넣은 정보대로라면 미궁도시의 길드는 후자. 단순한 조합 조직이 아니라 게임의 형식에 가까워 보인다.

돈은 아직 여유 있지만 등록료조차 들지 않는다는 건 정말 다행이다. 심사할 때도 모험가 지망이라고 말했으니 꼭 등록하고 싶다.

"가는 건 좋은데 너, 움직일 수 있겠냐?"

"……십 분 쉬었다가 가자."

십 분으로 움직일 수 있게 된다면 좋겠군.

"여기가 미궁 길드인가."

우리 눈앞에는 첫눈에 알아볼 간판을 단 건물이 있었다.

상당히 근대적으로 얼핏 봐도 족히 5층 이상은 되어 보이는 거대한 건물이다. 아니, 콘크리트로 된 빌딩이다. 창문은 유리로 되어 있어 안이 보인다.

판타지에서 늘 나오는 술집 겸 가볍게 식사할 수 있는 음식점 비슷한 게 1층에 있긴 하지만 길드 본체와는 구별되어 있다.

그리고 궁극적이리만치 이미지를 부순 건 길을 사이에 두고 건너편에 있는 편의점이다.

외관의 '이게 아니잖아' 하는 느낌에 더해서 관공서적인 분위기지만, 안에는 모험가라는 느낌이 풀풀 풍기는 사람이 많이 있는 걸 보니 이곳이 목적지인 게 분명한 것 같다.

"왠지 근대적인 건물인데."

우리 둘은 위축되어 있었다.

그도 그럴 것이 내가 상상했던 건 술집 겸 여관 같은 느낌의 더러운 가게였던 것이다. 무법자 같은 아저씨들이 대낮부터 술판을 벌이고는 들어온 녀석들에게 시비를 거는 그런 이미지였다. 어째서 현대틱한 관공서인 거냐구.

"이봐, 이세계 판타지적인 약속 같은 건 말이야, 여러 가지가 있지 않나. 괜찮으려나?"

"들어가면 베테랑과 시비가 붙는다는 거 말이야?"

들어가는 게 두려운 건지 유키가 이상한 소리를 했다.

소설에서는 주인공들한테 다들 싸움을 걸었다가 오히려 당하던데 우리도 그렇게 할 수 있을까? ······무리 아닐까? 나, 강한 사람한테는 바짝 엎드리는 타입이라고. 우리는 신입이니까 선배한테는 완전 저자세로 나가자.

"그 외에는 전형적이지만 마력 측정을 했더니 이상한 수치가 나와 심사하는 사람들이 놀라기도 하지."

"유니크 스킬이 밝혀져 소동이 일어나고."

이봐. 우리는 일반인이라고. 애초에 스테이터스도 스킬도 이미 다 확인했고.

"안심해도 돼. 우리는 그런 트러블에 휘말릴 만큼 주인공 같은 재능은 없으니까."

"그, 그렇지. ……그럼 가 볼까."

긴장을 풀기 위한 대화였던 것이리라. 아니면 정말 떡밥을 깔았던 걸까. 난 먼저 간 유키를 뒤따라 걷기 시작했다.

평범한 문이 아닌 자동문을 통과해 안으로 들어가자 에어컨이라도 틀었는지 약간 시원했다.

"어이, 너희는 처음 보는 얼굴인데, 루키냐."

유키가 떡밥을 깔아서인지, 이세계 판타지의 숙명인 것인지는 모르지만 길드에 들어가자마자 근육과 엮였다.

대머리에 험상궂은 얼굴인 전형적인 마초맨이다. 무슨 이유에서인지 상반신은 알몸이고 바셀린이라도 발랐는지 반들거리고 있다. 굉장히 멋지게 웃는 얼굴이다.

옆을 보니 유키는 말을 잃고 있었다.

"뭐, 긴장하지 마. 딱히 잡아먹는 것도 아니니까. 우리는 루키에게 친절한 선배니까. 선배니까."

근육이 하나 더 늘었다. 운 없게도 양쪽으로 포위당했다.

그리고 어째서 두 번 말했지? 그렇게 중요한 건가? 나도 근육이 끝내준다끝내줘 하고 두 번 말하는 게 나으려나?

역시 지금은 후배로서 저자세로 나갈 때인가? 무시하고 가는 게 나을까? 아니면 일시적으로 후퇴해야만 할까……

너무나 틀에 박힌 전개에 유키를 버려두고 도망칠까 했지만 다른 근육한테 막혔다. 세 명째다. 도망칠 수 없는 강제 이벤트라는 건가.

세 명째는 상반신 알몸은 아니지만 빵빵한 근육 위로 Muscle이라고 써진 탱크탑을 입고 있다. 그딴 건 보면 안다고.

"이봐, 대머리, 너 같은 게 선배랍시고 바람 잡고 있으면 어떡해~. 정말로 루키에게 친절한 건 나. 〈머슬 랜서〉인 드비고 님이시다."

"이봐이봐, 너처럼 흉악한 얼굴이 막고 서 있으면 민폐라고. 봐, 루키들이 무서워하고 있잖아."

"잠깐만, 여긴 〈모히칸 헤드〉의 리더인 내가 나서야지."

이번엔 모히칸이 늘었다. 그런데 그 삐죽삐죽 솟은 어깨 패드는 뭐야. 세기말이냐?

"아니, 〈아프로 댄서즈〉인 내가 루키들을 돌봐주지."

"넌 악평 포인트 한계가 가까우니까 나오지 말랬잖아."

"그건 너겠지."

"네네네, 이제 그만하라냥~."

근육과 근육과 근육, 거기에 모히칸과 아프로까지 가세해 점점 더 카오스로 변하던 중에 고양이 귀 수인이 나타났다.

유키는 엄청난 전개에 얼굴빛이 창백하다. 명백하게 정보를 처리하지 못하고 있다. 나도 제대로 처리하고 있는지 의심스럽다.

"아, 미안하다냥~ 루키들. 이 녀석들은 평판이 나빠서 이 도시에서 쫓겨나게 생겨서 필사적으로 좋은 일을 하려고 어필하고 있는 거다냥."

"아, 아니거든. 난 우는 애도 울음을 그치는 〈모히칸 헤드〉란 말이다."

"시끄러우니까 닥치라냥. 접수처 언니가 금방이라도 폭발할 표정이다냥. 말려들면 안 좋을 것 같다냥."

"젠장, 튀자."

근육들이 뿔뿔이 흩어진다. 도망가는 와중에도 우리를 보며 "〈적동색 머슬 브라더스〉를 잘 부탁해!"라고 어필하던 녀석이 있었다.

……그건 팀 이름인 건가.

"하아, 엄청난 전개에 영혼이 가출했네."

완전한 현실 도피다. 너, 나랑 고양이 귀 씨가 없었다면 끌려갔어도 이상하지 않았다고.

"내 파트너가 제정신이 돌아왔으니 가능하면 설명을 들었으면 하는데. ……아니, 창구 누나한테 듣는 게 나으려나."

"딱히 상관없다냥. 조금 전에도 말했듯이 그 녀석들은 평판이 나빠서 이 도시에서 쫓겨나기 직전이다냥. 이 도시는 나쁜 짓을 하면 악평 포인트라는 게 쌓이고, 그게 일정 수치를 넘으면 모험가는 강제 은퇴. 이 미궁도시에도 두 번 다시 못 들어오게 된다냥."

꽹장한 시스템이군. 기준은 잘 모르겠지만 나쁜 평판이 퍼지는 건 안 된다는 건가.

······그 녀석들, 어쨌든 선의로 말을 걸었다는 건가.

"이 도시에 익숙해진 인간이 밖에서 생활하는 건 불가능해서 사활이 걸린 문제다냥."

"아하."

조금 진 먹었던 정식의 맛이 되살아났다.

바로 이해해 버렸다. 나쁜 짓은 절대로 하면 안 되겠어.

"그러니까 특별히 찍혀서 협박을 당한다거나 하는 일은 어지간하면 없을 테니 안심하라냥."

"그런데 고양이 수인은 말끝에 냥을 안 붙이면 안 된다거나 하는 그런 게······."

"그건 개성을 어필하기 위함이다냥. 인기 얻기도 편하니까냥. 우리 클랜은 다들 이런 느낌이다냥."

꽤 복잡한 개성 만들기였다. 그런데 뭘 위해 인기를 얻으려는 거지.

"······그런데 아까부터 창구 누나가 엄청나게 초조한 느낌으로 이쪽을 보고 있는데."

"그래, 화내면 무서운 사람이니까 자세한 질문이나 등록은 저 언니한테 물어보라냥. 무서워서 나도 얼른 튀어야겠다냥."

"뭐어?"

고양이 귀 씨랑 헤어져 드디어 원래 목적지였던 창구에 도착했다. 불과 몇 미터 사이에 엄청난 체험을 해 버렸다.

약간 화가 난 분위기였지만 접수 누나는 굉장히 밝은 미소로 맞아줬다.

"저기, 등록하고 싶은데요."

"네, 처음 오신 분이죠. 미궁도시, 미궁 길드 본부에 잘 오셨습니다."

드디어 우리는 모험가로서 첫걸음을 내딛게 됐다.

∞제1화 『미궁도시』

'모험가라고 하면 이름은 그럴싸하지만 사실은 몬스터, 마수를 상대하는 용병 같은 거다. 옛날이야기에 나오는 고대의 유적을 탐색한다든가 그 누구도 밟은 적 없는 비경의 땅을 모험하거나 하는 직업이 아니다.'

전에 그렇게 말한 건 누구였더라.

아마도 직장 선배였던 것 같다. ……그래, 가게 돈을 슬쩍했다가 체포됐던 사람이었어. 이름은 까먹었다.

뭐, 믿을 만한 사람은 아니었지만 이런저런 경험을 한 건 거짓말이 아닌 듯 모험가라 불리는 직업에 대해서도 잘 알았다.

'사람끼리의 전쟁에는 기본적으로 관여하지 않지만 호위, 경호 같은 건 하지. 기본적으로 개인 용병이나 계약 경호원과 하는 일은 거의 같아. 모험가가 모험가로서 인식되는 건 몬스터 구제를 전문으로 하고 있기 때문이야. 마을의 대표라든가 영주라든가, 그런 사람들한테서 의뢰를 받는 것 같아.'

'몬스터를 죽이고 해체 같은 걸 하는 건가?'

내 안의 모험가란 몬스터의 껍질과 뼈로 무기, 방어구를 만들고 고기를 구워 먹는 이미지다. 그리고 무찔렀다는 증거로 귀나 코를 자르기도 하고.

……이렇게 나열하고 보니 엄청난 야만족 같잖아.

'어째서 해체 같은 걸 하지? 동물과 달리 고기를 먹을 수 있는 것도 아니고 껍질과 뼈도 본체가 죽으면 급격하게 열화해서 썩어 버리는데. 사냥과는 달라. 덧붙여 짐승을 상대로 하는 사냥꾼이 훨씬 더 안전하고 돈도 더 많이 벌 수 있지. 그럼 어째서 모두 사냥꾼이 되지 않느냐, 그건 면허 취득이 힘들기 때문이야. 그게 쉬우면 다 사냥꾼이 되겠지.'

그러고 보니 옛날에 고블린을 먹었을 때도, 맛도 없긴 했지만 순식간에 썩었다.

그리고 팔거나 하지는 않았지만 사냥은 했습니다. 죄송합니다.

'그럼 모험가는 어떻게 돈을 버는 건데? 부정기적인 구제 의뢰만으로는 먹고살기 힘들잖아.'

'알선소의 일용직 노동이라도 하는 거지. 육체 노동이라든가. 생활비를 벌기 위해 부정기적인 일용직 노동을 하면서 몬스터를 무찌르기 위해 필요한 장비를 갖추고 좀 더 수입이 좋은 몬스터 구제 의뢰를 기다리는 거야.'

'용병이나 도시의 위병은 몬스터 퇴치를 안 하는 거야?'

'전혀 안 한다고는 못 하지만 기본적으로는 안 해. 왜냐면 몬스터는 강하고 위험하잖아. 일단 몬스터를 없애는 것도 위병의 일인 것 같지만 그런 위험한 일은 자신들보다 훨씬 밑바닥 직업인 모험가에게 맡겨.'

야박한 현실을 알았다. 하청이냐.

그 외에도 여러 사람한테 물어봤지만 모험가라는 직업은 어디까지나 그런 느낌이다.

판타지 소설에서는 가장 유명하고 이거 말고는 다른 건 절대로 없을 것 같은 인기 직종인데, 이 세계에서는 밑바닥 직업 취급이다. 본인들이 그렇게 자각하고 있기에 틀림없을 것이다. 적어도 큰돈을 벌 수 있는 직업은 아닌 것 같다.

그러고 보니 술집에 오는 모험가 같은 사람들은 싼 술만 주문했다. 모험가는 몸을 사리지 않는 직업이지만 가난한 것이다.

게임과 소설에 나올 법한 상위 모험가라면 다를까 싶지만 애초에 하위, 상위 같은 등급을 매기지 않는다.

고블린의 귀를 가지고 와도 돈으로 바꿀 수 없다. 교회에 가도 스테이터스 표시는 볼 수 있지만 몬스터를 잡은 경험치를 획득하지는 못한다. 아니, 레벨이 없다.

뭐, 경험하는 만큼 근력과 기술은 향상하지만 이건 딱히 몬스터와 싸우지 않아도 올라간다.

어째서 그렇게까지 해서 몬스터를 토벌해야 하나. 그건 어느 정도 지명도가 생기면 위병, 사병, 호위로 귀족과 부자 상인에게 고용되기도 하고 혹은 용병으로 활동할 때도 유명한 용병단에서 제안을 하기 때문이라고 한다.

즉, 몸값을 올리기 위해 임시로 거치는 직업인 것이다. 목숨을 건 몸값 올리기다.

이야기가 완전히 다르지만, 모험가들이 싸우는 가장 유명한 몬스터로 고블린이 있다.

왜소하고 더러운 아저씨 같은 풍모로 성실은 거칠어서 RPG에 나오는 이미지 그대로다.

이 고블린, 실은 요정 비슷한 걸로 엄밀한 의미에서는 몬스터가 아닌 것 같다. 큰 카테고리적으로는 엘프, 드워프와 같다.

전생의 판타지 RPG에서는 조무래기 몬스터로 취급받기도 했지만 원래는 요정이었던 것 같다.

요정이든 몬스터든 실제로 피해를 보고 있는 사람들에게는 관계없지만 이 세계에서도 그런 구분 같다.

나도 고향 시골에서 서바이벌할 때 이 고블린과 싸웠던 적이 있다. 너무나도 필사적이었기에 잘 생각나지는 않지만 무기를 가진 인간형 상대는 짐승과 다른 공포를 느끼게 했다. 정말.

이 고블린한테서 받은(죽이고 뺏은) 철검은 너덜너덜해져 더는 쓸 수 없어졌을 때까지 내 무기로 활약해 줬다.

어째서 이렇게 고블린 이야기만 떠올리고 있느냐면, 눈앞에 있는 고블린이 원인일 것이다.

"우와, 너희는 타이밍이 좋네. 미궁 길드 등록은 언제든 되지만 면허의 발행 수속과 초심자 강습은 한 달에 딱 한 번이거든. 등록 시에 수강하지 않으면 안 된다는 규칙도 없고 정규 면허 발행 전까지 받기만 하면 되지만 온 김에 수강하고 갈 거지?"

"저기, 너무 당연한 것처럼 설명이 시작되긴 했지만 당신 고블린이군요."

유키가 추궁하는 대로, 우리 눈앞에서 미궁 길드에 대해 설명하고 있는 건 누가 봐도 인간이 아니었다.

접수 누나를 이어 자연스럽게 길드 등록 설명을 시작한 건 고블린이었던 것이다.

안경을 쓰고 슈트를 입고 있는 거 말고는 언젠가 숲에서 때려죽인 고블린과 똑같은 모습이다. 구분할 수가 없다. 억지로 만든 것 같은 미소가 기분 나쁘다.

"이런, 실례. 자기소개를 아직 못했군. 난 고브타로라고 해. 이 길드 최고참 중 한 명으로 사무원이야."

고블린은 실은 몬스터가 아니었던 건가. 아, 요정이었나?

어쨌든 아주 딱인 이름이다. 고브타로라니……. 지로나 사부로도 있으려나[*].

"뭐, 너희는 이제 막 밖에서 왔으니까. 무슨 말을 하고 싶은지는 알아. 지적한 대로 난 고블린이다. 아직 못 봤는지 모르지만 이 도시에는 인간 말고도 많은 종족이 살고 있고, 너희가 말하는 몬스터 카테고리의 주민도 있어."

---

[*] 타로(太郎)는 장남, 지로(次郎)는 차남, 사부로(三郎)는 삼남을 말한다. 인명으로도 자주 쓰인다.

"네에? 그래도 괜찮나요?"

이 도시 외에도 수인 같은 아인종과 엘프, 드워프 같은 요정족이 살고 있다는 건 들었기에 저항감은 없다.

오히려 현대 일본에 살았던 몸으로서는 보면 친구가 되고 싶다.

하지만 내가 알고 있는 몬스터 카테고리의 생물은 100% 적성 종족인데.

"머리가 나쁜 녀석은 미궁에서 나오지도 못하지만 말이야. 어느 정도 레벨이 올라가면 나름내로 지혜도 생기지. 덧붙여 몬스터용 법률은 인간보다 훨씬 엄격해 도시에 살고 있는 건 꽤 상위의 극히 일부분뿐이지만 말이야. 던전에 있는 몬스터도 딱히 본능에 따라 인간을 공격하는 건 아냐. 머리가 나빠서 먹이로 보이는 걸 공격하는 것뿐이야. 먹을 게 있으면 인간을 공격하지 않아. 맛도 없고."

맛이 없나…… 먹어 본 적은 있다는 느낌인데. 나도 고블린을 먹은 적이 있으니 서로 마찬가지다.

아주 잘 생각해 보니 먹기 위해 사육된 소, 돼지, 닭과 평범하게 살고 있는 인간을 비교하면 가축 쪽이 더 맛있을 것이다.

그렇게 되면 판타지에서 자주 맛있는 요리로 등장하는 드래곤 스테이크는 맛이 없는 건가. 드래곤은 육식이잖아?

"아, 그렇군요."

유키는 납득했는지 아닌지 잘 알 수 없게 건성으로 대답하고 있다.

하지만 그것보다 더 신경이 쓰이는 건 고브타로 씨의 말이다.

"레벨…… 말인가요?"

이 세계, 게임처럼 스테이터스와 소지 스킬은 확인 가능하지만 레벨과 경험치의 개념은 없다. 덧붙여 HP도 MP도 없다.

아니, 없다……고 생각했는데 설마 있는 건가. 보이지 않을 뿐 실은 존재하고 있다거나.

"그래, 레벨. 밖에서 온 인간한테는 익숙하지 않을지 모르지만 생물로서의 격이라든가, 위계 같은 그런 의미라고 생각해도 돼. 미궁 안에서 몬스터를 쓰러뜨리면 이 레벨이 올라가 스테이터스가 향상되지. 길드에 등록하면 지금까지 보였던 스테이터스에 더해 레벨도 확인할 수 있게 돼."

"오, 오오오오오."

무슨 이유에서인지 유키가 감동에 떨고 있었다.

판타지에다 RPG 같으면서도 꽤나 야박하고 현실적인 이 세계에서, 이 정보는 글자 그대로 세계가 변하는 이야기였을 것이다. 실제로 시스템이 이상해.

"또 클래스라든가 스킬처럼 여러 가지로 배워야만 되는 것도 많지만 그런 것들은 초심자 강습에서. 다른 수강생도 있고. 시간이 되면 3층 다목적 홀에서 하니까."

"네! 기대하고 있겠습니다."

유키는 그 자리를 떠나는 고브타로 씨를 보며 손을 힘차게 흔들고 있었다.

"왔어, 왔어, 레벨업이라고."

"진정해."

"하지만 게임 같지 않아? 뭐, 원래부터 스킬이라든가 스테이터스처럼 게임 같은 요소는 있었지만 성장 요소가 너무 현실적이라서 기운 빠지는 세계였잖아."

"그렇다고는 해도 쉽게 레벨이 오르진 않을걸? 레벨 하나 올리는 데 1년 넘게 걸린다든가. 스킬 습득도 그런 느낌이고."

나도 스킬은 가지고 있는 편이지만 습득하려고 배운 게 아니었고, 기프트와 《산술》 이외는 하나를 습득하는 데 엄청난 시간이 걸렸다고.

지금은 체감적으로 스킬의 은혜를 받고 있다고 인식하고 있지만, 스킬의 존재 자체는 그저 능력, 기술을 가지고 있는 증명이라고밖에 생각할 수 없던 시기도 있었다.

"으, 맞아. 하지만 이건 게임으로 말하면 대형 패치라든가 확장 디스크라든가, 혹은 차기작이라는 레벨의 시스템 변경이잖아."

"······시스템이라."

옛날에 여러 가지로 생각한 게 있다.

이 세계는 스테이터스가 보이고 습득하고 있는 스킬을 알 수 있지만 현실의 법칙에 미치는 영향은 거의 없다.

예를 들면 HP나 MP는 표기 자체가 없다. 당연하다. 마력 잔량이라는 의미의 MP라면 몰라도 생명력이 수치로 표기된다는 건 말이 안 된다.

스테이터스도 상당히 엉성해서 힘 수치가 높다고 반드시 완력이 강하다는 걸 의미하지는 않는다. 아마도 여러 요소가 얽힌 표기일 테지만, 대략적인 기준 정도밖에 안 되는 것이다.

팔굽혀펴기를 하면 〈힘〉 수치가 올라간다. 하지만 그걸로 완력은 강해져도 복근과 다리 힘은 강화되지 않는다. 지구에 있을 때와 마찬가지다.

그럼 단련이 아닌 레벨로 능력치가 올라가는 경우, 그건 어디의 근력이 강화되는 거지? 전체적으로 힘이 강해진다고 해도 바로 그 감각에 익숙해지는 건가. 힘 조절을 제대로 못해 물건을 부수거나 하지는 않을까.

게임 같은 시스템이지만 게임은 아닌 것이다. 초심자 강습도 그렇지만, 이건 여러 가지를 조사해서 검증할 필요가 있을 것이다.

"뭐, 강화 수단이 늘어난다는 건 좋지."

트레이닝하고 장비를 갖추고, 전투를 경험하는 등 밖에서 강해지는 방법은 지구에 있었을 때와 다르지 않았다.

하지만 그런 것들 말고 다른 요소로 강해질 수 있다면 환영이다. 그걸 비겁하다거나 교활하다고는 말할 수 없을 것이다. 있으면 쓴다는 게 이 세계에 태어났을 때부터의 방침이다. 치트 만세다.

게임적인 설정이 있는 이세계 전이 소설을 읽을 때는 레벨이 있다는 것만으로 치트라 부르지는 않았었지만 말이다.

"방금 들은 초심자 강습까지 뭘 할까. 아직 시간이 꽤 남는데."

그렇다고는 해도 몇십 분 정도라 도시를 산책하기에는 짧다. 우선 오늘 밤 묵을 곳을 찾기에도 이 짧은 시간으로는 찾을 수 있을지 미묘하다.

"기왕 온 거 먼저 3층 다목적 홀이라도 확인하고, 이 건물 안이나 견학할까?"

"응, 그래. 뭔가 여러 가지가 많은 것 같던데."

길드원을 위한 서비스 시설 같은 것도 있을 것이다. 그래서 우리는 다목적 홀을 확인한 뒤 미궁 길드 회관 안을 산책해 보기로 했다.

【미궁 길드 1층】

우선은 1층.

접수 플로어와 의뢰 게시판, 대합소 같은 홀로 구성되어 있고, 간단한 식사를 할 수 있는 식당 같은 가게가 임차해 들어와 있었다.

식당 앞에 놓인 간판을 보고 있으니 아침에는 길드원을 위한 할인 서비스도 있는 것 같다. 굉장하다.

대합소로 보이는 곳에는 음료 자판기가 설치되어 있어서 완전히 현대 일본의 관공서 분위기다. 구석에는 엘리베이터 홀도 보인다.

이렇게 얼핏 보면 관공서의 접수 플로어로만 보이지만 무지투박한 금속 갑옷을 입은 전사와 마술사 같은 사람이 있기에 이곳이 미궁 길드 사무실이라는 게 이해된다.

하지만 심하다 싶을 정도로 휘황찬란하게 반짝거리는 장비를 갖춘 전사와 노출도가 대단히 높은 여자가 있는 건 세계에서도 이곳뿐일 것이다.

완전하게 물리적인 성능을 무시한 디자인으로 완전 RPG 세계다. 업데이트를 반복할 때마다 쓸데없이 장식된 새 장비가 나오는 MMO의 표본이다. 강해진다 해도 별로 입고 싶지는 않다.

"유키는 저런 거 입어 보고 싶어?"

"일본인의 감각으로라면 약간 좀 창피하지. 하지만 왕도에 살던 귀족 중에는 저보다 더 화려하게 차려입은 사람도 있었어."

역시. 큰 상인의 자식이라 그런 교류도 있었다는 건가.

예외일지도 모르지만 이 도시로 오기 직전에 만났던 귀족은 정말 악취미라고 말해도 좋을 정도로 요란했다. 만약 그게 스탠다드라고 한다면 사교계는 가장 무도회장이 되겠군.

의뢰 게시판은 던전을 ○○층까지 공략한다, 몬스터를 ○○마리 토벌한다 등 의뢰라기보다는 당면 목표를 정하는 것 같은 내용의 것이 많았다.

어쩌면 모험가의 육성이 메인으로 이런 의뢰들로 돈을 벌려는 생각은 없는 걸지도 모른다.

밖에서는 보지 못했던 소재의 매수도 있다.

옛날에 고블린을 먹었을 때는 먹는 동안에도 뼈째로 썩어 갔지만…… 아무래도 썩지 않게 해서 가져오는 모양이다. 들고 오는 동안에 사라져 버릴 것 같은데.

설마 생포라든가…… 혹은 방부 능력이 있는 자루에 담은 뒤 박살? ……처참한 그림이 될 것 같다.

【미궁 길드 2층】

이어서 2층. 엘리베이터도 있는 것 같지만 계단으로 올라간다.

이곳에는 초심자를 위한 간이 도서실과 면담실, 길드 직원용 스태프 룸이 있다.

간이 도서실은 미궁 초심자를 위한 책이 진열된 작은 방이다. 책상과 의자도 열 몇 개 정도밖에 없다. 아무래도 좀 더 위층에 제대로 된 도서실이 있는 것 같다.

덧붙여 유키 말에 따르면 이곳이 왕도에서 제일 큰 서점보다 장서가 많다고 했다.

왕도에 있는 서점은 가게 전체에 있는 책이 백 권도 안 되고 책과 책장이 사슬로 연결되어 있다는 모양이다. 심지어 서서 읽기만 해도 시간 단위로 엄청난 돈을 내야만 한다고도 했다.

밖은 인쇄물이 없다고 했으니 손으로 직접 쓴 책이거나 사본일 테고, 그런 면에서의 차이는 어쩔 수 없는 것이리라.

"내가 갔던 서점에는 족자나 나무 팻말에 적혀 있는 것도 있었어."

……이제는 석판까지 나올 기세군.

지금은 이용자가 없지만 면담실은 길드에 소속된 자들과 스태프들이 사용하는 상담실 같은 것인 모양이다. 조금 전에 우리가 고브타로 씨한테 설명을 들은 것도 이 방들 중 하나였다.

퀘스트 상담과 활동 방침 협의, 인생 상담도 하는 것 같다. 결혼 상담 광고도 붙어 있다.

……결혼 상담이라니, 모험가와 결혼하고 싶은 사람이 과연 있을까. 불안정한 직업 끝판왕 같은 거라고 생각하는데.

스태프 룸은 출입 금지인 것 같아 어떻게 되어 있는지 확인할 수 없었다.

【미궁 길드 3층】

그리고 초심자 강습을 한다고 한 3층. 이곳은 다목적 홀 같은 커다란 방만 모여 있는 플로어다.

지금은 뭔가 이벤트를 하고 있는 것도 아니라서 아무것도 없이 텅 비어 있다.

보니 벽에는 TCG 대회 안내 포스터가 붙어 있었다. 여기 사람들은 이세계에서도 카드 게임을 하나.

덧붙여 보러 가지는 않았지만 지하 1층이 트레이닝 룸과 훈련소. 지하 2층은 모험가에게 빌려주는 창고 같다.

더 위층에는 거대한 자료실도 있는 것 같지만 데뷔 전의 모험가는 4층 이상은 들어갈 수 없었다. 아쉽다.

"뭐랄까 TRPG를 할 때 쓰던 주민 회관이 떠오르네."

"넌 옛날 사람 같은 취미만 있구나."

들은 이야기로는 로그만 해도 컴퓨터의 텍스트 화면으로 하는 게임 같고, TRPG 또한 젊은 사람들한테 유행하는 놀이는 아닐 것이다. 결코 흔들리지 않는 한결같은 팬이 있다는 이야기는 자주 듣지만 그 팬이 세상 어디에 서식하고 있었는지 신기할 노릇이다.

일반적인 오타쿠 취미보다도 딥한 세계일지도 모른다.

"옛날이라, 듣고 보니 그럴지도. TCG 같은 것도 옛날 사람 취미려나."

"앞에 두 개랑 비교하면 메이저지만 최첨단은 아니잖아."

"뭐, 전생의 난 고풍스러운 여자였으니까."

"여러 가지로 많이 다르네."

너, 조금 전에 BL 게임 이야기도 하지 않았냐. 고풍스러운 여자는 그런 짓 안 할 것 같은데.

그런 쓸데없는 잡담을 하면서 시간을 보내고 있는데 다목적 홀 입구로 두 남자가 들어왔다.

한 명은 금발에 푸른 눈으로, 이 세계에서는 오히려 무개성으로 분류되는 청년. 아마 스무 살 전후. 적어도 우리보다는 연상일 것이다.

소검(小劍)을 지니고 있는 걸 보니 전위 같지만 무기 이외의 장비는 갖추고 있지 않아 전투 스타일은 알 수 없다.

유키와 같이 다가가 보니 얼굴 덕 좀 많이 볼 것 같은 미남이다. 친구가 되고 싶다.

또 다른 한 명은 신장이 2미터가 넘는 거인이다. 거인종치고는 작은 걸 보니 혼혈이거나 내가 모르는 종인 모양이다.

그 키에 어울리는 해머를 한 손에 들고 있는데 아마도 난 휘두르지도 못할 무게로 보인다. 틀림없이 파워 파이터다.

양쪽 다 강습이라는 걸 받으러 온 거려나.

"여어, 너희도 강습이냐?"

그 외모에 어울리는 미성과 웃는 얼굴로 금발이 말을 걸었다. 질투가 날 정도로 멋진 청년이다.

"어, 너희도?"

"그래. 너희는 회관에서 본 적이 없는데 아직 트라이얼에 참가하지 않은 건가? 강습에 맞춰 등록하러 왔다거나."

역시 우리보다는 아주 약간 선배 같다.

"트라이얼이라는 게 뭔지는 모르겠지만 완전 신입인 건 맞아. 이 도시도 오늘 막 왔으니까 말이야."

"흐음, 운이 좋군. 우리는 트라이얼을 종료하고 이 강습을 기다렸거든. 등록한 타이밍이 안 좋았지. 보름 정도 개인적으로 훈련만 했어."

"그럼 우리보다 한 달 정도 선배라는 거네. ……그런데 트라이얼이란 게 뭐지?"

"아, 이 도시에서 미궁 탐색자로 본격적으로 활동하기 위한 전단계로 이 강습의 수강과 트라이얼 던전 공략이 필수거든. 던전 쪽은 가이드 담당 동반자가 있으면 언제든 들어갈 수 있지만 이 강습은 한 달에 한 번 개최라서 말이야. 타이밍이 안 맞으면

우리처럼 맥 빠지게 기다려야 해."

뭔가 여러 가지로 새로운 정보들이 쏟아졌다.

하긴 아까 그 고블린이 타이밍이 좋다고 말하긴 했다.

"실제 공략하는 거랑은 다른 초심자용 던전이 있다는 뜻이야?"

"그래. 5층으로 함정도 없고 몬스터도 약한 던전. 약간 맛만 보는 수준으로 공략 자체는 어렵지 않았어. 초심자를 대상으로 한 세례는 받았지만."

"세례? 마지막에 강한 적이 있다거나 그런 느낌인 거냐?"

처음 만나는 자는 무조건 죽게 되는 그런 몬스터라도 배치되어 있는 거려나.

"……실은 자세한 건 말해 봤자인 것 같고 특히 아직 공략하지 않은 사람한테는 말하면 안 되는 것 같던데."

초심자용 던전 이야기이고 하니 무리해서 들을 그런 내용도 아니려나.

무리하게 들었다가 페널티 먹는 것도 싫으니.

"그리고 그쪽의 여자…… 아니, 남자아이군. 쟤, 너랑 아는 사이냐?"

우와, 대단해. 딱 보고 알아차렸어, 이 녀석. 만난 지 며칠이 지난 나도 아직 반신반의인데.

"아, 네, 유키토입니다. 잘 부탁드립니다."

유키 씨, 기분 짱인데. 첫눈에 남자라는 걸 간파당해서 그런가?

"나야말로 잘 부탁해. 우리도 자기소개를 아직 안 했군. 나는 필로스. 일단 밖에서는 기사를 했지만 지금은 평범한 견습 모험가야."

　기사님인가. 그렇게 대단한 사람도 모험가가 되기 위해 여기 오는구나. 생활은 어렵지 않을 텐데.

　"저쪽에 있는 큰 녀석은 트라이얼에서 함께했던 가웨인. 낯가림이 좀 있지만 엄청 힘이 세."

　필로스가 그렇게 소개하자 덩치 큰 녀석이 부끄러운 듯이 인사했다. ……아니, 그 덩치에 무슨 낯가림이냐.

　……아, 다음은 내 차례인가.

　"난 츠나야."

　뭔가 미묘한 표정이다. 그래, 어차피 이상한 이름이야.

　"우선 우리가 모험가라 부르는 직업의 정의부터 설명하죠."
　초심자 강습의 강의가 시작됐다.

　강사는 베르나 라이엇이라는 이름으로 어딜 봐도 인간이지만 흡혈귀인 모양이다. 사회에 진출해 있는, 사람 아닌 존재가 상당히 많은 도시다.

　어쨌든 벽 앞에서는 그렇게 많이 줄을 서 있었는데 여기 있는 건 딱 네 명이다.

　강습은 하루에 세 번 하고 중간에 하는 이 강습은 사람이 적어지는 경향이 있는 모양인데, 아무리 그래도 너무 적은 거 아닐까.

입구에서 줄을 섰던 그 쪼그만 마법사는 어디로 간 걸까. 여기에서 만날 거라고 생각했는데…… 관광이라도 하고 있는 건가?

"당신들 네 사람은 전원 밖에서 왔으니 이 도시의 모험가에 대해서는 잘 모르겠죠. 그쪽 두 사람은 여기 온 지 약 한 달이 지났으니…… 그래, 오늘 도시에 온 유키토 씨, 당신은 모험가라는 직업이 어떤 건지 알고 있나요. 아, 밖에서 말하는 걸로."

유키토라 불린 유키는 약간 기분이 나쁜 표정을 지으면서 대답했다.

"네. 밖에서 말하는 모험가는 몬스터 전문 용병 같은 존재입니다. 일반적으로는 용병과 사냥꾼보다도 수입은 적고, 인기는 없습니다. 실력도 빽도 없는 사람이 몸값을 올리기 위한, 소위 말하는 임시직이라는 인식입니다."

그 대답은 나의 인식과 거의 100% 일치한다.

뭐, 우리는 밖에서 모험가를 한 게 아니기에 소문과 모험가한테 들은 정도의 지식밖에 없지만.

나머지 두 사람도…… 최소한 필로스는 기사였다고 하니 모험가의 실태는 자세히 모를 테지.

왕국에서 기사라면 반은 귀족, 적어도 유복한 집 출신일 것이다. 모험가라는 밑바닥 직업하고는 완전히 다르다.

"대체적으로 정답입니다. 저도 밖에서 모험가를 한 적은 없지만 밖에서 이곳으로 오는 모험가는 많으니까요. 그들에게 물으면 모험가라는 건 위험한 쓰레기장에서 알선 소개장을 찾는 것 같은 직업이라는 게 공통적인 인식입니다. 모든 걸 그대로 받아들일 수는 없지만 적어도 일반적인 사람들이 볼 때 높은 임금도 명예도 보증도 안전도 없는 직업이라는 건 틀림없는 것 같습니다."

직업 이미지는 형편없지만 그 말대로다. 전생에서 자주 봤던 이야기나 게임 소재로 나오는 모험가의 모습은 거기에는 없다.

위험해도 일확천금의 꿈이 있다면 계속 싸울 수 있지만. 나도 했을지도 모른다.

"자, 그럼 이번에는 이 도시에서의 모험가의 정의인데요, 이거와는 완전히 다릅니다. 우선 이 도시의 일반 대중이 인식하는 던전 탐색이란 오락입니다."

"네에?"

너무나도 상상 밖의 말이었는지, 유키는 이상한 소리를 냈다. 목소리까진 나오지 않았지만 나도 놀랐다.

"그래요, 인식이 다르면 그렇게 반응하겠죠. 그쪽 두 사람은 이미 한 달 정도 미궁도시에 살았고, 트라이얼도 공략을 마쳤으니 그렇게까지 인식에 차이는 없을 테고. 좋아요, 네 명밖에 없으니 질의응답은 언제든 받겠습니다, 유키토 씨."

"아뇨, 저기…… 괜찮습니다. 계속해 주세요."

유키는 난처한 표정으로 고개를 숙였다.

"그럼 계속하겠습니다. 이 도시에서 미궁 탐색이라는 건 엔터테인먼트이고, 모험가는 엔터테이너입니다. 던전을 탐색하는 게 주요 일이라는 건 틀림없지만, 이 도시에 사는 주민에게 모험가는 오락을 제공하는 아이돌, 무대 배우 같은 거라는 게 현재 상황입니다. 모험가 자신에게 미궁 탐색은 오락이 아닌 버젓

한 일로, 여기에서 말한 건 모험가와 관련이 적은 일반 시민의 인식으로 생각해 주십시오."

의미는 잘 모르겠지만 아까 고양이 씨가 '인기 얻기도 편하니까냥.' 이라고 말했던 건 이런 건가.

"밑도 끝도 없는 이야기지만 얼굴이 잘생기면 인기가 많습니다. 얕은 층을 탐색하는 시기…… 이른바 데뷔 직후의 수입은 그리 많지 않아서 아르바이트를 하면서 미궁에 들어가는 사람도 있지만, 인기가 있는 모험가 중에는 본격적인 미궁 탐색을 하지 않고 엄청난 금액을 버는 사람도 있습니다. 이 회관에 붙은 포스터에 실린 사람 등은 그런 느낌이죠. 그쪽의 필로스 씨, 유키토 씨는 그런 면에서 유리하겠네요."

벽에 붙어 있는 포스터도 개런티는 나오는 건가. 뭐야, 배우가 아니라 모험가 자신인 거였어.

유리하다는 말을 들은 유키를 보니 맥이 빠진 표정을 짓고 있다. 아까부터 유키 표정만 살피는 것 같긴 하지만 이 녀석, 표정이 완전 다양하다. 살짝 재미있다.

"뭐, 인기 장사라고 해도 본분은 미궁 공략입니다. 깊은 계층에서 손에 넣은 재물과 드랍 아이템은 고액이기에 돈을 벌고 싶다면 강해지는 게 정도(正道)입니다. 아이돌도 나쁘지는 않지만 말이죠."

그냥 지나치지 못할 이야기도 있었으니 질문해 볼까.

"죄송합니다, 질문이 있는데요. ……드랍 아이템이란 게 뭐죠? 몬스터가 뭔가 떨어뜨리는 건가요?"

밖에서의 이야기지만 몬스터를 쓰러뜨렸을 경우 바로 마소(魔素)로 환원되어 아무것도 남지 않는다. 순식간에 썩는 것이다. 썩어 안개가 되어 사라진다.

사용하던 무기 같은 게 남는 경우도 있지만 몬스터가 사용하는 건 대부분이 약탈품으로 손질이 안 된 조악한 것들이다. 쓸 수 있는 것도 있긴 하지만 팔 수는 없을 것이다.

"드랍 아이템은 이 도시의 미궁에만 존재하는 시스템입니다. 미궁 내에서 몬스터를 쓰러뜨리면 드랍 아이템이라 불리는 것으로 변화하는 경우가 있습니다. 그 몬스터의 몸의 일부였거나, 약이었거나, 무기였거나, 음식물이거나 합니다. 이것들을 파는 게 모험가의 주요 수입원이 된다는 거죠."

본격적으로 게임 같아졌군.

"몬스터의 부위는 어떻게 사용하는 거죠? 밖에서라면 바로 썩어 없어지던데요."

"아, 밖에서 몬스터와 전투한 경험이 있군요. 몬스터가 사라지는 건 다르지 않지만 여기에서는 바깥과 다르게 아이템이 출현합니다. 용도는 다양한데 무기의 소재가 되기도 하고 음식물이 되기도 합니다. 본체와 달리 이 드랍 아이템은 마소 환원…… 소위 말하는 '마화(魔化)'는 이뤄지지 않고 썩지 않습니다."

그 안개가 되는 현상을 '마화'라고 하는 건가.

"몬스터를 먹는 건가요? 옛날에 고블린을 그대로 먹은 적이 있는데 무지 맛없었는데요."

그 맛없음은 약간 생물병기 레벨이다. 그게 음식물로 드랍된다 해도 하나도 기쁘지 않을 것 같다. 먹을 게 아무것도 없으면 먹겠지만.

"새, 생으로 먹은 적이 있나요? 그대로라면 분명 먹을 만한 게 아닐 텐데……. 맛은 다양하지만 소재와 식재료로써 출현한 건 기본적으로 섭취 가능한 겁니다. 약으로 사용하는 것도 있고, 모두 맛있지는 않습니다. 특히 고블린은 생으로 먹는 건 거의 무리고, 드랍하는 고기도 상당히 맛이 없고 약으로도 쓸 수 없기에 인기 없는 드랍 아이템의 대표격이죠. 미궁 내에서 식량이 떨어져 도저히 어쩔 수 없는 경우에 구워 먹는 경우가 있는 정도입니다."

뭐, 일부러 맛없는 걸 먹고 싶은 것도 아닐 테니 이용 용도가 없다면 팔리지도 않으려나.

"대부분의 모험가는 경험이 있을 거라 생각하지만 모두가 두 번 다시는 먹고 싶지 않다고 평가했습니다. 카레 가루가 있으면 못 먹을 정도는 아니지만 가능하다면 저도 먹고 싶지는 않습니다. 그렇게 말하면 고블린 동료가 화낼지도 모르지만요."

동료라는 건 조금 전에 만났던 고브타로 씨를 말하는 거려나.

……아니, 그게 어떻게 된 거지. 자신과 같은 동족이 잡아먹혀 맛없다는 소리를 듣는 게 도대체 왜 화낼 일인 거지.

"제 동료 중에 고브타로라는 고블린이 있는데, 그는 고블린 고기를 좋아하는 음식이라 부르는 별종입니다. 고블린 고기는 미궁에서 방치되는 종류의 드랍 아이템이라 시장에는 별로 유통되지 않기 때문에 소량이라면 약간 고액으로 사줄 거라고 생각합니다."

동종을 먹는다니 카니발리즘이잖아. 고블린은 원래 그런 건가?

"그럼 다시 본론으로 돌아가죠. 모험가가 수입을 얻는 방법인데요, 여러 가지로 나뉩니다. 조금 전에 말한 대로 미궁을 공략해 얻은 드랍 아이템과 보물을 돈으로 바꾸는 게 주요 수입이지만 그 외에 이런 일들을 예로 들 수 있습니다."

· 길드가 제시한 퀘스트, 미션을 완수한다.
· 훈련관, 인스트럭터를 맡는다.
· 신규로 개발한 마법, 스킬의 정보와 권리를 판다.
· 투기장에서 대회에 참가한다.
· 팬 참가 이벤트에 출연한다.
· 탤런트로 TV에 출연한다.
· 자신의 동영상을 편집해 판다.
· 자신의 캐릭터 상품을 판매한다.

흡혈귀는 말하면서 칠판에 써내려 간다.

"이런 것들을 하면 수속은 길드가 맡기 때문에 귀찮을 일은 별로 없습니다."

……여러 가지로 잠깐만. 대부분이 다 이해가 안 되는 것들이잖아.

"저기 죄송합니다. 질문이 아주 많은데요."

"뭐죠. 다른 분들도 질문이 있는 것 같지만 우선 츠나 씨부터."

"네, 저기, 미궁 공략, 드랍 아이템 환금은 이해가 됩니다. 퀘스트, 미션도 차이를 잘 모르겠지만 그것도 넘어갑니다. 훈련관, 인스트럭터, 마법과 스킬의 정보도 개요는 그렇다 쳐도 실태는 잘 모르겠지만 지금은 넘어가겠습니다. 투기장의 대회도 마찬가지입니다. 그것들보다 그 이후가 제 상식과는 너무나도 동떨어져 있는데요……."

주위를 보니 나 말고 다른 세 명도 어이없어하고 있었다. 아니, 가웨인은 잘 모르겠지만.

"마지막 네 개는 거의 같은 카테고리라서 한꺼번에 설명하죠. 조금 전에 모험가는 인기 상품이라고 말한 것처럼 탤런트 일이 가능합니다. 이 도시에서 모험가는 인기 있는 직업이죠. 높은 랭크라도 되면 일반인, 모험가를 불문하고 팬이 붙습니다. 그 팬을 구매층으로 캐릭터 상품을 팔거나 이벤트를 하는 걸로 돈을 버는 게 가능하다는 의미입니다."

"테, 텔레비전이란 건?"

내가 알고 있는 텔레비전과 같은 거라고 생각할 수밖에 없는데요.

"미궁도시 밖에는 없지만 이 도시에는 영상을 남겼다 보는 게 가능한 상자 같은 게 존재합니다. 본 적이 없으면 상상할 수 없을 것 같지만 그런 거에 출연하면 출연료가 나옵니다. 유명한 모험가가 인터뷰를 하거나, 전혀 관계없는 버라이어티 프로그램에 출연하기도 하는 등 내용은 다양하지만, 도시 안 사람들의 눈에 각인되는 거죠."

아주 잘 이해해 버리는 게 싫긴 합니다만.

정말 텔레비전이 있단 말인가. 설마 컴퓨터라든가 인터넷은
없겠지.

"저기, 동영상은 뭐죠?"

필로스가 처음으로 질문했다. 아무래도 이 부근은 한 달 사전
조사에는 걸리지 않은 분야인 것 같다.

"미궁을 공략할 때 그 모험은 처음부터 끝까지 영상 기록이
남습니다. 공개할지 어떨지, 팔 상대를 어떻게 할 건지는 선택
할 수 있고, 이걸 최대 2시간 정도 길이로 편집해 팔 수가 있습
니다."

내가 아는 동영상 편집과 같은 걸로 들리는데. 던전에 감시 카
메라라도 달려 있는 건가?

"트라이얼 때도 동영상은 분명 찍혔는데 동반자한테서 못 들
었습니까?"

"아, 그러고 보니…… 들은 것 같기도……."

필로스와 가웨인의 동영상도 이미 있는 것 같다.

왠지 누군가 보고 있다는 사실을 의식하게 될 것 같다. 중요한
장면에서는 진지한 표정을 짓도록 명심하자.

"동영상은 가격과 출하 모두 길드가 결정하지만 어느 정도 실
적이 있으면 여기에도 융통성이 있습니다. 그리고 매상 일부가
출연 모험가한테 들어갑니다. 실적이 있는 경우 로열티 지급이
아니라 아예 길드가 판권을 사들이는 케이스도 있습니다."

"안 팔아도 되나요?"

"네, 동영상 자체는 길드에 기록으로 남지만 반드시 팔 필요는 없습니다. 실제로 훈련용 탐색 등은 재미가 없어서 거의 기록은 팔리지 않고 사장됩니다. 나중에 과거의 행적을 영상화하고 싶다는 희망에도 대응할 수는 있지만, 그런 의뢰는 거의 없습니다."

그거야 숫자도 많을 테고, 지금보다 실력이 떨어지는 영상은 재미있지도 않을 것이다. 봐서 재미있는 부분을 2시간 안쪽으로 편집하는 건가.

"덧붙여 이건 팬만이 아니라 다른 모험가를 상대로 파는 것도 가능합니다. 예를 들어 최전선 공략조의 영상 같은 건 아무도가 보지 않은 영역이 어떤 장소인지, 어떤 몬스터가 나오는지, 언젠가는 가게 될 장소를 미리 봐 두는 게 가능하기 때문에 인기가 많습니다. 일정 계층마다 출현하는 계층 보스의 공략 등도 잘 팔리고 있구요. 다방면에서 의뢰가 있기도 하고, 특수한 조건을 클리어했을 때 등은 길드에서 판매 의뢰를 하는 경우도 있습니다. 최근에는 선전 목적으로 무료 동영상 사이트에 업로드하는 사람도 있다고 합니다."

그래, 공략의 예습으로 쓸 수 있는 건가. 공략본이 아닌 공략 동영상 같은 것이로군. 자신들의 미래에 영향을 미치게 되니 팔리지 않을 이유가 없다.

"음, 그리고 캐릭터 상품 같은 게 있나요?"

질문한 건 유키다. 피곤한 표정인데 그 마음을 이해 못하는 건 아니다.

"특별한 정의는 없습니다. 조금 전 말한 동영상도 캐릭터 상품으로 부를 수 있고, 기본적으로 길드가 신청을 막지 않는 이상 팔 수 있습니다. 실제로 팔리는 건 동영상, 공략 정보를 집필한 책, 과거에 사용했던 무장, 피규어, 인형, 만쥬, 브로마이드, 사진집, 태피스트리, 안는 베개, 동영상이 아닌 음성만도 판매 가능하죠. 노래와 라디오를 수록한 디스크 같은 것도 이걸로 분류됩니다. 특히 무장은 아주 훌륭한 물건이라 팬들이 엄청 탐내는 캐릭터 상품입니다. 사인이 되어 있으면 완벽하죠. 옛날에 팬티를 팔려고 한 사람이 있었습니다만 그건 거부당했습니다."

유키는 머리를 감싸 쥐고 있다.

나도 여러 가지로 태클을 걸고 싶지만, 요점은 던전 공략 이외는 전생에서 말하는 만능 엔터테이너와 다르지 않다는 건가.

그보다 만쥬는 또 뭐냐. 어째서 만쥬 한정이지?

"어, 에로책이나 에로 동영상 출연 같은 것도 있나요?"

"말도 안 돼, 뭔 소리를 하는 거야." "있습니다." "네에엣?!"

유키가 소란스럽다. 이런 건 영상 매체가 있으면 반드시 있는 거잖아.

에로는 위대하다고. 새로운 기술이 세상에 나올 때 강력한 견인력을 발휘하는 기적의 콘텐츠다.

"지금까지 이야기한 방법으로 돈을 벌 수 없다거나 변변한 직업을 못 구했다거나, 혹은 거액의 부채를 떠안았다거나 하는 이유로 그런 것에 출연하는 모험가는 있습니다. 출연은 자유고 모험가 자체가 수입도 좋기 때문에 어지간한 사정이 아니면 없지만, 일단 길드도 일의 알선과 판매를 맡아 주고는 있습니다. 이런 것들은 확실히 잘 팔리지만 출연한 사람은 모험가로서 인기가 떨어지는 경향이 있습니다. 출연자는 딱히 모험가가 아니어도 되니까요. 뭐, 드물게 그런 거에 나오는 걸 엄청 좋아하는 사람도 있기 때문에 그런 사람은 출연료와는 관계없이 비디오를 내고 있기도 합니다. ……여기에는 남성분만 있으니까 하는 말인데요. 취미로 이런 동영상을 파는 여성 모험가도 계십니다. 제 블로그에 몇 개 추천작을 소개해 놨으니 기회가 되면 보시는 것도 좋겠죠."

좋아, 좋아. 상상력이 부족한 나에게는 사활 문제니까. 사창가도 레벨은 높을 것 같지만 손쉬운 처리가 가능한 건 기쁘다.

그리고 블로그가 있다는 사실은 인터넷도 있다는 걸 뜻하는 거겠지. 조금 전에 동영상 사이트 이야기도 했었고, 대체 얼마나 근대적인 건지.

"또 여담이지만 〈적동색 머슬 브라더스〉라는 클랜이 자신들의 근육을 어필하기 위해 열정을 쏟아부어 프로모션 비디오를 냈는데 이쪽은 전혀 안 팔렸어요. 불량 재고 때문에 빚을 떠안게 되어 최근에는 어덜트 비디오의 주연도 검토하고 있는 것 같긴 하던데…… 그것도 안 팔릴 거예요."

정말 아무 관심 없는 정보다. ……〈적동색 머슬 브라더스〉라면 입구에서 만났던 그 근육들 말인가. 그런 걸 하고 있었구나.

"그리고 츠나 씨는 동성애물 출연 의뢰가 있을 가능성이 큰데

딥한 세계이니 모험가를 계속할 거라면 거절하는 편이 좋을 겁니다."

"장난 아니군."

검문도 그렇고 어째서 호모 소재가 날아오는 거냐. 참아 줘. 유키 쪽이 훨씬 더 예쁘게 생겼고 필로스 쪽이 더 멋진 남자잖아.

뭔가 그런 오라가 풍겨져 나오는 건가? 전생도 포함해 그런 경험은…… 난 없는데.

설마 도시에 들어올 때 심사하던 그 망할 안경잡이가 길드 직원인 건 아니겠지. ……아닌 거 맞지?

"이제 질문은 다 됐나요? ……그럼 계속하겠습니다. 모험가의 일을 수주하는 경우, 모든 보수에 수수료, 세금이 붙습니다. 왕도와는 달리 주민세는 없기 때문에 모험가 일만 할 경우는 세금 관련 신청은 필요 없습니다. 매수 금액과 보수액에도 붙는데요, 낮은 랭크라면 약 3~5%, 중간 랭크면 7~12%, 높은 랭크라면 최대 15% 정도가 수수료와 세금으로 내야 되는 금액의 기준이 됩니다."

굉장하다. 밖에서는 영주에게 주는 게 70% 정도가 보통이고 영지에 따라서는…… 아니, 고향 시골은 영주에게 90%라는 미쳐 버릴 정도의 세율이었는데.

복잡하고 관심도 없었기에 조사한 적은 없었지만 전생 일본에서는 어느 정도였을까.

"이어 모험가의 복리후생 관련입니다. 모험가는 길드에 등록한 시점부터 숙소, 병원, 훈련 시설 등의 할인 서비스를 받을 수 있습니다. 그 외에도 랭크에 따라 고급 호텔과 전용 리조트 시설의 이용이 가능해지고, 임대 건물의 등급, 참가 가능한 강습과 옥션 등에서 우대 서비스가 추가됩니다. 대출과 신용 카드 심사에도 영향을 주고, 결혼 상담소에서도 높은 랭크는 인기가 좋습니다. ……실은 우리끼리 하는 이야기지만 사창가도 랭크에 따라 상대해 주는 여자의 등급과 서비스가 다릅니다."

대체 뭐냐……. 랭크를 올리지 않으면 창부조차 급이 높은 상대를 고를 수 없단 말인가.

하긴 높은 랭크 쪽이 돈도 더 많이 지불하겠지. 모험가의 동기 부여를 위한 장치로써도 정답이다. 충분히 이해할 수 있어.

"일반 의료비와는 별도로 미궁에서 사망, 부상당한 경우의 치료비는 무상입니다. 여기에는 입원 중의 식사, 의복, 병실과 침대 이용료도 포함됩니다. 또 밖에서 온 분을 위한 전용 기숙사 시설이 있는데, 트라이얼 기간 중 한 달간은 무상으로 이용 가능합니다. 필로스 씨와 가웨인 씨도 이용하고 있으니 알고 계시겠죠."

기숙사라……. 머물 곳이 있다니 감사할 따름이다. 노숙도 각오했는데.

"어떤 느낌이야?"

강사가 아니라 필로스를 돌아본다.

"굉장히 쾌적해. 넓이는 ……너는 잘 모르겠지만, 기사를 할 적에 할당됐던 2인실을 혼자서 쓰는 느낌이려나. 가구도 최소한의 것들은 처음부터 구비되어 있어. 수도, 부엌, 화장실 같은 설비는 공용이야. 그리고 이것도 공용이긴 하지만 목욕탕이 있어."

대단하다. 현대 일본과는 비교할 수 없겠지만, 가구가 있고 공용이라고는 해도 수도, 부엌, 화장실에 목욕탕까지 있으며 기사가 공용으로 쓰는 방과 같은 넓이라니, 장난 아니다.

덧붙여 왕도에서 일하던 시절 나와 형은 마구간을 썼다. 물론 말이 주인으로 우리는 더부살이다. 이것도 노예상의 일을 돕는 크리프 씨가 부러워할 정도였다.

"설명을 더 보충하자면 대욕장은 들어가는 시간이 정해져 있지만 개인 룸의 샤워만이라면 24시간 언제든 사용 가능합니다. 어느 정도 돈을 벌게 되면, 모두 근처 목욕탕과 건강 센터로 가니 이용자가 그렇게 많지도 않습니다. 무상 기간이 지난 뒤의 요금은 미궁도시의 일반적인 주택…… 방 하나에 간단한 조리장과 욕실, 화장실이 딸린 구조의 집과 거의 같은 수준의 요금이 월세로 발생합니다. 밖의 집을 빌리는 게 설비적으로는 좋지만 기숙사는 이 길드 본부 옆이라서 편리하죠. 랭크가 높은 모험가도 그것 때문에 계속 눌러 사는 경우가 있습니다. 이 주변에 대한 상세한 설명은 조금 전 드린 팸플릿에 사진과 함께 적혀 있으니 그걸로 확인하십시오."

기숙사는 이 근처에 있는 건가. 전생에서의 통학은 매번 장거리였기에 이건 완전 좋다. 마구간 시절도 가깝기는 했지만 논외다.

팸플릿의 사진을 보니 작은 원룸 같은 방에 침대와 책상이 배치되어 있다. 현대 일본 기준으로는 궁상맞지만 이 세계에서는 더없을 정도로 훌륭한 방이다.

"그럼 다른 질문이 없으면 15분 휴식하겠습니다. 음료는 1층 자판기에서 팔고 있으니 그걸 이용하십시오. 츠나 씨와 유키토 씨는 오늘 이 도시에 오셨다고 하니 이걸 서비스로 드리겠습니다."

흡혈귀 씨가 은색 코인을 건넸다.

"이걸로 음료수 하나를 살 수 있습니다. 1층 자판기 말고는 사용할 수 없으니 주의하십시오."

그래, 일본에도 있었어, 이런 거.

이제 장소는 바뀌어 1층 로비다.

우리 네 사람은 주스를 한 손에 들고 자판기 앞 긴 의자에 앉았다.

"와~ 한 달이나 이곳에 있었는데도 익숙해지지 않아. 아마도 여기 과일 주스를 왕도에서 마시면 중은화(中銀貨)가 날아갈 거야."

그렇게 말하면서 오렌지 주스를 들이켜는 필로스지만 나에게는 그 화폐 감각마저 없다. 기사라면 그걸 알 수 있을 정도로 급료가 빵빵한 건가.

"밖에서는 주스 같은 거 마신 적 없는데 그렇게 다른가?"

"사실 애초에 이 수준의 기호품은 구할 수도 없지. 한여름에 차갑게 만들어 주는 것도 마술로 할 수 밖에 없고. ……은화 정도로 끝날 수준이 아니야."

나와 가웨인이 마시고 있는 것도 오렌지 주스지만 확실히 이걸 왕도에서 제공한다고 하면 어느 정도의 허들이 있을지 상상도 할 수 없다.

애초에 주스가 들어 있는 종이컵조차 구하지 못할 것이다. 코스트를 생각하면 사는 사람도 없을 것 같다.

덧붙여 유키가 마시고 있는 건 두 번 다시는 못 볼 거라 생각했던 검정 탄산음료다. 이 세계에서 그 색과 탄산은 쉽사리 받아들여지기 어렵다고 생각하지만 말이다.

"그러고 보니 두 사람은 오늘 이 도시에 왔다고 했는데 크게 컬처 쇼크를 받은 것 같지는 않네."

딱히 그렇진 않지만……. 구체적으로는 밥 먹고 울 정도.

"받았어. 밖과는 비교도 안 될 정도로 문명이 차이 나잖아."

"나 같은 경우는 좀 더 심했거든. 너무 놀라 며칠 동안 정신도 못 차릴 정도였으니까 말이야. 두 사람은 혹시 전생에서 비슷한 문명인 곳에서 살았다거나?"

필로스는 숨기고 싶다면 말 안 해도 괜찮다며 말을 덧붙였다.

"굳이 숨기고 싶진 않아. 나와 유키는 전생에서 같은 나라 사람이었고, 추측일 뿐이지만 이곳을 만든 녀석도 마찬가지인 것 같아."

그런 대답은 상상도 하지 못했는지 필로스의 눈이 휘둥그레졌다.

"그거 진짜…… 엄청난 확률이다. 뭔가 확신이라도 있는 것 같은 말투인데……."

"정확하지는 않지만 일본인…… 내가 전생에 살던 나라의 사람이라면 누구든 확신할 정도로 이 도시에서 느껴지는 일본 냄새는 강해. 무엇보다 사용되는 언어가 일본어인 건 도저히 믿기질 않았으니까."

그렇다, 정식집에서도 그랬지만 이 도시는 일본어로 가득하다.

이렇게 필로스와 이야기하는 언어는 대륙의 공용어지만 미궁 도시의 간판에 써져 있는 글자와 들려오는 말소리는 대부분 일본어다.

지금도 로비 쪽을 쳐다보면 기사 갑옷을 입고 투구를 쓴 금발 남자와 꼬리가 달린 수인이 일본어로 말하고 있다.

애니메이션이었다면 지극히 당연한 광경이겠지만 이렇게 현실로 그런 상황이 성립되어 있으니 어색함만 느껴진다.

고브타로와 베르나르도 공용어로 설명해 주긴 했지만 그들도 분명 평소에는 일본어를 쓰고 있을 것이다.

"전생에서 일본어는 우리 나라에서만 공용어로 쓰였기 때문에 다른 나라 사람이라고 생각하기는 힘들어."

다른 나라 사람이라면 자기 모국어나, 그게 아니라면 적어도 영어를 썼을 것이다. 팔라우 일부에서는 일본어를 쓰고 있다는 이야기를 들은 적도 있지만 그렇다 해도 자국어 쪽을 우선할 것이다.

"그것도 정말 대단한 우연인데. 두 사람이 동향이라는 것만으로도 엄청난 확률인데."

"그쪽은? 전생에서 어땠는데?"

"나와 가웨인은 둘 다 전생이 없어."

가웨인을 쳐다보니 주스가 든 종이컵을 들고서는 그 커다란 몸으로 끄덕이고 있었다. ……지금까지 이 녀석이 말하는 걸 본 적이 없네.

"그러고 보니 오늘은 강습만 있잖아? 그런데 왜 무기를 가지고 온 거지?"

계속 신경이 쓰였다. 모험가로서의 기본 마음가짐이라고 대답해도 되지만, 그렇다고 하면 방어구를 하고 있지 않은 건 이상하니까.

내가 들은 바로는 이 도시는 굉장히 안전하다. 한밤중에 여자 혼자서 돌아다니는 게 가능할 정도로. 왕도였다면 생각할 수도 없을 정도로 치안이 좋다.

"어, 무기 훈련을 받으려고. 우리는 트라이얼을 끝냈기 때문에 이 강습이 종료되면 정식으로 데뷔하는데, 같이 던전에 들어갈 동료가 따로 있는 것도 아니라서 말이야. 그렇게 되면 이미 데뷔한 다른 파티에 들어가야 돼. 혼자나 극소수로 모험하는 케이스도 없는 건 아니지만 소수파인 것 같고. 아무튼 파티에 들어갈 때 내가 어느 정도나 가능한지를 증명할 수 있는 게 있으면 아무래도 편리하겠지."

그렇군, 길드에 기술 보증을 받는다는 건가. 검정 같은 건가?

"스킬은 안 되나?"

그거라면 명백한 지표가 될 거라 생각하는데.

"스킬도 상관없지만 너무 대략적이라서. 스킬을 가지고 있어도 자유자재로 쓰지 못하는 사람은 기사를 할 때도 많이 봤고, 이 도시에서는 스킬을 얻는 방법이 굉장히 많거든."

"많아?"

"너희는 이제 막 와서 모르겠지만 이 도시에서는 스킬을 살 수 있어."

"그건……."

재능을 사고파는 게 가능하다는 뜻인가?

스킬은 단순히 그 기술을 가지고 있다는 단순한 증명이 아니다. 가지고 있기만 해도 어느 정도 영향을 받고, 능력과 기술을 보조해 주는 것이다.

한 가지를 연습하여 능숙해져 가는 도중 어느 날 갑자기 급격하게 성장하는 계기 같은 게 스킬이라고 생각한다.

그걸 사고파는 게 가능하단 말은, 지금까지 전혀 다루지 않았던 분야라도 스킬을 습득할 수 있다는 것이다.

"몸에 익힌 스킬을 파는 건 불가능하고, 상성이 맞지 않아 절대로 얻지 못하는 스킬도 있는 것 같긴 하지만 자유롭게들 파는 것 같아. 이 회관에서도 그렇고. 데뷔하지 않으면 이용할 수 없긴 해도. 아마도 네가 궁금해하고 있는 것처럼, 그렇게 갖게 된 스킬은 아무래도 바로 정착은 안 돼. 계속되는 반복 연습이 필요하지. 밖에서도 기프트로 얻는 스킬 같은 건 바로 효과를 발휘하지 않을 거야."

들고 보니 그 말대로였다.

나도 아무것도 하지 않고 습득한 《근접전투》라는 기프트를 가지고 있지만 막 태어난 갓난아기가 《근접전투》 같은 걸 쓸 수 있을 리 없다.

주로 야생 동물과 고브타로…… 아니지, 고블린이나 오크와의 무수한 전투 끝에 겨우 《근접전투》를 얻은 것이다.

드물게 후천적으로 기프트를 얻는 경우도 있다고 들은 적은 있지만 그런 사람 역시 금방 쓸 수 없을 것이다. 아무것도 갖고 있지 않은 사람보다는 훨씬 효율적으로 습득할 수 있겠지만.

그런 차이가 있기에 매매로 습득한 후 정착시키는 훈련을 해, 어느 정도로 쓸 수 있는지를 판정받는다는 건가.

"파티만이 아니라, 모험가가 많이 모이는 클랜이라는 단체도 있는 것 같은데 자신의 기술을 파악하지 않으면 어느 클랜에 들어갈지도 결정할 수 없으니까 말이야."

그래, 클랜인가. 옛날에 했던 게임에서도 있었다. 이곳에서도 모험가끼리의 소규모 조직인 거겠지.

그렇게 되면 입구에서 만났던 〈머슬 브라더스〉와 〈아프로 댄서즈〉는 그런 종류인 건가. ……클랜의 이름?

모히칸 헤어 스타일이 아니면 〈모히칸 헤드〉에는 못 들어간다거나. 아니…… 들어갈 생각도 없지만.

"그래서 길드에서 검정해 제대로 어느 정도나 쓸 수 있는지를 조사해 준다는 거지. 게다가 검만이 아니라 전투 기술 전반의 훈련도 있으니까 말이야. 너희도 한 달 내로는 이런 자기 어필을 생각해야 될 거야."

"그렇구나."

불과 한 달 선배라 해도 선배 이야기는 도움이 된다.

거기까지 이야기하고 자연스럽게 마무리가 되어 강의가 이루어지는 홀로 돌아오게 됐다.

쉬는 시간에 이야기했던 스킬과 기프트, 무기 방어구 등의 판매점 이야기 외에 오전 내용의 보충 등을 하면서 오후 강습이 이어졌다.

"다음은 던전을 설명하겠습니다. 특별히 몰라도 큰 문제는 없고 파티를 짤 경우에는 자연스럽게 알게 되지만, 모처럼 이런 기회가 있으니 들어 주세요."

죽지 않으니까 정보 부족으로 사고가 발생해도 별문제가 없다는 뜻인가. 그건 무서운 사고방식이라고 생각하지만.

"이 도시에는 많은 던전이 존재합니다. 이건 수요에 맞춰 숫자가 늘어난 결과입니다."

수요? 던전이라는 게 늘어나는 건가?

"트라이얼 던전이 좋은 예입니다만 이건 적당한 난이도와 적당한 층수를 갖춘 던전이 있다면 초심자에 맞는 훈련이 될 거라는 생각에서 만들어진 것입니다. 그 외에는 무구를 전혀 가지고 들어갈 수 없는 미궁과 시간제한이 있는 미궁, 소리가 나지 않는 미궁, 일부 스킬이 무효화되는 미궁 같은 것도 있습니다. 그리고 이런 던전은 모두 이 도시의 대표자 중 한 사람인 던전 마스터의 힘으로 만들어져 왔습니다."

그렇군, 어떤 능력인지는 짐작도 안 가지만 이 도시는 던전 마스터의 능력을 기반으로 해 성립되고 있다는 건가.

미궁도 천연이 아니라 인공으로 만든 것. ……밖의 미궁도 실은 다 그런 건가.

그 던전 마스터가 유키가 말한 치트 전생자려나.

"이처럼 수없이 존재하는 미궁이지만 이것들은 어디까지나 진짜를 공략하기 위한 훈련, 준비, 시작에 불과합니다. 모두가 모험가로서 공략해야만 한다고 장려하는 미궁은 딱 하나, '무한회랑'이라 불리는 미궁입니다."

"저기, 던전 마스터는 공략을 장려하는 쪽인가요?"

질문을 꺼낸 건 유키다.

그래, 보통 던전 마스터는 모험가를 기다리는 쪽이잖아? 라스트 보스 같은.

"네, 장려하고 있습니다. 던전 마스터는 그중에서도 특히 이 '무한회랑'의 공략을 강력하게 장려하고 있습니다. 그래서 이 미궁의 공략에는 다른 미궁과는 비교가 안 될 정도의 보수가 나옵니다. 최전선의 공략 그룹은 분명 엄청난 재산을 가지고 있을 겁니다."

"공략은 어느 정도 진행되고 있습니까. 그리고 완전하게 공략…… 가능한지는 모르지만 그렇게 되면 그때는 어떻게 되는 거죠? 설마 미궁이 없어진다거나."

없어지는 건 곤란해. 밥줄이 사라져 버리는 거니까.

"다른 미궁은 공략되어도 그대로 존재하지만 무한회랑에 대해서만은 완전 공략이 가능한지 어떤지, 미궁 길드 직원에게도 알려주지 않았습니다. 덧붙여 공략의 진행 상황인데요, 얼마 전에 87층을 돌파했다는 보고가 올라왔습니다."

"87층……."

그렇다면 보통 생각할 수 있는 골은 99층이나 100층일 텐데, 그렇다면 뒤쫓는 건 무리 아닌가?

장려한다 해도 도저히 어떻게 할 수 없는 차이가 있을 것 같은데.

"75층에서 오랫동안 정체되어 있던 공략이었는데, 76층 이후는 순조롭게 진행되어 최근에는 한 층에 한 달 페이스로 진행되고 있습니다. 딱 끊어지는 100층이 골이 아닌가 하는 소문도 들리지만, 그렇다면 1년 내로 유키 씨가 말한 것처럼 공략이 끝나 버립니다."

그것은 우리한테 열심히 공략하라고 부추기는 건지, 100층이 골이라는 건 말도 안 된다는 의미인지 어느 쪽인지 모르겠다.

어쩌면 던전 마스터에게는 100층이 공략되면 나머지는 이 도시의 운영이야 어떻게 되든 상관없는 숨겨진 목적이 있다거나?

아무리 생각해도 답이 안 나오지만 이건 대답해 주지 않을 것 같다.

"90층이 공략당하면 일단락 짓는 의미로 기념 파티를 하려고 하니 부디 참가해 주세요."

그건 기대되지만 그 전에 빨리 데뷔를 해야겠어.

"그럼 계속합니다. 아마도 미궁의 최대 특징이라고 부를 수 있는 부분일 것 같은데요, 이 도시의 미궁은 안에서 죽어도 죽는 게 아닙니다. 정확하게는 죽어도 되살아납니다. 시스템 같은 건 공개되지 않고 있습니다만, 미궁에서 죽은 인간은 아직 한 명밖에 존재하지 않습니다."

뭐, 있었어?

죽지 않는다는 건 사전에 들었기에 죽은 사람이 있다는 게 오히려 예상 밖이었다.

유키도 필로스도 동요하고 있는 것처럼 보인다. ……가웨인은 잘 모르겠다.

"뭐, 당신들은 괜찮을 겁니다. 노쇠로 죽은 사람이 한 명 있을 뿐이니까요. 완전히 건강한 노인이었습니다. 젊음을 되찾는 방법을 찾기 위해 모험가가 되어 겨우 손에 넣었는데 너무 기쁜 나머지 죽었다고 하죠. ……이거, 실은 최근 이야기이지만, 의무가 있기에 매회 설명하지 않으면 안 됩니다. 저, 앞으로 계속 강습할 때마다 그 노인 이야기를 꼭 해야 합니다."

"아, 네, 노쇠로 죽으면 다시 살아날 수 없는 거군요."

관리자 측에도 의외인 점이었던 걸까.

"주의점인데요, 부상과 병이 있는 채로 던전에 들어가도 낫거나 하지는 않습니다. 그런 건 던전에서 나올 때는 들어갈 때의 상태로 돌아가니까요. 노쇠도 이와 비슷한 거지만, 들어가기 전에 앓고 있던 병이 원인으로 죽은 경우는 되살아날 수 없을지도 모릅니다. 이건 여전히 검증 과정 중인 문제입니다."

절대로 죽지 않는 건 아니다. 그렇게 되면 노쇠 이외에도 다른 가능성이 있다고 상정해 둬야만 할 것이다.

애초에 되살아나니까 죽어도 된다는 전제로 생각하는 건 위험하다. 살아남겠다는 의지가 공략에 필요한 것이리라.

"그래서 최근에 생긴 룰인데요, 건강체가 아닌 분은 던전에 도전할 수 없게 됐습니다. 돈은 들지만 이 미궁도시에서라면 팔이 절단된 경우든 밖에서라면 절대로 고칠 수 없는 병이든 대부분 고칠 수 있으니 건강해진 다음에 도전해 주십시오."

평범하게 생각하면 당연한 거지만, 요는 죽어 되살아나거나 상처를 원래대로 돌려놓는 건 던전 안에서만 가능하다는 뜻이리라.

중병 환자와 팔 없는 자가 치료를 위해 던전을 들어가도 소용없으니 개별적으로 치료하라는 이야기. ……그런데 팔이 잘려도 고칠 수 있는 건가. 굉장하다.

"이 던전 말인데요, 여러 가지로 독자적인 룰이 있습니다. 죽어도 되살아나지만 죽을 때 가지고 있던 장비와 아이템을 잃습니다. 또 레벨도 내려갑니다."

그래, 이상한 던전? 그것도 그런 게임이었어. 기억났다.

"레벨은 1로 돌아가나요?"

"아뇨, 사망 시의 페널티는 죽은 던전의 층에 따라 결정됩니다. 트라이얼 던전은 레벨도 아이템도 페널티가 없지만 예를 들어 무한회랑에서 사망한 경우는 죽은 층수에 따라 최대로 Lv 1까지 다운됩니다. 다만 이렇게 감소한 레벨은 하루에 1레벨씩 회복됩니다. 뭐, 죽은 경우는 조금 쉬라는 의미입니다."

87층에서 죽으면 완전히 나을 때까지 86일을 쉬어야 한다는 건가? 상당히 심한 페널티잖아.

실제 의미로 레벨이 떨어지거나 죽는 건 아니니까, 딱히 그렇지도 않은 건가?

선구자인 공략조는 희생 없이 공략할 수 없을 테니까, 많은 숫자로 돌아가면서 하거나 하겠지?

"장비와 아이템도 완전하게 소실되는 건 아닙니다. 내구치가 전부 소모되어 부서진 경우를 제외하면 담보물로 변합니다. 잃은 후 다음 날부터 일주일간은 원 소유주만이 구입권을 가지고, 그 기간이 지나면 일반적인 시장에 나오게 됩니다. 팔리지 않은 채로 3개월이 지나면 가게에서 없어져 미궁의 보물 상자로 이동하거나 몬스터용 장비가 됩니다. 이걸 '유실품'이라고 부릅니다."

그건 너무하잖아. 구제 조치겠지만 어떤 의미로는 완전 소실보다 심한 거 아닌가.

"소실된 장비를 되살 돈도 없고, 페널티로 미궁에도 못 들어가서 멍하니 전당포 앞에서 서 있는 모험가의 모습은 꽤나 불쌍

해 보이죠. 제 동료 듀라한 중에 그런 모험가를 비웃으러 가는 게 취미라고 말하는 말도 안 되게 사악한 자가 있는데, 여러분들은 아무쪼록 그런 흉내는 내지 마시길. 직원이 아니었다면 내쫓겼어도 이상하지 않을 테니까요."

"우왓."

최악의 취미다. 칼에 찔려도 이상하지 않겠어.

"다음으로 필로스 씨와 가웨인 씨하고는 이미 관계가 없지만 트라이얼 던전 이야기입니다. 당신들은 모험가 등록을 마쳤지만 정식으로는 아직 모험가가 아닙니다. 이 초심자 강습과 트라이얼 던전 공략을 거치면 그제야 데뷔가 됩니다. 실제로 게시판의 일을 수락하거나 트라이얼 던전 이외의 미궁에 들어갈 수 있게 되는 것도 데뷔 이후입니다."

나와 유키가 일단 넘지 않으면 안 되는 허들이라는 거군.

"저기, 그 트라이얼 던전은 어느 정도의 난이도인가요?"

"글쎄요. 솔직히 말하면 그리 대단한 난이도는 아닙니다. 공략 기한이 있는 것도 아니고, 무기도 렌탈품이 있고, 함정도 없고, 몬스터도 결코 강하지 않고, 층마다 제한 시간이 걸려 있는 것도 아니고, 사망 페널티조차 없으니 공략은 베리 이지입니다. 고정 맵 형식이라 들어갈 때마다 내부 구조가 변하는 것도 아니기 때문에 저 같은 경우는 서두르면 15분 정도면 공략할 수 있습니다. 그쪽 두 분은 세 번째 시도에서 공략했습니다. 실제 공략 완수 확률은 40% 정도입니다. 낮은 것처럼 들리지만 이건 아무런 각오도 없이 등록한 기념 모험가와 안에서 죽어 의지가 꺾인 사람이 원인입니다. 아픈 건 아픈 거니까요."

높은 건지 낮은 건지 잘 알 수 없는 숫자다. 그야 기념 삼아 한 번 들어간 거라면 포기하는 것도 빠를 테지만.

아마도 문제는 죽어 의지가 꺾이는 쪽일 것이다. 문자 그대로 죽을 만큼 아픈 걸 참아내는 정신력이 필수 조건으로 요구되는 모양이다.

죽는다는 것에 어떤 감각이 동반되는지는 모르지만, 이것만은 경험하지 않으면 모른다. 실은 아픔보다도 정신적 고통을 동반하는 형식일지도 모른다.

나도 고통은 둘째 치고 죽었다는 사실은…… 기억에는 없지만 한 번 있었다. 전생자였다고, 나.

"최연소 클리어는 5세 아이, 최장년 클리어는 나중에 노쇠로 죽은 사람으로 당시는 78세였습니다. 이건 엘프 같은 장생종을 포함하지 않은 인간 기준의 기록입니다."

5세라니 대단하다. 아니지, 전생자가 많은 이 세계라면 가능한가?

"그리고 트라이얼 던전은 보호자 동반입니다. 어느 정도 경험을 쌓은 선배 모험가가 여러 가지를 알려 주기 때문에 모르는 게 있으면 물어도 됩니다. 덧붙여 동반 의뢰를 수락하는 모험가가 없으면 트라이얼 던전에는 못 들어갑니다. 이건 필수입니다. 하지만 상당히 수입이 좋아 인기 있는 일이라서 사람을 구하기는 힘들지 않을 겁니다. 타이밍이 너무 안 맞아 기다리고 싶지 않은 사람은 아까 이야기한 듀라한 테라와로스 씨한테 부탁하면 흔쾌히 수락해 줄 겁니다."

그런 사람과 같이 들어가고 싶진 않습니다. 이름이 너무 이상해.

"그 동반자도 전투에 참가하는 건가요?"

"본보기 정도로밖에는 참가하지 않습니다. 죽을 것 같은 상태가 돼도 기본적으로 간섭하지 않습니다. 다만 질문에는 대답해 주고, 개인의 재량으로 전투 시 이외의 회복과 식사 제공은 허가되고 있습니다. 너무 간섭이 지나치면 경고 후 페널티가 발생해 전원 출입구로 돌아오게 됩니다."

그거야 그렇겠다. 전투까지 참가하면 뭘 위한 트라이얼인지 알 수 없게 되니까. 그냥 던전 견학 투어가 되겠지.

"이걸로 대체적인 설명은 끝났는데 질문 있습니까? 이 자리가 아니어도 길드원은 테라와로스 같은 악당을 빼고는 모두 모험가의 매니저 같은 존재라 언제든 상담 가능하니 마음 편히 말씀하십시오. 개인적인 거나 흡혈귀에 대한 질문도 관계없습니다. 제가 좋아하는 음식은 마늘입니다."

자기소개냐.

"저기, 트라이얼 동반자는 어떻게 정하는 거죠? 이 시간 이후에 지금 바로 도전하는 것도 가능합니까?"

그렇게 말한 건 내가 아니라 유키다.

완전 의욕이 넘치는데, 이 녀석. 난 먼저 기숙사에 가 보고 싶은데.

"동반자는 주로 중급 모험가에게 발행되는 일입니다. 접수에
물어보면 등록되어 있는 사람을 알려줄 거니까 그중에서 골라
서……. 아니, 엄청 의욕이 넘치는 것 같으니 제가 알아보죠.
……마침 신청한 사람이 세 명 있군요."

딱히 뭔가를 본 것도 아닌데 확인이 끝난 것 같다.

텔레파시 같은 걸 쓸 수 있는 건가, 우리한테는 보이지 않지만
정보가 어딘가에 표시되고 있는 걸지도 모른다.

"개인적으로 〈적동색 머슬 브라더스〉 멤버는 추천하지 않
는데요, 나머지는 〈짐승 귀 대행진〉의 칫타 씨와 테라와로
스……. 칫타 씨밖에 없네요. 문제가 없으면 이대로 진행할까
요. 필로스 씨와 가웨인 씨는 다음에 데뷔 전 설명회에서 만나
도록 하죠."

아무 말도 없이 끄덕이는 가웨인, 씩씩하게 대답하는 필로스
와 헤어져 우리는 흡혈귀 씨를 따라갔다.

"저기, 너 이대로 던전으로 바로 가는 거냐?"

"무슨 소리야, 츠나도 같이 가는 거지."

뭐야, 우리의 콤비는 이미 시작되었던 모양이다.

"나, 작업용 나이프밖에는 없는데."

"렌탈도 있다고 하니까 괜찮겠지. 그렇죠, 베르나 씨?"

"네, 문제없습니다. 잘하는 사람은 맨손으로도 클리어 가능하
고 한 번에 클리어 해야만 한다는 조건도 없습니다. 제2층 이후

는 층마다 귀환용 게이트도 설치되어 있으니 분위기만 보고 오는 것도 방법입니다."

뭐, 강사가 그렇게 말한다면 괜찮은 거겠지.

창작물이라면 준비하지 않고 갑자기 하는 도전 같은 건 대실패의 플래그지만 이 경우는 실패해도 엄청 심한 대미지를 입는 것 같지는 않다.

"가능하다면 무료로 빌려 준다는 기숙사 등록만은 해 두고 싶은데요."

"그거라면 모험가 등록과 세트로 등록되어 있습니다. 마침 입구 근처가 비어 있기에 츠나 씨가 101호실, 유키 씨로 102호실로 배정받았습니다. 생체 인식이니 열쇠도 필요 없습니다. 사용법을 잘 모르는 경우에도 길드 접수는 24시간 영업이기 때문에 문제없습니다."

생체 인식이라니 뭐야, 그거.

……그렇다면 딱히 짐이 있는 것도 아니니까 괜찮지 않을까. 딸랑 이 자루 가방 하나니.

"안녕, 루키들. 내가 〈짐승 귀 대행진〉의 칫타다냥."

로비로 가자 그곳에는 아까 본 고양이 귀가 있었다.

이 고양이 귀 씨가 우리의 트라이얼 던전 공략의 동반자가 됐다는 소리인가.

∞제2화 『트라이얼 던전』

【트라이얼 던전】

미궁도시 중앙부에 위치한 던전 전송 시설, 그 진짜 가장자리에 입구가 있는 초심자용 미궁.

약 15년 정도 전에 만들어진, 미궁도시 안에서도 세 번째로 오래된 던전.

미궁 탐색자…… 미궁도시에서 말하는 모험가가 본격적으로 활동을 시작하기 위한 등용문으로, 이 미궁을 공략한 자가 아니면 다른 미궁에 도전할 수 없다.

전 5층, 고정형 맵, 길에 트랩은 없고 잔챙이 몬스터도 다른 던전보다는 약하다. 또 사망했을 때 발생하는 레벨 다운 페널티와 아이템 분실도 없다.

최근 15년간 데뷔한 모험가라면 누구나가 체험하고 공략했던, 어떤 의미로는 도전한 사람 수도 가장 많은 던전이기도 하다.

클리어를 마치고 이미 데뷔한 모험가라도, 아직 초심자라면 실력 테스트 삼아 도전하는 경우도 있고 모험가 학교의 수업에서도 사용되기 때문에 이용하는 사람은 많다는 모양이다.

초심자 강습에서 받은 팸플릿에서 그런 식으로 소개했었다.

이 팸플릿은 풀컬러 소책자로, 전생의 간이 여행 가이드 같은 것이다. 새삼 미궁도시와 바깥의 기술 격차를 느끼네.

친절하게 몬스터의 일러스트와 던전 내부의 사진까지 게재되어 있다.

귀엽게 디자인된 고블린의 말풍선에 "자, 날 쓰러뜨리고 앞으로 가는 거다."라고 써 놓은 건 농담일까. 웃어야 되는 건가.

이 팸플릿에 따르면 모험가가 되지 않는 자들도 도전 자체는 가능하기 때문에 기념 수험을 받는 자도 있는 것 같다. 강습에서도 이야기했다.

기념 수험이라곤 해도, 그중에는 돌파하는 자도 있는 모양이니 미궁도시에는 모험가보다 강한 채소 장수나 생선 장수가 있거나 할지도 모른다. ……무서운 도시다. 실수로라도 여기에서 까불거나 하는 건 위험하겠군.

"왠지 아이들이 많이 줄 서 있는 것 같은데요."

우리는 그 트라이얼 던전 입구 앞에서 행렬에 둘러싸였다.

행렬의 대부분은 어린아이. 아니, 우리도 전생 기준으로 말한다면 미성년자지만 주위 어린아이들은 그보다도 작다. 초등학교 고학년 정도다.

그런 어린아이들이 하나 같이 무기를 들고, 방어구를 갖추고, 교복인 건지 위에 똑같은 망토를 입고 줄을 서 있다.

우리를 인솔하는 고양이 수인인 칫타 씨 말에 따르면 아무래도 모험가를 육성하기 위한 학교가 있는 듯한데, 이곳에 있는 건 거기 학생 같다.

정기적으로 이곳에 와 던전 어택 훈련 실습을 하고, 재학 중에 몇 번 도전해서 그대로 데뷔 자격을 딴다고 한다.

"소속되는 건 대부분 미궁도시 출신 아이들이다냥. 난 밖에서 와서 실태는 모르지만, 작은 아이가 많은 걸 보니 부속 학교의 학생 아닐까냥."

작은 아이가 많다기보다 이곳에 있는 건 모두 다 어린아이다.

아이를 데려와 몬스터와 싸우게 하는 학교가 있다면 일본에서라면 분명 큰 문제지만 이곳은 그런 세계인 것이리라.

이 정도 나이의 아이들이 싸우는 경우는 미궁도시 밖에서도 거의 없지만, 어른과 섞여 일을 하는 건 흔하다.

'미궁도시'라는 이름의 도시에 살고 있는 아이들을 단순히 아이들이라는 이유로 싸움에서 멀리 떼어놓으려 하는 건 잘못된 생각일 것이다.

그렇게 생각하지 않으면 내가 너무나도 어울리지 않는 곳에 있는 것 같은 기분이 들어 견디기 힘들다. 누가 봐도 우리는 겉돌고 있었다.

"마침 학교 실습과 겹친 것 같다냥. 금방 정리될 테니까 기다리는 게 좋겠다냥. 평일이고 다른 루키도 굳이 오늘 들어가려고 하는 자는 별로 없어 보이니까냥."

평일, 휴일의 개념 같은 것도 있나. 오랜만에 들었네, 평일.

"모험가는 딱히 휴일이나 평일의 구분 같은 게 없을 것 같은데. 영향이 있나요?"

"루키와 하급부터 중급과 상급, 거기에 잘나가는 아이돌 등 여러 가지로 다르지만냥. 루키라면 던전 어택과 훈련에 익숙하지 않은 점도 있고 지치기도 하고 해서 휴일이면 주위 분위기에 휩쓸려 쉬는 경우가 많다냥. 하급에서 맴도는 녀석들이 대부분 그렇다냥. 익숙해지면 그다지 관계없어지지만냥."

뭐지, 그 막장 느낌은.

"상급은 한 번 공략에 엄청난 시간을 들여 던전을 파고들어야 되니까 휴일은 클랜 전체가 훈련도 쉬는 곳이 많다냥."

그건 그렇겠군, 막노동 수준을 넘는 가혹한 직업이니까. 다시 살아난다고는 해도 실제 죽는 거랑 크게 다르지 않으니 휴일은 제대로 쉬고 싶은 건가.

휴일이라…… 왕도에서 일할 때 휴일 같은 건 없었다. 휴일 없이 MAX 20시간 근무였다. 그렇다고 야근 수당이 나오는 것도 아니라, 악덕 기업 따위는 비교도 안 되는 레벨의 근무 환경이다. 분명 술집에서 일하고 있는데도 술집과는 전혀 관계없는 현장으로 일을 도우러 간 적도 있었다.

"저기…… 잘나가는 아이돌은 다르다는 말은?"

"아이돌에 국한하지 않아도 인기가 있는 모험가는 던전 외의 일도 많으니까냥. 휴일은 대부분 이벤트에 출연하는 것 같다냥. 나, 지난 주말에 A랭크 모험가인 로란 씨가 나온 이벤트에 다녀왔다냥. 악수회 때는 흥분해서 코피가 나올 뻔했다냥."

악수회라니, 진짜 아이돌이냥.

"상급, 중급, 하급은 알겠는데 그 A랭크란 건 뭔가요?"

그래, 나도 그건 신경 쓰였다. 강습에서는 말하지 않았지만.

"모험가는 그 상중하 세 가지의 대략적인 카테고리 외에 A, B, C, D, E, F, G랭크로 분류되어 A와 B가 상급, C와 D가 중급, E 이하가 하급 랭크가 된다냥. 너희 둘이 트라이얼을 돌파해 데뷔하면 G랭크가 된다냥."

알파벳 랭크 분류인가. 일본어도 쓰고 있으니 놀라는 것도 새삼스럽지만.

"그럼 A랭크라는 건 제일 높은 사람을 말하는 거겠네요."

"그렇다냥. A랭크는 열 명도 안 되니까 완전 천상인이다냥."

"그 정도가 되면 던전 공략 말고도 바쁜가요?"

"A랭크는 두 말할 것도 없고 하급에서도 이벤트 참가 일은 있는 것 같다냥."

같다, 라는 말은 칫타 씨는 바쁘지 않다는 뜻이군.

이 말만 들으면 그런 건 얼굴이 중요한 것 같다. ······내 경우는 손님 쪽도 개최 측도 별로 인연이 없을 것 같다.

그런 건 아무래도 내 옆에 있는 이 녀석한테 딱일 것이다. 강습에서 흡혈귀도 말했지만.

"유키라면 그런 쪽 일도 꽤 많이 할 수 있을 것 같은데?"

"무리야. 게다가 지금 상황이라면 어느 층이 타깃이겠냥."

"······어느 층일까. 어린 남자를 좋아하는 누나나, 남자아이가 스트라이크 존인 좀 그런 사람들?"

외모로는 상당히 레벨이 높은 유키 씨지만 이상한 게 달려 있으니까 말이지.

이상한 속성이 있는 녀석이 아닌 이상, 같은 게 달려 있는 녀석에게는 기본적으로 먹히지 않을 거라 생각한다.

"나, 우울해지는데……."

"차라리 성별을 모호하게 해서 팔면 되지 않을까? 있잖아, 유키코짱입니다~ 그런 느낌으로."

원래 여자였다면 여자 흉내 내는 것도 잘할 것이다. 지금도 그다지 남자다운 말투가 아니고, 동작도 판별이 어렵다. 말하니 않으면 모른다. 아니, 사실 말해도 잘 모르겠다.

"그건 여장 남자 같잖아. 그리고 내 원래 이름은 '유키(雪)'라서 코(子)는 안 붙거든. 스노우."

원래는 유키 씨구나.

"아니, 카드가 있는 데다가 상대의 스테이터스를 보는 방법은 얼마든지 있어서냥. 아무래도 성별은 슬쩍 얼버무리는 건 힘들 거라 생각한다냥. 그건 그렇고 유키는 전생에서 여자였구냥. 아, 하지만 사진집을 내면 뭔가 달려 있다고 해도 〈머슬 브라더스〉보단 잘 팔릴 것 같다냥."

"저기요, 그게 무슨 위로가 되죠?"

현시점에서 얼굴이 팔리지 않은 유키라면 겉표지만 보고 사버리는 사람도 있을 테지만, 〈적동색 머슬 브라더스〉는 특이한 걸 모으는 사람밖에 수요가 없을 것이다.

굳이 뭘 사느냐로 따진다면 그건 나도 유키 걸 산다. 잘만 숨겨준다면 실용적이다. 최악의 경우 펜으로 칠해 버리면 된다.

취향이 독특한 사람들 중에는 달린 쪽이 좋다고 말하는 사람도 있을 것이다. 그렇게 특수한 속성의 늪에 빠져드는 것이다.

"저기, 내 사진집 같은 건 됐고……."

진짜 어째서 모험가가 되기 위해 왔는데 사진집 내는 이야기를 하고 있는 거지.

◆ ◇ ◆

"이 줄, 앞으로 얼마나 더 서 있으면 되나요?"

"……진짜 줄고 있다는 느낌이 하나도 안 드네."

아까부터 한 발짝도 안 움직인다.

잠깐 움직여도 된다면 오는 도중에 있던 노점에서 핫도그를 사 오고 싶은데 안 되려나. 나중에 안 끼워 준다거나 나만 빼고 간다거나 하지는 않을까.

"학교 실습은 반 단위라서 움직일 때는 확 움직일 거라냥. 그 대신 반마다 사전 설명이 긴 것 같다냥."

"반 단위로 던전 공략을 하는 건가요? 왠지 숨이 막힐 것 같은데요."

확실히 어디에 누가 있는지도 파악하기 힘들 것이다. 좁으면 호흡이 곤란하겠는걸.

"던전은 통상 1파티 6명이 공략하는 경우가 많고 제한도 있지만, 이곳은 제한이 없으니까냥."

몇 명이든 동시에 공략할 수 있다면 인해전술 쓸 수 있겠는데.

……그런 방법으로 데뷔해도 의미가 있을지는 잘 모르겠지만.

"파티는 여섯 명이 기본이군요."

"여기 말고는 대부분 그렇다냥. 리더를 정하고 여섯 명이서 역할을 분담해 앞으로 나가는 거다냥. 난 주로 정찰과 함정 대책, 자물쇠 열기가 주요 역할이다냥."

이 고양이 귀 씨는 도적 역할인가. 클래스 체인지하면 닌자가 될 것 같다.

이번에는 함정은 없다 하니 그런 기술은 필요하지 않을지도 모르지만 앞으로는 전투력 이외의 능력도 필요해질 테지.

"난 경험이 없지만 상급 랭크가 되면 6인 제한을 넘어 12명이라거나 24명 파티로 도전하는 경우도 있는 것 같다냥. 거기까지 가지 않더라도 레이드 보스 공략 이벤트라든가로 복수의 파티로 던전 어택하는 경우가 있다냥."

레이드 같은 게 있는 건가. 로그의 정의는 모르지만, 기본 1인용이겠지? 이렇게 되면 MMORPG가 되는 거 아닌가?

6인 파티 역시 MMORPG에서 엄청 드문 건 아니지만 기원을 찾아 올라가면 고참 던전 RPG 같은 게 떠오르기도 하고. 여러 가지로 너무 섞였어.

"하지만 이렇게 많은 숫자가 같은 곳에 들어가면 이동도 곤란해지는 거 아닌가요? 원래 많은 사람들이 도전하는 것을 상정하고 있는 거라면 그런 방식도 나쁘지는 않은데 여기도 그런가요? 우리도 이 아이들과 섞여 던전 공략을 하는 거잖아요?"

"동감이야."

이 인파에 파묻혀 공략이고 트라이얼이고 제대로 될 리 있겠어.

과거에 오크 집단과 밀폐된 동굴에서 대치했을 때는 공간이 너무 없어서 정말 힘들었다. 주로 냄새가. 오크 냄새 정말 장난 아니다.

"아, 그러고 보니 두 사람은 오늘 도시에 왔구냥……. 그렇다면 모를 것도 같다냥. 트라이얼 던전에 그치지 않고 던전은 특별한 이벤트가 없는 한 안으로 들어가면 개별 전용 에어리어로 존재한다냥. 그러니까 다른 파티와 충돌하게 되는 경우는 없고, 그래서 이 아이들도 안에 들어가면 만나는 일은 없다냥."

"그렇구나, 파티마다 공간적으로 개별 공간이 작성되는 건가. 방해도 받지 않는 대신 도움도 못 받는다는 거군."

"왜, 왠지 너무 납득이 빠르다냥."

유키의 대답에 고양이 씨가 멈칫했다.

게임 시스템 같은 관리를 하고 있다는 사실을 알았으니 현대 일본의 게임에 익숙한 사람이라면 쉽게 이해 가능하다. 유키 같은 게임 뇌는 당연 이해도 납득도 빠를 것이고, 나도 라이트 게이머라고는 해도 어떤 시스템인지 정도는 이해된다.

애초에 랜덤으로 던전을 만들 수 있다면 어떤 타이밍에서든 만들 수 있다는 이야기니까. 안에서 갑자기 구조가 바뀌면 당황하게 된다. 전용 에어리어라면 들어갈 때와 계단 이동 시에 만들어 버리면 되니 타이밍적으로도 문제는 없다.

"이곳 이외의 던전은 자동으로 맵이 바뀌기도 하지만, 여기는 '고정 맵'이라서 언제 들어가도 구조가 바뀌지 않는다냥."

"그건 초심자용이라서? 그렇게 되면 랜덤으로 만들 수 있다기보다는 채널이 다르다거나 그런 감각인 건가?"

"초심자니까냥. 이곳은 구조 자체가 심플하고 미궁이라 부를 수 있는 건 최하층 정도다냥. 나머지는 거의 길이 하나라 길을 잃을 일이 없을 정도다냥. 이런 곳에서 뭘 배우라는 거냐고 느낄 정도라, 던전의 간단한 구조나 첫 전투 같은 기본적인 걸 배울 수 있게 되어 있다냥."

정말 연습용이라는 느낌인가. 이 아이들도 도전할 수 있을 정도의 난이도인 것이다.

필로스는 세례를 받았다고 말했는데 그래도 클리어 자체는 가능하다는 거겠지.

"그럼, 안에 들어갈 때까지 아직 시간이 좀 걸릴 것 같으니까 두 사람의 스테이터스 카드를 보여 줬으면 좋겠다냥. 일단 어드바이스 정도는 가능할 것 같은데 말이다냥."

"아, 회관을 나올 때 받았어요……. 하지만 이런 건 함부로 남한테 보여 줘도 되는 건가요? 미궁도시 밖에서 스킬 정보 같은 건 꽤나 생명선이기도 했는데."

유키가 말한 것처럼 적어도 미궁도시 밖에서는 개인의 스테이터스 정보를 함부로 공개하지 않는다.

스테이터스 카드처럼 편리한 게 없다는 이유도 있지만, 그래도 함부로 밝힐 건 아니다.

이 도시 입구에서 유키와 정보를 교환한 건 내가 애초에 딱히 숨기지 않는다는 것과 앞으로 콤비가 되겠다는 특수한 관계라는 사실이 겹쳤기 때문이다.

이 카드는 조금 전에 길드에서 나올 때 받았는데 거기에는 알고 있는 정보와 익숙하지 않은 레벨과 HP, MP라는 추가 정보가 적혀 있었다.

물론 Lv 1이다. 경험치…… EXP는 표시되어 있지 않다.

"꼭 보여줘야만 되는 건 아니지만, 미궁도시에 있으면 스테이터스는 완전히 달라져 버려서 숨겨 봤자 의미 없는 게 하급 랭크에서의 기본이다냥. 스테이터스를 공개하지 않게 되는 건 중급 랭크에 들어간 다음부터가 일반적이다냥. 그래도 메인으로 이용하는 스킬 같은 건 주위에서 다 알게 되지만 말이다냥. 반대로 파티에서 제안이 들어오게 하려고 어느 정도 스킬을 공개하는 모험가도 많고, 잡지에 정보를 싣는 그런 사람도 있다냥."

"흐음. 뭐, 그것도 그러네요. 굳이 숨길 이유도 없고. 여기요."

"제 것도 보세요."

유키를 따라 나도 칫타 씨에게 카드를 건넨다.

앞으로 지도를 받아야 하기 때문에 우리의 능력 파악은 필요할 것이다.

"흐음, 유키는 유키코가 아니라 유키토였다냥. 아, 불공평하니까 내 것도 봐도 된다냥."

그 말과 함께 자신의 카드를 내밀어 왔다. 그걸 유키가 받았는데 대체 어떤 느낌인 거려나.

"저기, 뭔가 레이아웃이 다른 것 같은데요. ……사진도 붙어 있고, 색도 다르고."

"맞다냥, 모험가 랭크마다 레이아웃이 다르다냥. 스킬 같은 게 늘어나 더는 표시할 수도 없게 되니까냥. 기본적으로 위로 갈수록 표시되는 정보량은 많아진다냥. 상급 건 이보다 더 고기능으로 스킬란 같은 게 스크롤도 가능하기도 하고, 카테고리로 나뉘어 있는 것 같다냥. 약간 멋지다냥."

사진이 붙었다는 건 면허증 같은 카드가 되는 거려나.

"우와. 응? 저기, 혹시 루키용 카드는 스킬이 다섯 개까지밖에 표시가 안 되는 건가요."

"……뭐?"

유키가 건네 준 칫타 씨의 카드를 보니 정말 정보량이 많았다. 특히 스킬의 숫자가 완전히 다르다.

반대로 우리 건 문자가 크게 표시되어 있고, 정보도 적고, 스킬은 표시할 수 있는 공간이 다섯 개밖에 없다.

내용과는 관계없지만 V 포즈로 찍은 사진이 울컥할 정도로 아주 훌륭한 웃는 얼굴이다. 너무 우쭐하는 표정에 한 대 쳐 주고 싶어진다.

"이거 정말, 두 사람 모두 기대되는 루키다냥."

칫타 씨가 카드를 돌려준다.

"유키가 궁금해 한 건 맞다냥. 루키용 스테이터스 카드는 기본적으로 미궁도시 밖에서 볼 수 있는 것과 거의 다르지 않으니까 스킬란은 딱 다섯 개뿐이다냥. 두 사람 모두 다 차 있는 걸 보니 밖에서도 상당히 훈련했던 것 같다냥. 대단하다냥. 그리고 말 그대로 정말 간 떨어지는 줄 알았는데, 츠나의 《원시인》이란 건 대체 어떤 스킬이냥옹."

신경 쓰일 만도 할 거다.

내 기프트 이외의 소지 스킬은 《산술》《서바이벌》《음식물 감정》《생물독 내성》과 《원시인》이다.

맨 처음에 나오는 《산술》이 굉장히 그럴싸해 보인다. 하지만 뒤로 갈수록 문명이 퇴화하는 느낌이다. 촌뜨기 정도의 레벨이 아니었다.

"《원시인》? 헤이안 시대 사람이라면 이해가 안 가는 것도 아니지만."

"서바이벌을 했더니 생겨난 스킬이야. 효과는 잘 몰라."

그리고 헤이안 시대 사람도 아니거든. 그건 이름만 그렇다고.

"저기, 아마도 미궁도시에서 처음으로 확인된 스킬이라고 생각하니까 길드 데이터베이스에 등록하면 꽤 좋은 금액의 사례금을 받을 수 있을 것 같다냥."

정말? 당분간 돈과 관련된 불안을 날려 버릴 수 있는 건가.

"어, 얼마나 벌 수 있나요?"

"난 그런 경험이 없지만 우리 부단장이 등록했을 때는…… 대충 몇 개월분의 생활비 정도는 됐다냥."

멋지다. 그게 비싼 건지 싼 건지는 모르겠지만 일도 안 하고 생활비를 챙기는 거잖아.

"다만 길드에서 그 스킬을 검색하면 소지하고 있는 대표적인 모험가의 이름도 나오게 되니까 《원시인》 하면 츠나라는 느낌이 될지도 모르겠다냥."

"젠장……."

그건 심하다. 《근접전투》 하면 누구누구가 아니라, 《원시인》 하면 츠나라니.

그럼 《원시인》의 스킬을 가지고 있는 사람이 아니라 원시인 그 자체 아닌가. 자칫 잘못하면 이름으로 불리지 못할 가능성도 있다고.

"돈이 궁하다거나 그럴 마음이 생기면 등록하면 된다냥. 하지만 좀 묘한 느낌이다냥. 《원시인》보다 먼저 뭔가 하나라도 스킬을 터득하면 이런 스테이터스가 되지 않아도 되었는데냥."

나도 모르는 사이에 터득한 스킬이라 노리고 취득한 게 아닌데…….

"혹시 표시되지 않았을 뿐으로 다섯 개 이상 습득하고 있을 가능성이 있다거나……."

"맞다냥. 다만 실제로 기프트 이외에 다섯 개 이상 스킬을 가지고 있는 사람이 그렇게 많지는 않아서 초심자는 이 표시라고 생각한다냥."

어쩌면 스킬이 늘지 않는다고 생각했던 건 그저 단순히 표시되지 않았을 뿐이었다는 건가?

몇 년 정도로는 갖지 못하는 거라 생각했는데, 그런 이유가 있었던 건가. 나, 실은 좀 더 많은 스킬을 가지고 있는 건가.

"뭐, 그 외에 스킬을 어느 정도 가지고 있는가는 길드에서 알아보거나, 데뷔한 뒤 발행되는 카드로 알 수 있다냥. 그렇지 않으면 난 가지고 있지 않지만 그 카드에 《감정(鑑定)》스킬을 써서 알 수도 있는 것 같다냥."

"그건 다른 모험가가 봐 준다는 뜻인가요?"

"그렇다냥. 그렇지 않아도 길드의 직원은 대부분 가지고 있고, 모험가가 아니어도 '감정사' 클래스를 가지고 있는 사람한테 부탁하면 된다냥."

직원이라면 확실히 가지고 있을 것 같다.

《감정》스킬이라고 하면 이세계 전생물의 인기 스킬인데 이곳에서는 그리 레어도 아닌 모양이다.

그 외의 인기 스킬인 아이템 박스라거나 스킬 강탈 같은 건 어떠려나. 칫타 씨가 허리에 작은 주머니를 차고 있는 걸 보니, 아이템 박스는 존재하지 않거나 전문직의 스킬인 건가.

"다섯 개 이후는 표시되어 있지 않을 뿐으로 스킬 자체는 효과를 발휘하고 있으니 영향은 없다냥. 하지만 밖은 말이다냥 시스템 업데이트가 전혀 안 된다냥."

너무 냥냥거려서 무슨 말을 하는지 이해하기 힘들어졌다.

"시, 시스템 업데이트?"

"미궁도시에서는 대부분 한 달 정도마다 시스템 업데이트라는 갱신이 이뤄진다냥. 제대로 설명할 수는 없지만 새로운 룰이라든가 새로운 스킬, 던전의 특성이 늘거나 여러 가지가 바뀐다냥. 그 시기가 되면 TV 같은 데서도 자세하게 공개되고, 길드의 현관홀에도 안내가 붙는다냥."

정말 게임이구나. MMORPG의 정기 업데이트로 들린다.

그리운, 밸런스 조정이라는 이름의 하향 수정 방법이다.

"덧붙여 지난번 업데이트는 《근육 마술》이 대폭 약체화됐기 때문에 너희가 길드 입구에서 만났던 근육들은 아주 슬퍼했다 냥. 정말 구질구질했다냥."

"그, 그런가요……."

뭐야, 《근육 마술》이란 게. 뭐 하는 거지. 근육이 빛나거나 하는 건가?

이런 식으로 던전 대기 시간에 미궁과 관련된 잡다한 이야기들을 나누고 있는데 뒤쪽에서 거친 목소리와 함께 엄청나게 큰 발소리가 다가왔다.

◆ ◇ ◆

"비켜, 비켜! 꼬맹이들, 꾸물꾸물 하지 말고 수속 좀 빨리 해!!"

갑자기 줄에 끼어든 건 아마도 거인종. 갈색 피부와 곤두선 빨간 머리카락, 오거라 해도 납득이 될 것 같은 엄청 큰 몸과 근육. 무지 크다고 생각한 가웨인보다 훨씬 더 거대하다.

얼핏 본 것만으로도 직감했다. ──저건 강하다. ……차이가 너무 나, 강함의 끝이 보이지 않을 정도로.

"아, 박카스다냥. 저 녀석 또 하는 걸까냥."

"저 아저씨, 유명인인가요?"

"유명인이다냥. 미궁도시 전체로 봐도 꽤 유명하다냥."

눈에 띄는 외모와 남다른 강자의 오라는 역시 유명해질 만하다.

"강할 것 같기는 한데, 저 아저씨가 어째서 여기로 온 거지?"

"뭐, 강한 건 확실하다냥. 솔로로 상급 랭크에 있는 시점에서 이미 약한 건 아니다냥."

상급……. 이 고양이 귀…… 칫타 씨도 분명 꽤 강할 것이다. 척후직인 것 같으니 전투력으로는 본직의 전위에 비해 떨어지겠지만 그래도 우리는 상대도 안 될 것이다. 스테이터스를 볼 필요도 없이 힘의 차이를 느낄 수 있다. 카드를 본 지금은 숫자부터도 분명하다.

칫타 씨조차 중급 랭크, 그것도 중급 랭크 중에서도 하위 랭커라고 한다. ……아마 상급 랭크라 불리는 모험가는 밖에서 말하는 영웅, 초인의 부류.

"저 녀석, 실력보다도 깔끔하지 못한 생활 습관 때문에 유명하다냥."

……더러운 초인인가. 갑자기 한심한 느낌이 되어 버렸다.

거의 초등학생 같은 체격의 학생들 사이를 뚫고 앞으로 나아가는 박카스. 결코 위해는 가하지 않는 것 같지만 양심은 없는 것 같다.

"뭐 하는 거예요, 아저씨!! 똑바로 줄 서요!"

"이 아저씨 몰라? 추정뱅이 박카스다!"

"어, 어째서 B랭크가 트라이얼 던전에 오는 건데?"

"이봐, 아저씨, B랭크면 무한회랑에나 들어가요!! 애들과 섞여 트라이얼이라니, 창피하지도 않아요?"

학생들의 항의하는 목소리가 빗발쳤다.

그리고 미안, 그건 우리한테도 대미지거든.

"미안하지만 아저씨는 페널티 중이라서 말이다. 장비도 없으니 무한회랑은 좀 무리다."

"역시 잡지에 실려 있는 대로 술값 벌기냐!! 완전 후져."

"와핫하하, 후지지, 그래, 정말 후져, 그러니까 아저씨한테 순서 양보해라. 30분 정도밖에 차이 없잖아?"

뭐야, 이 구제 불능 인간의 막장 논리는? 그렇다면 당신이 기다리라고.

"저 녀석, 확실히 세긴 하지만 무한회랑의 사망 페널티 기간이라든가 던전에 들어가지 않는 동안은 술만 퍼마셔서 술값 푼돈 벌이로 가끔 이곳으로 온다냥."

"우와……."

"본받고 싶지 않은 선배군."

"본받을 필요는 없다냥. 인기 직업인 모험가 중에서 저렇게까지 바보 취급당하는 녀석은 드물다냥. 잡지에서도 주정뱅이 빠카스라고 쓴다냥."

정말 술을 좋아할 것 같은 이름이지만, 빠카스라니 심하네.

"아마도 무한회랑에서 죽어 장비는 담보로 잡히고, 저금은 전부 술로 날렸을 거다냥. 저 녀석이라면 Lv 1 상태에 알몸으로도 이곳을 돌파할 수 있을 테니까냥."

"여기는 분명 훈련용 던전일 텐데 B랭크인 사람이 술값 정도는 벌 수 있나요?"

"아니, 벌이로 본다면 거의 무의미하지만 들어가는 돈이 없으니까냥. 싸구려 술 정도는 살 수 있을 거다냥. 렌탈 무기를 빌릴 수 있는 건 이곳뿐이고냥."

"그러고 보니 저 아저씨 맨손이네요."

게다가 티셔츠 차림이다.

우리는 딱히 얽히는 일 없이 칫타 씨의 해설을 들으면서 그 덩치가 곧바로 접수로 가는 걸 지켜봤다.

최종적으로는 교사로 보이는 사람이 나와 그와 교섭한 뒤에 교사 쪽이 물러나는 형태로 결말을 지은 모양이다.

으음, 저 녀석은 오늘 딱 하루 만에 전도유망한 어린 모험가들의 어그로를 획득했군. 블로그 같은 데에 올렸다간 악플로 도배되겠어.

"상급 랭크의 모험가는 다들 저런 느낌인 건 아니죠?"

"저 인간은 예외다냥. 상급 랭크는 모두 생활에 여유가 있어서 부드러운 사람이 많다냥. 뭐, 이상한 방향으로 월등한 사람도 많지만냥. 성질이 거친 건 오히려 아래쪽이다냥. 아무리 기다려도 중급 랭크로 못 가는 자라든가, 중급 랭크 중에도 아래쪽은 질이 나쁜 자가 있다냥. 뭐, 그래도 상해 사건조차 좀처럼 발생하지 않는 도시니까 안심해도 된다냥."

여성이 밤에 마음 놓고 다닐 수 있는 도시로 큰 걱정은 없지만 그래도 어디든 질이 나쁜 자는 있다는 건가.

뒷골목으로 들어가면 가진 거 전부는 물론이고 목숨이나 신체 일부가 없어지는 왕도와 비교할 바가 아니지만. 그곳의 뒷골목과 슬럼가는 정말 마굴이다. 소문을 들을 때마다 진심으로 떨었다.

"뭐, 저 녀석은 기본 솔로이기도 하니 직접 연관되는 일은 일단 없을 거니까 잊어도 된다냥."

그런 거, 왠지 무지 복선 같으니까 그만해 줬으면 하는뎁쇼.

학생들의 줄 뒤에서 기다리기를 30분. 약간 긴장해서 임한 접수에서의 수속은 순식간에 끝나고, 드디어 던전이다.

"결국 장비는 검으로 하는 거야?"

지금은 그 바로 앞, 무기 렌탈과 간이 훈련소가 있는 에어리어에서 검을 휘두르고 있다. 이곳은 이미 던전 안과 같은 취급인 듯 개별 에어리어라고 한다. 학생들의 모습도 없다.

강습에서 말한 것처럼 무기는 빌릴 수 있는 모양으로, 스탠다드한 무기 종류와 방패는 얼추 갖추고 있다. 하지만 아쉽게도 고를 수 있는 건 무기만으로 방패 이외의 방어구는 없다.

파손되어도 변상 등의 페널티는 없는 것 같지만 던전 밖으로 가지고 나오진 못하는 것 같다.

"소형 메이스나 해머는 없으니 아쉬운 대로 예비로 손도끼나

가져갈까. 실은 창 같은 게 좋지만, 동굴 안에서 제대로 휘두를 수 있을지 불안하기도 하고 경험이 없으니까."

제대로 된 무기 중 써 본 거라곤 나이프와 고블린한테서 빼앗은 장검, 손도끼 정도다.

지금까지는 기본적으로 기술 같은 건 생각 안 하고 오직 완력에 의지하는 무기를 사용해 왔다. 기술을 이용한 싸움법은 별로 자신이 없기에 기프트인 《근접전투》가 없었다면 위험했을지도 모른다.

덧붙여 《한손무기》 기프트도 가지고 있지만 방패는 쓸 수 없기 때문에 딱히 유효하게 이용할 수도 없다. 이렇게 실제로 사용한다 해도 한 손 검보다 양손 검이 나아 보인다.

기본은 양손 검. 이거에 더해 휘두르기 편해 보이는 손도끼가 있으면 충분할 것이다.

"어쨌든 여기 정말 굉장하다. 내가 가지고 있는 거랑 거의 같은 수준의 무기가 가득해. 이거 비쌌는데. ……초심자한테 렌탈해 주는 레벨인가."

유키가 자신의 소검을 보며 말한다.

정말 싼 물건처럼 보이지는 않는다. 대상인의 집에서 비싼 건 상상하고 싶지 않은 수준으로 비싼 것임은 짐작이 간다.

"역시 미표기 스킬을 가지고 있는 게 맞다냥. 폼이 나온다냥. 밖에서 장검을 썼던 거냐옹?"

처음 듣는 미표기 스킬이란 아마도 표시되는 다섯 개 말고 보이지 않는 다른 스킬을 말하는 것이리라.

다섯 개밖에 없을 가능성도 남아 있지만 《원시인》을 습득하고 상당히 시간이 지났기에 한두 개는 있을 거라 생각한다.

"경험은 있지만 기본적으로는…… 곤봉이려나. 그리고 돌."

"…………."

원시인이라도 보듯 날 쳐다본다.

어쩔 수 없잖아. 그런 산속에는 무기 따위 없으니까. 제대로 된 금속조차 없었단 말이다. 고블린이 가진 검을 보며 부러워할 정도였다고.

덧붙여 곤봉이라고는 했지만, 사실 나무뿌리다. 동그랗고 두꺼운 사이즈의 나무를 그대로 휘두른 적도 있다.

"도, 돌이라니 투석 같은 거냥? 모험가도 척후직들은 꽤 쓰고 있는 걸 본 적도 있다냥. 나쁘지 않다냥."

"던지기도 하지만, 근접전이 메인이라서 그냥 패는 데 썼지."

"…………."

투척에 적성이 없다고. 돌을 던져도 맞지도 않고. 꼭 중요할 때 엉뚱한 곳으로 날아간다.

전생에서도 야구를 했을 때는 송구 미스가 많았다. 어디를 지켜도 미스를 했기에 포수가 고정 포지션이었다. 상대가 도루해도 송구하지 않고 그저 멍하니 있는 벽이었다.

"츠나가 지금까지 살아온 게 대체 어떤 신기한 세계였는지 흥미가 생긴다냥……."

어쩌지……. 말해도 상관없지만 생활 환경은 둘째 치고 싸움 이력을 공개하면 다들 깜짝 놀랐다, 매번.

저 움직이는 열람 금지 인물인 크리프 씨조차 역시 내 싸움 이력에는 식겁해하는 눈치가 있었다고.

"뭐, 츠나는 《원시인》이니까. 어쩔 수 없지."

"그런가, 《원시인》이니 어쩔 수 없다냥."

원시인으로 납득하지 말라고, 거기. 원시인도 돌도끼 정도는 썼겠지. 어라…… 어쩌면 난 그 이하일지도.

몇 번 휘둘러보고 설치된 기재로 그립을 만진다. 그걸 몇 번 반복해 조정해 나간다. 쥘 때의 미묘한 차이만으로도 느낌이 많이 다르다.

수리나 메인터넌스 같은 전문 기술은 손톱만큼도 없지만 고블린한테서 강탈한 물건을 쓰다 보니 담쟁이덩굴로 그립을 조정하는 것 정도는 배웠다.

서툴지만 서툰 대로 몇 번 반복해 휘두르면서 배운 기술이다. 담쟁이덩굴이 아닌 전용 기재가 있는 것만으로도 상당히 다르다.

"너도 화살 같은 거라도 가져가는 편이 좋지 않을까. 단궁이 특기라고 했지?"

여기는 화살도 무제한이다.

화살 값이라는 게 장난 아니다. 나 자신은 경험이 없지만 사냥꾼한테 들은 이야기로는 하나하나가 꽤 비싼 모양이다.

한 번 날린 화살도 할 수만 있으면 회수해 다시 쓰는 건 당연한 일. 부러져도 깃털과 촉만이라도 회수해 다시 만드는 경우가 많은 것 같다.

화살촉도 금속이니 비싸긴 할 거다.

"으음, 내 건 약간 특수해서 사이즈가 안 맞을 수도 있어."

"내 건 특별하다고?"

소설 속 최강 주인공처럼 독창적인 아이디어라도 도입한 건가?

"아냐. 왜 날 그런 소설 주인공처럼 만들고 싶어 하는 거야. 아니, 가능하다면야 그러고 싶지만."

뭐, 나도 전생자 축에 끼는 사람으로 최강을 과시하고 싶은 소망은 있다.

"내 건 단궁이라 보통 활보다 작아. 주로 견제용으로 사용하는데 보통 화살은 너무 커서 제대로 쏠 수가 없어. 평소 같으면 다시 만들기도 하지만, 대단한 것도 아닌데 시간만 엄청 잡아먹어. 큰 걸로 못 쏘는 건 아니지만 다행히 화살은 몇 개 준비해 뒀으니 오늘은 제대로 맞는 걸 쓸게."

제대로 된 이유는 있는 것 같다.

유키는 체구가 작아서 그런 고안도 필요할 것이다.

"츠나라면 저기 있는 대궁 같은 것도 당길 수 있겠지. 게임이나 소설에서는 가냘픈 캐릭터가 쓰는 이미지지만 활이란 게 힘이 상당히 필요해."

확실히 그렇다. 로빈후드는 그렇다 쳐도, 헤라클래스나 여포는 근육이 빵빵한 마초 이미지다.

유키가 가리키는 곳을 보니 내 키보다 더 커 보이는 커다란 활이 벽에 걸려 있다.

말도 안 돼, 저걸 어떻게 쏴. ……난 코만도 아니거든.

이곳에 있다는 건 설마 이게 대궁 카테고리에서는 평범한 사이즈인 건가? 활잡이는 굉장하구만.

"내 주무기는 소검이니까 츠나처럼 무거운 무기를 휘두를 수 있다는 게 부러워."

"뭐야, 너도 그런 남자애 같은 부분이 있는 거였냐. 〈적동색 머슬 브라더스〉에 들어가지?"

난 들어가지 않을 거지만.

"싫어, 그런 거. 힘이 없어도 힘이 없는 사람 나름대로 싸우는 방법은 있고, 너무 근육이 붙으면 여자애 같지도 않아서 말이야."

무슨 소릴 하는 거야, 이 녀석.

"유키, 전생은 그렇다 치고 지금은 남자 아니었냐옹."

"카드 표시상은 그렇죠."

"아니, 표시상이라니⋯⋯."

"표시상은 그렇습니다."

더는 말을 꺼내지 못하게 하는 박력이었다. 난 그냥 얌전히 있기로 했다.

【전송용 워프 게이트】

워프 게이트라는 건 던전 입구에 설치되어 있는 의문의 장치다.

어른 세 명 정도 폭의 아치로 그 안에서는 의문의 이공간이 물결치고, 빛을 발하고 있다.

RPG 같은 데에서는 익숙하지만 실제로 접하게 되니 꽤나 이상한 광경이다. 안을 가만히 쳐다보고 있으니 빨려 들어갈 것만 같아 무섭다.

던전 입구라 소개된 그것은 들어가는 게 약간 주저될 정도의 판타지였다.

"이곳이 던전 입구다냥. 초심자는 대부분 겁을 먹지만 들어가면 그 앞은 평범한 공간이고 다른 던전도 이런 느낌이니까 빨리 익숙해져라냥."

"수, 숨을 참는 게 좋을까요?"

"아니, 딱히 물에 들어가는 것도 아니니까 숨은 쉬어도 문제없다냥. 전송처가 수몰되어 있는 케이스도 있는 것 같지만 이곳은 고정형이라서 전송되는 곳은 그냥 동굴이다냥. 아마 맥이 풀릴 거라냥. 그리고 일방통행이라 못 돌아오니까 렌탈 무기나 깜빡한 물건이 있으면 빨리 가져와라냥."

수몰이라니 뭐야 그거, 무섭다고.

"전송되는 곳에서 갑자기 습격을 당하거나 하면?"

"그런 경우는 없다냥. 만약 있다 해도 그런 변칙적인 케이스는 내가 대응한다냥. 말은 이렇게 해도 거기에는 고블린 정도밖에 없으니 살짝 찌르기만 하면 죽는다냥. 고브타로 같은 녀석도 그 정도로 쉽게 죽어 준다면 교류전 같은 거 편한데 말이냥. 살짝 같은 카테고리라는 생각이 안 든다냥."

칫타 씨는 착실한 동반자 같다.

그리고 고브타로 씨한테 뭔가 원한이라도 있는 모양이다.

"역으로 그런 변칙적인 케이스가 아닌 한 츠나와 유키가 다치거나, 팔이 떨어져 나가거나, 죽는다 해도 전투에는 끼어들지 않는다냥. 의뢰 지급품도 있고 하니 전투하다 시간이 나게 되면 회복약 정도는 주겠지만냥. 그보다 이런 데에서 오도카니 서 있어도 별 수 없으니까 어서 가자냥. 무서우면 내가 먼저 가도 되는데 어쩔래냥?"

"저기요, 칫타 씨가 게이트 건너편으로 간 뒤 우리가 돌아가면 어떻게 되는 건가요?"

"어떻게 되냐니…… 그야 이쪽으로 돌아올……수 없다냥. 여기, 일방통행이다냥. 아무래도 그런 상황이 되면 울지도 모른다냥. 중간 포인트까지 전력으로 달려가 너희를 때리러 가겠다냥."

그건 싫다. 하지도 않을 거지만.

"그럼 갈까요. 칫타 씨, 앞장서 주세요."

"뭐야, 진짜냥. 방금 그렇게 말하고는 먼저 가라고 하는 건 너무 속이 뻔히 보이잖냥! 나, 개그맨이 되고 싶은 게 아니다냥."

"쳇……."

"그, 그 혀 차는 소리는 뭐라냥?! 설마 진심으로 한 소리였던 거냐옹."

"아뇨, 선배한테 그런 짓을 할 리 있겠어요. 가시죠."

저기, 안 할 거지?

"너, 정말 할 것 같은 느낌이 든다냥. 정말 심한 루키다냥."

그런 연유로 내가 앞장서서 게이트 안으로 발을 내디딘다.

물에 잠기는 듯한 감촉을 상상했지만 뭔가에 닿는 감촉도 없다. 그저 빠져나갔을 뿐이다.

온몸이 다 빠져나오니, 그곳은 이미 풍경이 달라져 360도 동굴 안이었다. 뒤를 돌아봐도 들어왔던 게이트는 없다. 굉장하다, 이거.

시간이 좀 지나자 뒤에서 유키, 칫타 씨도 모습을 드러낸다. 일방통행인 이쪽에는 게이트가 없기 때문에 아무것도 없는 장소에서 갑자기 나타난 것처럼 보였다.

"자, 여기가 기대하던 던전이다냥. 뭐, 단순히 동굴이지만냥. 일단 사전 연습으로 이 근방의 고블린을 잡아 실력 테스트라도 해 볼까냥."

중급 모험가라는 명함은 괜한 게 아닌 듯 고블린 정도라면 아무 문제없는 것 같다.

나도 고향의 산에서 조우했던 고블린 정도라면 전혀 문제없지만 이곳은 본고장이라고 해도 좋은 미궁도시. 같은 고블린이라고 해도 뭔가 다른 생명체일 가능성도 있을 것 같다. 방심하지 않도록 하자.

"가까이에는 없는 것 같으니까 내가 잡아오겠다냥."

"어, 일부러 포획하는 건가요?"

"실력 확인을 위해 처음에는 일대일인 게 좋다냥. 여러 마리가 있어도 귀찮으니 딱 한 마리만 데려온다냥. 일단 츠나부터 싸워 봐라냥. 준비해라냥."

"하아……."

칫타 씨가 동굴 안으로 사라진다. 고블린이 곤충도 아니고.

"츠나는 고블린과 싸워 본 적 있지?"

"여기랑 같은지는 모르겠지만 꽤 많아. 돌아다니다 보면 늘 근처에 있었으니까."

이제는 잡은 숫자도 기억하지 못할 정도다.

"넌 고블린과 싸운 경험은 없어?"

"으…… 없어. 아니, 애초에 몬스터랑 싸워본 적이 없어. 왕도에서 살면 그런 경험은 못하지."

듣고 보니 당연한 일이다. 그런 거대 도시의 주변은 분명 모험가 같은 전문가가 구제해 주고 있는 것이리라.

확실히 나도 왕도에 살게 된 뒤부터는 몬스터를 본 적 없다.

"그럼 메인은 대인전인가."

"그러게. 그것도 횟수는 많지만…… 츠나 같은 환경에서 전투 경험을 쌓은 사람은 꽤 유리한 것 같은데."

내가 특별한 예라는 건 인정하자. 산에서 자랐지만 보통은 그렇게 서바이벌을 하지 않는다.

"사람을 상대로 싸운 경험이 있으면 괜찮을 거야. 고블린은 인간보다 훨씬 약하니까."

"……그렇다면 좋겠지만. 약간 불안해."

익숙함도 필요할 것이다. 경험이 없으면 생물을 칼로 베어 죽이기 위해서는 상당한 용기가 필요하다.

"아, 돌아왔다."

1분쯤 기다리고 있으니 암흑 속에서 칫타 씨가 돌아왔다. 고블린도 함께다.

MMORPG의 소위 말하는 낚시처럼 주의만 끌어 몰고 오나 싶었는데 칫타 씨는 문자 그대로 고블린의 목덜미를 잡아끌고 돌아왔다.

칫타 씨 손에 잡혀 있는 고블린은 고향에서 무수히 많이 싸웠던 고블린과 같은 모습이다. 덧붙여 고브타로 씨와도 구별이 안 된다.

"데려왔다냥. 그럼 어서 빨리 츠나랑…… 날뛰지 말라냥! 상대는 내가 아니라 저쪽 녀석이다냥!"

끌고 온 고블린한테 반격을 당한 건지 칫타 씨는 대충 근처에 내던지고는 내 뒤로 갔다.

"그럼 파이팅 하라냥. 미궁도시에서의 기념비적인 첫 전투다냥."

고블린을 보자 타깃은 확실히 내가 된 모양이었다. 살짝 지쳐 있다.

……뭐지, 이거.

상상하고 있던 던전과 너무나도 다른 가벼운 분위기에 약간 좀 김이 빠지는 것 같다.

∞제3화 『강습』

내 몸 안으로 의식을 집중시킨다.

긴장은 하고 있지 않은지. 필요 이상으로 격앙되어 있지는 않은지. 몸의 각 부위에 이상은 없는지.

들려오는 소리에는 아무 문제도 없다. 극히 정상. 고요했다. 아무래도 이렇게 싸울 장소가 변해도 특별히 긴장하지는 않는 모양이다.

밖에서 들려오는 건 공기가 흐르는 소리와 눈앞의 고블린이 울부짖는 소리다. 뒤에 있는 유키와 칫타 씨도 나와 고블린의 대치를 곰곰이 지켜보고 있다. 쓸데없는 방해도 하지 않는다.

미궁도시라고 하기에 고블린이라고 해도 다소 다른 개체가 나오는 건가 싶었지만 솔직히 맥이 빠졌다. 산에서 싸웠던 고블린들이 훨씬 더 강하게 느껴졌다. 눈앞에 있는 녀석의 위협도는 상당히 낮다.

이곳은 어린아이들까지 공략하는 훈련용 던전. 게다가 이곳 최초의 적이다. 대치한 고블린한테서는 위압감마저 느낄 수 없다. 본인이 당하는 역할이라는 걸 자각하고 있는 걸지도 모르겠다는 생각이 들 정도로 박력이 없었다. 말 그대로 애들 장난 수준이려나.

"갸아앗!!"

특유의 울부짖는 소리를 내며 고블린이 다가온다. 오늘 만난 길드 사무원처럼 말하지는 않는다.

달려오는 그 모습엔 스피드도 파워도 없다. 곤봉은 그저 쳐들었다가 내리칠 뿐.

그대로 한 방에 보내도 되지만, 이 싸움은 연습 같은 거다. 일단 고블린의 공격을 피해 본다.

고블린은 공격을 완전히 피한 내 모습을 순간적으로 놓쳐 우뚝 섰다가, 내 모습을 찾은 뒤 다시 한 번 달려들었다.

상대가 어떻게 움직이는지 보지도 않는다. 움직이지 않는 허수아비한테 덤벼드는 모양새다.

다시 공격할 때도 페인트고 뭐고 없다. 움직임이 완전히 똑같다. 다시 또 아까처럼 피해도 전개는 같을 것이다.

사실 산속에서 싸운 고블린도 싸우는 방법은 이것과 크게 다르지 않았다.

그 녀석들도 눈앞밖에 보지 못하고 저돌적으로 달려들기만 했지만, 그래도 파워도 스피드도 다르다. 약간 위압감도 있었다.

이건 그것보다도 훨씬 떨어진다. 신체 능력도 상대를 죽이려 하는 의지도 완전히 다르다. 그쪽은 야생남이고 이쪽은 가냘픈 시티 보이?

……이제 됐나.

내가 긴장하지 않는다는 사실은 알았고, 몸도 잘 움직인다. 적이 너무 약해서 평가할 기준도 안 된다. 이제 해야 할 일은 이

렌탈 무기의 칼날이 잘 드는지를 시험하는 것 정도이려나?

난 몸을 약간 비틀어 다시 돌격해 온 고블린의 공격을 아슬아슬한 거리로 피하고, 그대로 검을 휘둘러 뼈에 닿지 않을 정도로 목을 가볍게 베었다.

이걸로도 쓰러지겠지만 만약을 위해 앞으로 쿵 고꾸라지는 고블린을 향해 뒤에서 가볍게 검을 찔러 넣는다.

목숨이 끊어진 건지 고블린은 그대로 안개가 되어 사라졌다. 강습에서 말했던 대로 밖보다도 마화의 속도가 빠르다. 순식간에 사라졌다.

드랍 아이템 같은 건…… 안 떨어지네.

"끝났네."

뒤돌아보니 유키와 칫타 씨가 다가왔다.

"와, 대단하다. 완전히 어른과 어린아이였어."

"아냐, 아무리 생각해도 이 녀석이 너무 약했던 거야. 이 정도로 무슨 훈련이 되겠어."

"하긴 뭐, 그건 정말 당하는 역할이니까냥. 유아를 상대로도 지는 샌드백 같은 거다냥. 산 걸 죽인 적이 없다거나 인간형 몬스터를 쓰러뜨린 경험이 없는 사람을 대상으로 하는 훈련 같은 거다냥."

죽기 위해 배치된 몬스터인가. 확실히 그 상태로는 들개도 못 이길 것 같다.

현대 일본에서도…… 아니, 조건을 한정하면 잡을 수 없는 녀석도 있을지도 모르겠군. 폭력을 휘두른 일이 없다거나 엄청난 트라우마를 가졌다거나.

"츠나는 제1층의 잔챙이전은 이제 됐다냥. 고블린을 학살하는 취미가 있다면 말리지 않겠지만."

"이제 충분해. 유키가 싸우면 다음으로 가자."

그런 걸 상대로 경험을 쌓아도 아무 쓸모도 없을 것이다.

"아, 응, 그래."

뭔가 유키의 말끝이 찜찜하다.

"뭐야, 설마 긴장하고 있는 거야?"

"어, 아니, ……그래, 맞아. 훈련은 좀 했지만 몬스터와의 전투 경험은 없어서 역시 좀 그래."

"츠나, 이건 평범한 반응이다냥. 상대가 강해 위축되거나 겁먹는 게 아니다냥. 다시 말해 전투 자체에 익숙하지 않은 거다냥."

그런 거려나.

……난 처음에 어땠을까. 기억나지는 않지만 딱히 아무것도 느끼지 않았던 것 같다.

"그런가, 그럼 긴장이 풀릴 때까지 고블린들을 맘껏 쳐 죽여."

"왠지 상대 몬스터에게 굉장히 불손한 발언으로 들린다냥."

당신, 조금 전에 고블린은 원래 당하는 역할이라고 말하지 않았나.

"어쨌든 노력해 볼게."

유키도 기운을 차렸는지, 처음 한 마리는 견제의 의미로 쏜 화살이 머리에 맞아 그대로 사망.

그걸로 여러 가지를 떨쳐 버렸는지 다음부터는 투척용 나이프에 소검 등 이것저것을 시험하는 전투를 계속했다. 이 녀석, 공격 패턴이 다채로운데.

게다가 모두 다 그럴듯하다. 실전이 아니라고는 해도 꽤 훈련을 한 모양이다. 특히 소검은 특기인 만큼 아주 잘 다룬다. 이전에 보여준 《검술》 스킬은 폼이 아니었던 것 같다.

유키의 긴장을 풀어 준다는 의미에서 도움이 되었으니, 이런 잔챙이전도 필요한 걸지도 모르겠다.

내 말처럼 엄청난 숫자를 쳐 죽였지만, 미궁도시 밖과는 비교도 안 될 레벨로 순식간에 마화하면서 썩어 안개로 녹아 사라졌기에 사체가 뒹구는 그런 일은 없었다.

일단 흘린 피도 본체가 죽으면 어느 정도는 같이 마화하는 것 같아 피를 닦을 수고도 거의 없다.

그렇게 처리한 고블린의 숫자가 열을 넘길 때쯤 이미 처음 같은 어색함은 사라져 있었다.

"엇, 뭔가 나왔어. 뭔가요, 이거."

유키가 그렇게 말하며 손가락으로 가리킨 곳에는 카드 같은 게 떨어져 있었다.

"그게 드랍 아이템이다냥. 주워 봐라냥."

"네. ……카드?"

유키가 주운 건 카드 모양의 광택이 있는 물체다. 멀리에서 보기에는 플라스틱이나 금속으로 보인다.

"이 미궁에서 몬스터를 잡으면 드물게 이런 아이템이나 소재가 되는 신체 일부 같은 걸 드랍한다냥. 카드가 되지 않은 채 그대로 나오는 경우도 있는데 팔 같은 게 드랍되면 완전 쫄게 된다냥. ……그런데 그 카드에는 뭐라고 써 있냐웅?"

"그게, 『주먹밥』?"

"트라이얼 던전은 초심자용이라는 이유도 있어 쓸 만한 게 떨어지지 않는데 심지어 제1층이니 당연하다냥. 거기에 마력을 주입하면 주먹밥이 된다냥. 주먹밥이란 건 쌀이라는 곡류를 익혀 손바닥 사이즈로 만든 걸로……."

주먹밥 강좌가 시작됐지만 아주 잘 알기에 흘려듣는다.

하지만 고블린을 잡아서 주먹밥이 나오다니. 왠지 좀 멋진 방법 같다.

어째서 산에서 생활했을 때는 이런 게 없었던 걸까. 이런 게 있었다면 나는 산에 있는 고블린의 씨를 다 말렸을 텐데.

"그렇군, 카드를 주먹밥으로 만들 수 있으니까 바닥에 떨어져도 상관없겠네. 이러면 흙이 묻어 못 먹게 되는 일은 없겠지. 하지만 마력을 주입하는 방법은 잘 모르는데. 카드에 MP 표시는 있었지만 지금까지 써 본 적도 없고……."

"그런 경우는 카드를 가지고 《머터리얼라이즈》라고 말하면 아이템이 된다냥. MP는 소비하는 거지만냥."

칫타 씨가 그렇게 말하자 유키는 다시 자신의 카드를 본 다음.

"《머티리얼라이즈》."

말해 봤다. 소비 MP를 확인한 건가.

카드가 빛을 발하고 유키의 손에 주먹밥이 나타난다. 김이고 뭐고 아무것도 두르지 않은 단순한 주먹밥이다.

"우와, 이거 멋지다. 처음 마법을 썼어."

"분명 마법의 카테고리다냥."

좋겠다, 나도 쓰고 싶다. 카드 없이 주먹밥이 나오게 하는 마법 같은 건 없나.

"소비 MP는…… 1만 줄었어. 칫타 씨, 어떤 거든 일괄적으로 소비 MP 1?"

"좋은 질문이다냥. 기본적으로 질량이 큰 건 소비 MP가 증가하는 경향이 있다냥. 한 번 물질화한 카드는 다시 카드로 되돌릴 수 없기 때문에 무거운 건 대부분 도시로 돌아간 다음에 《머티리얼라이즈》한다냥. 카드인 채로 환금하는 경우도 많고냥."

"부피를 차지하지 않고 가벼우니 정말 카드인 게 훨씬 편하겠네. ……소지 제한이 있는 게 아니라, 보통의 RPG처럼 대량으로 아이템을 가지고 움직이는 걸 재현하는 건가?"

주먹밥으로 시스템 분석하지 말라고. 음식물이 눈앞에 있으면 그거 말고 할 일이 분명 있을 텐데.

"유키, 배고파."

"어, 어엇? 안 돼. 이건 내가 처음 드랍시킨 아이템이라서 기념으로……."

"설마 보관할 거냐?"

"당연히 먹지. 츠나도 그런 고블린을 찾아 드랍시키면 되지 않을까. 아, 맛있……지 않아. 뭐랄까…… 오래된 쌀로 대충 만든 싸구려 느낌의 주먹밥이네. 밖에서라면 이것도 고급품 취급일 거라 생각하지만. 그보다 츠나, 점심밥 그렇게 먹었는데도 벌써 배고픈 거야?"

나, 먹는 양은 보통이지만 소화는 빠르다고.

음식물이 눈앞에 있으면 더 배가 고프단 말이야.

나도 고블린 학살을 해 볼까? 하지만 열 마리 정도는 잡아 줘야 나온다.

"우후훗, 그럼 츠나에게는 좋은 걸 주겠다냥."

칫타 씨가 살짝 다가왔다.

뭐지. 고양이가 좋아하는 개다래나무 같은 건 받아도 기쁘지 않다고.

칫타 씨가 건넨 건 유키가 손에 넣은 것과 같은 종류의 카드다. 다만 써져 있는 이름과 그림은 『주먹밥』이 아니다.

"……『구운 고블린 고기』."

그 고블린 고기 말이냐. 뭐야, 이것과는 뭔가 인연이라도 있는 건가. 난 미궁도시에 와서도 이걸 먹어야 하는 거냐.

"강습에서는 고블린 고기가 맛없다고 그랬는데."

"구우면 먹지 못할 정도는 아니다냥. ……아니, 아닌 것 같다냥. 일단 〈음식물〉 취급이다냥. 자, 츠나, 배고프면 어서 먹어라냥. 덧붙여 이걸 루키에게 권하는 것도 동반자 매뉴얼이기도 하다냥."

매뉴얼인 거냐. 고블린 고기가 맛없는 건 완전 공식이구나.

"《머티리얼라이즈》."

그렇게 말하자 카드가 사라지고 어느새 새의 넓적다리 비슷한 뼈가 붙은 고기가 손에 나타나 있었다. 누가 뭐라 해도 고블린 고기일 테지만.

처음 마법을 사용한 건데, 그 결과 나온 게 이거니 감동도 줄어든다.

하지만 지금까지 먹었던 생고기와 달리 제대로 조리된 것이기 때문에 적어도 보기에는 나쁘지 않다. 지금 막 구운 것처럼 약간 연기가 나고 있다.

"냄새도 나쁘지 않네. 그냥 평범한 새 넓적다리 느낌. 크리스마스 같은 때 파는 것처럼 보여."

"흐음."

그 말과 함께 그대로 덥석 문다.

깨물자마자 입안에서 우주처럼 퍼지는 쓴 맛, 떫은 맛, 아린 맛. 식감도 최악이다. 입에 들어가자마자 냄새까지 독약으로 변한다. 겨자처럼 싸한 풍미가 기관부를 오염시킨다.

그리고 아주 희미하게 느껴지는 감칠맛. 강제로 쑤셔 넣어 봤습니다, 라는 느낌의 그것은 고기 본래의 맛없음을 더 도드라지게 만들어 한층 더한 독약으로 승화시키고 있다.

완전히 Z급 맛. 돈을 내고라도 피하고 싶은 맛.

"주, 주저하지 않던데 어쩌냐옹. 실은 나, 먹은 적 없다냥."

"응, 맛없어. 달리 먹을 게 있다면 절대 먹지 않을 거야. 하지만 그거야. 고블린을 생으로 그대로 씹는 것보다는 나아. 먹을 수 있어, 이거."

익히기도 했고, 맛없음의 정도로 말한다면 날것을 그대로 씹는 게 마이너스 1000이고, 이쪽은 마이너스 500정도다. 덧붙여 기준으로는 야채즙이 마이너스 3정도.

"야…… 야옹? 미각이 대체 어떻게 된 거냐옹?! 셀 수도 없을 만큼 많은 모험가를 기절시킨 그런 맛이었다는데냥."

"그보다 츠나, 강습에서도 말했는데 고블린을 그대로 날것으로 먹었어?"

"먹을 게 없으니까 어쩔 수 없었어. 밖에서는 썩기 전까지 고작 몇 분이라서 산 채로 씹는 게 베스트였어."

뭐, 보통은 황당하겠지. 내가 한 짓이라고는 해도 살아 있는 고블린에게 그대로 달려들어 뜯어 먹는 장면은 남한테 못 보여주겠다. 그런 짓은 제정신으로는 못한다. 완전 극한의 세계다.

"완식. 아, 맛없었어. 고블린을 잡아 이게 나온다면 최소한 이 던전에서 굶어 죽는 일은 없을 것 같아."

"마, 말도 안 된다냥. 혹시 남들이 말하는 정도는 아닌 거 아니었냐옹. 소문대로였다면 어떻게 그렇게 아무렇지도 않게 먹을 수 있겠어……냥."

동요하고 있는 건지 칫타 씨의 캐릭터가 붕괴하고 있었다.

"그래, 그럼 칫타 씨도 먹어 보면 되잖아."

"냐아옹!!"

이 멍청이가 무슨 소리를 하는 거냐고 말하고 싶은 표정이었다. 표정만으로 패닉에 빠졌다는 걸 알 수 있다. 왠지 알기 쉬운 고양이 귀다.

"서, 설마 그런 벌칙 게임 같은 걸……. 어째서 내가 해야만 하냐옹…… 게다가, 그래, 품절이다냥."

""아니, 그건 아니지.""

유키랑 둘이서 동시에 말해 버렸다.

"무슨 소릴 하냐옹! 생트집이다냥!! 고블린 고기 같은 걸 가지고 다니는 녀석은 없어…… 없다냥."

"아니, 하지만……."

"매뉴얼이라며? 당연히 참가자 몫은 가지고 있겠지? 이번 도전자는 나랑 유키 둘이니까 두 개 가져오는 게 당연……."

"야옹~ 그, 그건, 우, 우연히 가지고 와서, 아니, 그게…… 아니다냥. 이건 고브타로의 음모다냥."

음모론이 나왔다.

"그래, 좋아좋아, 그럼 내가 고블린을 잡아서 고블린 고기가 나오면 챌린지다. 아마도 날것이겠지만."

"무, 무슨 소릴 하냐옹! 그딴 말도 안 되는…… 그딴 말도 안 되는 전개……."

뭐, 분명 내가 먹었다고 해서 칫타 씨까지 먹어야만 할 이유는 없다. 칫타 씨가 패닉에 빠져 사고가 멈췄을 뿐이고, 거기 편승했을 뿐이다.

다만 지금 이 고양이 씨는 드라마에 나오는, 추궁당하는 소심한 범인 같은 상황이 되었기 때문에 이대로 강행해 보자.

패닉에 빠진 범인은 분위기로 제압하는 게 베스트다. 물을 마실 기회를 준다든가, 틈을 줘서는 안 된다.

"어, 칫타 씨의 좀 멋진 모습 보고 싶어요!!"

"그거 원샷, 원샷!!"

유키와 둘이서 과거 환영회 같은 분위기로 몰아세우자, 그제야 꺾였다. 이 고양이 씨, 분위기에 휩쓸리기 쉬운 타입이다.

"아, 알았다냥. 먹겠다냥. 알았으니까 진정들 하라냥. 왜 그래야 되는지 이해는 안 되지만 내몰리는 압박이 장난이 아니다냥. ……실은 이 일을 받아들였을 때 고브타로 사무원한테 몇 사람 몫을 받았다냥."

또 고브타로인가. 고브타로와는 제대로 이야기조차 나누지도 않았는데 오늘 몇 번 이름을 들었는지 기억도 못할 정도다.

쭈뼛거리며 뭔가에 등 떠밀리는 듯한 상태인 채로 품에서 카드를 꺼낸다.

표정만 봐도 마음속으로 느끼는 갈등이 전해진다.

역시 익숙한 건지, 자연스럽게 카드에서 그 넓적다리 고기가 출현했다.

"뭐, 어려울 건 없어. 봐~ 내가 먹어도 아무렇지 않았잖아. 모두 맛없다, 맛없다 하니까 괜히 더 상상해서 그런 것뿐이야~."

"그, 그러냐옹. 아무리 그래도 사람들이 '토사물이 만 배 맛있다'고 말한 건 과장일 거다냥."

"와~ 나, 선배의 멋진 면을 보고 싶어."

부추기는 나와 유키.

그리고 여기선 나만이 안다. 사람들의 평가가 사실임을.

"조, 좋아, 간다냥. 진짜 간다냥."

"아, 우리 카운트다운할게요."

유키는 내 분위기를 맞추는 건지, 담담하게 카운트다운을 하며 칫타 씨를 집요하게 궁지로 내몬다.

이 녀석, 사람을 몰아붙이는 방법을 잘 아네. 정말 듬직하군.

"좋아, 다섯! 넷!"

예능인으로서 뒤로 뺄 수 없는 카운트다운이 시작됐다.

"셋! 둘!"

칫타 씨는 새파래진 얼굴로 덜덜 떨고 있었다.

"하나!!"

우리는 부추기듯이 소리를 지른다.

"제로!!"

"냐앗————!!"

그렇게까지 열심히 안 했어도 됐는데 칫타 씨는 입을 크게 벌리고 손에 든 고기를 3분의 1정도까지 단숨에 베어 물었다.

씹는 순간까지는 아무렇지도 않기에, 그때까지는 기세로 어떻게든 된다는 게 함정이다.

"으, 으으으————웃!! 이런 젠장, 망할!!"

그리고 고양이 씨는 저 하늘의 별이 됐다.

◆ ◇ ◆

"으, 이거 너무하네. 너무 맛없어서 죽는 사람이 나올 레벨. 츠나는 잘도 이딴 걸 먹네. 그것도 완전 아무렇지도 않게······ 우웩."

기절한 칫타 씨를 그냥 방치하고 유키는 남은 고블린 고기를 조금 씹었다.

아마도 나중에 자기 혼자 안 먹었다고 공격당하는 걸 피하기 위해 조금이라도 먹었다는 변명거리를 만들려는 모양이다. 예측한 대로 한입 먹고 포기했다.

"먹을래?"

"아니, 됐어. 내가 아무리 배가 고파도 그걸 먹느니 차라리 주먹밥이 나올 때까지 고블린을 섬멸하겠어."

"그렇지? 묻어 버리자."

적당히 버리면 되는데 유키는 어딘가에서 꺼낸 작은 삽으로 구멍을 파기 시작했다.

한 손에 들고 있던 작은 건 삽이었어? 뭐든 상관없지만.

"이 세계도 삽 같은 게 있었구나."

"내가 만들었어. 지구에서 얼마나 오래 전부터 삽이 있었는지 그런 역사는 모르지만 이 세계에서 구멍을 파기 위한 철기는 곡괭이 정도밖에 못 찾았어. 그래서 대장간에 가서 만들어 달라고 했지. 뭐, 만들었다고 해도 설계와 보조를 했을 뿐이지만. 의외로 편리해, 이런 거.”

“난 재주가 없어서. 뭔가를 만든다거나 하는 건 괴멸적으로 안 돼.”

무기도 피나 오염을 닦거나 그립 조정을 하는 것 정도밖에는 못한다. 제대로 된 메인터넌스가 가능한지 어떤지는 의심스럽다. 숫돌도 써 본 적이 없다.

난 전생에서도 뭔가 물건을 만든다거나 하는 생산적인 일은 못했다. 만화든 게임이든 소설이든 모두 소비자 쪽이다.

하지만 이 녀석도 꽤나 활동적인 인간이다. 잘 안 됐다고는 말했지만 전생물의 주인공이 해 보는 일은 대부분 하고 있으니.

“너 말이야, 이거 말고 어떤 일에 도전했어? 다시 말해 전생물의 클리셰 같은 거.”

“응? 대강 다 시험해 봤어. 하지만 전부 실패. 짧은 지식으론 도저히 안 되더라고. 개요 지식만 있는 아마추어가 하니 잘될 리 없고, 쉽게 만들 수 있을 것 같은 단순한 거라도 의외로 잘 안 되더라. 잘된다 해도 이어지는 성과가 없거나 비용이 맞지 않거나 도움이 안 된다거나, 현대 일본에서 유통되는 정밀한 것과는 완전히 달라져서 정말 의미가 없었어. 이 삽처럼 약간 도움이 되는 정도이려나. 흑색화약 같은 것도 소량은 만들었는데 응용이 어려워서 그저 만들었을 뿐이었고. ……폭발은 했어.”

그런 건가. 현실은 비정하군.

“요리 같은 건? 기본이라 하면 마요네즈라든가…….”

"그거, 츠나가 마요네즈를 먹고 싶은 거 아니고? ……뭐, 마요네즈는 전생에서 경험도 있었고 해서 물론 만들어 봤지. 그런데 만들긴 했지만 무지 맛없었어. 처음에는 내가 서툰 건가 생각했지만 기름도 달걀도 완전히 질이 달랐던 거야. 그거 말고도 과자를 만들려고 해도 설탕이나 꿀은 무지 비싸고, 메이플 시럽도 사탕무도 없고 말이야……. 애초에 요리 이전에 식재료 종류가 너무 적어 어쩔 수 없어. 소금도 굉장히 비싸고. 고기도 현대 일본처럼 식용으로 양식된 돼지나 소, 닭이 아니라 야생동물이나 노쇠해 죽은 경작용 소라서 무지 질기고……. 아, 미안해. 고블린을 직접 뜯어먹은 사람한테 할 소리는 아니네."

"시끄러. 너무 기운 빠진 기색이라서 물어보지 말 걸 그랬는데 갑자기 독설을 뱉고 난리야."

나도 처음에는 아무 생각 없이 마냥 잘될 거라고 생각했던 편이라서 유키가 한 말들은 너무나도 잘 이해가 됐다.

덧붙여 내 경우는 환경의 문제도 있어 정말 재빨리 포기했다. 마요네즈는커녕 달걀도 설탕도 식용 고기도 제대로 먹어 본 적도 없으니 차원이 다르다.

"그러고 보니 이 고블린 고기 말인데 어디의 고블린 고기이려나? 주먹밥도 그렇지만."

"어디라니…… 그거야 모험가가 잡은 고블린 아냐?"

고기의 부위를 의미하는 게 아니다. 고블린 고기를 보고 등심, 안심 같은 걸 말해도 곤란하고.

"하지만 내가 잡은 고블린, 안개처럼 변해 사라졌어. 들고 있던 곤봉까지."

다시 말해 고블린이 고블린의 넓적다리를 휴대하고 있었다는 건가? 살짝 호러다.

"아마 그 카드, 딱히 그 고블린이 휴대하고 있었던 건 아니었을 거라고 생각해."

"그럼 어디에서 나온 거지?"

"이 던전의 시스템."

아, 그렇구나. 즉 카드를 가지고 있던 고블린을 잡은 게 아니라 고블린을 잡았으니까 일정 확률로 고블린 고기가 드랍……아니, 출현한다는 건가. 세심하군.

"가지고 있는 녀석을 찾지 않아도 확률로 드랍하는 거군. 그래서 그 녀석은 재가 되었지만, 평범하게 고기가 드랍되었던 거고."

"거기까지는 모르겠지만. 예를 들어 게임이라면 그런 패턴이겠고, 그 외에는 겉모습도 성능도 같지만 드랍률이 다른 개체가 있다거나. 쓰러뜨린 적의 숫자에 따라 확률이 변하거나 시간에 따라 드랍 물품이 바뀌는 시스템을 가진 게임도 본 적 있어. 아니, 그건 됐고. 내가 말하고 싶은 건 생각 이상으로 이 세계…… 아니, 이 미궁도시는 우리가 알고 있는 컴퓨터 게임의 룰이 반영되고 있는 것처럼 보여."

만든 녀석이 전생의 게임 시스템을 흉내 냈다는 건가. 참고든 리스펙트든 혹은 베꼈든 상관없지만.

"미궁의 랜덤 작성이라든가 전용 에어리어라든가, 그리고 레벨과 HP도 그렇고 애초에 스킬도 그렇지."

"아까 들은 업데이트라든가…… 굉장한 점은 죽지 않는다는 거려나. 그래서 어쩌면 의외로 우리 같은 전 지구인밖에 모르는 그런 구멍이 있을 것 같다는 생각이 들었어. 게임이라고 하면 상당히 거대한 프로그램이라서 디버그의 누락이 있는 편이 자연스럽잖아."

그건 모르는 일이지. 어딘가의 잘나신 신계서 만들어낸 완벽한 시스템일지도 모르는 거 아닌가.

"데뷔하면 여러 가지로 시험해 볼까."

"그래. 필사적으로 전진하는 것만이 목적은 아닌 것 같기도 하니까. 급하면 돌아가라는 것처럼 시스템을 분석하는 편이 빠를지도. 100층 공략으로 이곳이 없어지거나 하지 않는다면 말이지만."

"어, 츠나, 그 이야기 믿었던 거야? 그럴 리 없다고 생각해. 이제 곧 공략당할 던전이니까 힘내 달라고 루키한테 말하는 건 부자연스럽잖아."

"……그래, 우리를 부추기기에도 부자연스러워."

아무리 생각해도 우리에게는 최전선까지 도착할 시간적 여유가 없다.

"그럼 넌 골은 몇 층이라고 생각하는데?"

"확실히는 모르겠지만 아마도 딱 떨어지는 층일 테니 300이나 500이려나, 설마 1000인가……. 좀 더일지도."

"그럼 완전 여유 있게 공략할 수 있겠어."

오히려 수명을 걱정하는 게 먼저인가. 한 달에 한 층 공략 페이스니까 1000층이라면 얼마나 걸리는 거지.

아니, 강습에서 젊음을 되찾는 이야기도 했으니 좀 더 장기적인 계획으로 접근해야 될 이야기일지도.

"무슨 어려운 이야기를 하고 있냐옹……. 내가 이렇게 괴로워하고 있는데. ……우웩."

지옥의 밑바닥에 울려 퍼지는 것 같은 목소리가 다가왔다.

"벌써 괜찮아요? 완전 방송 심의에 걸릴 것 같은 꼴이었는데."

연인이 봤다면 영원한 사랑도 식었을 것이다.

아까보다는 낫지만 지금도 상당히 위험한 안색이다. 꼬리도 축 처져서 좀비처럼 생기가 없다.

"괜찮지 않다냥. 오늘 일은 내 트라우마의 한 페이지에 큼지막하게 새겨졌다냥. 이번 교류전에서 고브타로를 집중적으로 노려야겠다는 마음이 들 정도로 쇼킹한 맛이었다냥."

"잘됐네요, 좋은 경험을 해서."

"너희 얼굴도 내 마음의 수첩에 새겨 두겠다냥. 그보다 츠나, 너 그걸 먹고 아무렇지도 않다니, 넌 괴물이다냥."

"아니, 뭐 그 정도까지는."

"칭찬하는 거 아니다냥……. 아, 이런, 빨리 다음으로 가자냥. 다음은 보스전이다냥."

"칫타 씨를 기다린 거거든."

"닥쳐라냥!!"

◆ ◇ ◆

보스전.

제1층부터 갑자기 보스전이다. 사전에 보스전이라고 알려 주는 것도 좀 그렇지만 얼마나 약한 보스가 나올지 불안하다.

"자, 도착이다냥."

"여기가……."

지금까지 외길 통로였지만 이제 샛길이 출현한다. T자 길이다.

나와 유키는 놀라 멍하니 그 입구를 올려다보고 있었다. 정확히는 입구로 향하는 통로에 설치되어 있는 간판을.

【보스 룸】

여러 가지로 아주 엉망이었다. 더구나 손 글씨다. 간판 그 자체도 취미 삼아 뚝딱뚝딱 만들었다는 느낌이 넘쳐흐르는 물건이다.

트라이얼이라 괜찮을지 모르지만 너무 대충인 거 아냐?

"설마 트라이얼 이후도 이런 건 아니겠죠? 저, 좀 불안해지는데요."

"아무래도 무한회랑은 이런 분위기는 아니다냥. 몇 개 던전은 이것보다 더 후지긴 해도냥."

뭐, 알기 쉬운 건 좋다.

"덧붙여 어떤 게 나오는지는 들어도 되는 건가요? 룰 위반이라든가."

"전혀 문제 없다냥. 트라이얼은 최하층 이외는 상당히 개방적으로 정보가 공개되어 있기 때문에 물으면 대답할 수 있다냥. 역으로 묻지 않으면 대답할 수 없으니 그대로 돌진해 자폭하는 루키도 있다냥."

"즉, 뭔가 실패할 요소가 있을 정도로는 강하다는."

"냐아, 두 사람이라면 큰 문제없을 거다냥. 안에 있는 건 코볼트. 개 머리 몬스터다냥."

고블린과 동일시되는 경우도 있는 코볼트인가. 일반적인 지명도는 고블린보다 낮을 것이다.

직접 싸운 적은 없지만 이 세계에서도 사슴과의 구역 싸움에서 지는 걸 멀리서 본 적이 있다.

"코볼트는 제 지식 안에서 본다면 약한 몬스터인데요."

"그 지식이 틀리진 않다냥. 다만 고블린보다는 크고 인간의 신장에 가깝기 때문에 전투에 익숙하지 않은 루키한테는 좋은 공부가 될 거다냥."

"보스라고 해도 막 훈련을 시작한 사람을 위한 테스트용 보스라는 느낌인가요?"

"그렇다냥. 그리고 여기에 국한되지 않고 보스전은 대부분 전용 등장 신이 있다냥."

"드, 등장 신?"

등장 신이라는 거, 혹시 그건가? 스탠드 얼론 RPG 같은 데에서 나온 보스 몬스터가 울부짖거나 하는 그거.

"몬스터는 그럴듯하게 보이고 싶어 하는 경우가 많으니까 보스가 되면 전용 등장 출연 효과가 가미되기도 하고 그런다냥. 개중에는 전용 음악까지 트는 머리가 좀 이상한 녀석도 있다냥."

프로 레슬러의 등장 신이냥.

"저, 정말요?"

"그건 별 상관없지만 안에서 둘이서 싸워도 되나? 한 사람씩 도전해야 한다거나."

"어느 쪽이든 전혀 문제 없다냥. 둘이서 안에 들어가면 보스가 나오는 출구가 두 개가 된다냥. 동료가 늘면 적도 느는 구조다냥. 덧붙여 트라이얼 던전 공략을 하면 G랭크일 때는 파티를 짤 수 없게 되니까 지금 동료와 같이 싸우는 걸 즐겨 두라냥. 솔로는 꽤 쓸쓸한 거다냥."

그렇군, 콤비를 짠다고는 말했지만 트라이얼을 벗어나면 한동안 파티를 짤 수 없다는 건가.

"그럼 내가 안에 들어가면 3인 파티 취급이 되어 버리니까 빨리 다녀와. 난 고브타로 입가심으로 사탕이라도 먹고 있겠다냥."

고블린 고기를 잘못 말한 거겠지. 설마 그게 고브타로 씨의 넓적다리 고기겠어…….

"아, 네……. 그럼 갈까, 츠나. 다른 사람과 같이 싸우는 건 처음이라 잘 안 될지도 모르지만 말이야."

"나도 다른 사람과 한 팀이 되어 싸운 적이 없어 마찬가지일 거야. 하지만 나랑 네 전투 스타일은 상당히 잘 맞을 것 같아.

난 대충 큰 걸 맡고, 네가 소소한 분야를 담당해."

"으, 응. 그래. 잘해 보자."

고블린이 그랬으니 코볼트는 좀 더 심한 거 아닌가 하는 생각
도 들지만.

"아…… 그러고 보니 칫타 씨."

"뭐냐옹, 깜빡하고 안 물어본 게 있냐옹?"

"제 경험으로 볼 때 말인데요, 고블린 고기를 먹은 다음은 한
동안 뭘 먹어도 고블린 맛밖에 안 나니까……."

"냥……."

내가 그렇게 말한 타이밍은 입안으로 사탕을 던져 넣는 바로
그 순간이었다.

칫타 씨의 비명을 들으며 우리는 보스 룸으로 향한다.

그리고 보스 룸에 도착한 난 당황했다. 아마도 유키도 마찬가
지였을 것이다.

"저기, 이건……."

"＊맹장지문, 이잖아……."

보스 룸의 입구는 맹장지문으로 되어 있었다.

주위는 동굴, 흙과 돌로 만들어진 천연 같아 보이는 동굴 안에
갑자기 나타난 완전 일본풍 맹장지문. 에도 시대의 풍속화 같은

＊ 광선을 막으려고 안과 밖에 두꺼운 종이를 겹겹이 바른 미닫이 문.

그림으로 큰 대가리…… 아마도 코볼트일 것 같은 그림이 그려져 있다.

덧붙여 이곳까지는 외길이다. 분명 목적지가 맞을 것이다. 아니길 바라지만.

"뭔가 다른 의미로 긴장되는데."

"난 기운 빠졌어."

그렇구나, 초심자의 긴장을 풀어주고, 괜한 힘을 빼주기 위한 배려인가. ……정말로?

"뭔가 미리 협의해 둬야 되는 게 있을까?"

"역할을 분담해 둘까. 츠나는 전위, 난 유격으로 상대의 행동을 저지한다."

"그 분담이라면 난 방패 역할이라는 건가? 방패 자체는 안 가지고 있는데."

내 전투 스타일은 방패 역할이 아니다. 아마 적성도 없을 것이다. 방패를 가지고 있다 해도 들고 있는 것 정도밖에 못 하겠지.

"아니, 날 지킬 필요는 없으니까 츠나는 대미지를 입힐 방법만 생각해 주면 돼. 우리 둘 다 카테고리적으로는 전위니까."

"가까이 다가가 피하고 바로 치고 베면 되잖아. 혼자일 때랑 별반 다를 건 없지."

그렇다면 늘 해 오던 방식이다.

"같아도 돼. 상대의 틈을 만들거나 먼저 그런 행동을 막는 게 내 역할."

"상대가 여럿인 경우의 최우선은?"

"후위가 있을 경우는 내가 상대할게. 그 경우 츠나는 상대의 전위를 꼼짝 못하게 해 주면 돼. 해치워도 좋지만."

"싸울 때 화살이나 돌이 날아오는 횟수가 줄어들면 좋겠는데."

같은 전위이지만 나와 달리 이 녀석한테는 원거리 공격 수단이 있다. 후위에 활을 가지고 있는 녀석이 있어도 저지 정도는 가능할 것이다.

"너무 많은 걸 정해 놔도 어차피 그대로는 움직이지 못할 테니까 이 정도로 할까? 급조 콤비이기도 하고."

"어, 그래. 앞으로도 계속 있을 테니 그때마다 수정하자."

"응, 그럼 갈까. 그런데 아무튼 맹장지문이라니, 기운이 빠지네. 함정 같은 건 없으려나……. 없다고는 했지만."

트라이얼 던전은 함정이 없다고 들었다.

"내가 열게."

앞으로 나가는 건 내 역할니까.

맹장지문은 신축인지 아니면 리폼 직후인지 부드럽게 열린다.

안에는 어느 의미로 예상하고 있던 대로 다다미가 깔린 방. 25~50평 정도의 그저 넓은 공간이 펼쳐져 있었다.

"저기, 신발 안 벗어도 되려나."

"아무래도 그렇지 않겠어. 가자."

전 일본인이라고는 해도 이 상황에서는 안 벗겠지.

맹장지문을 열자마자 공격해 오는 것도 상정하고 있었지만 딱히 그런 기습도 없었고, 애초에 방 안에 코볼트는 없다.

방 한가운데까지 와 전체를 쓰윽 둘러봐도 어딘가에 숨어 있는 분위기는 없다.

"저쪽 맹장지문에서 나오는 건가."

우리가 들어온 입구와는 다른 맹장지문이 있는데, 그렇게 평범한 방법으로 등장하는 건가. 등장 신이 어쩌고 소리를 들었는데.

가능성으로 있을 법한 건 완벽한 연출로 마법진에서 등장한다거나, 천장의 대들보에서 등장한다거나 그렇게까지 공 들이지 않았다면 닌자처럼 다다미 아래에서 등장하는 거려나.

"맹장지문은 있지만 어디에서 나올지 모르니까 경계해."

"위인가 아래인가, ……뒤일 수도 있어."

경계하면서 기다리길 몇 초. 그 녀석들은 나타났다.

……평범하게 맹장지문을 열고.

"어째서 평범하게 나오는 거냐구!!"

유키가 열 받았다.

코볼트들은 한순간 왜 나한테 화를 내는 거냐는 듯한 표정을 지었지만 그대로 전투로 이어졌다.

상대는 따로따로 맹장지문에서 나온 코볼트가 두 마리. 아마도 이쪽 사람 수에 맞춰 나오는 장소가 늘어나는 거겠지.

우리와는 상당히 거리가 있는 데다, 코볼트끼리의 거리도 떨어져 있다.

다가오기 전에 유키가 선제로 단궁을 쏜다. 쏘고 나서 불과 몇 초 만에 다시 쏘는 걸 보니 숙련된 기술을 가졌다는 게 느껴진 다.

왼쪽에서 다가오는 코볼트 어깨에 명중. 비틀거리는 왼쪽 코볼트였지만 시간을 두지 않고 바로 쏜 두 번째 화살은 피하고, 그대로 이쪽으로 달려왔다.

내 경우는 보호하듯이 유키 앞으로 자리를 잡고 오른쪽 코볼트에 대비한다.

"구분하기 힘드니까 왼쪽이 코볼트 A, 오른쪽이 B로."

"알았어."

왼쪽부터 순서대로 AB라니 살짝 RPG스럽다.

코볼트 A보다도 빨리 이쪽에 도착한 코볼트 B가 그 기세 그대로 손에 든 창으로 나를 찔러 들었다.

점으로 다가오는 창의 궤도는 처음 경험하는 것으로, 확실히 피하기는 힘들지만 상대도 변변한 기술도 신체 능력도 없는 건지 모기가 멈추는 것 같은 속도였다.

일직선으로 향해 오는 창을 몸을 틀어 피하고, 그대로 그 기세로 코볼트 B의 목을 목표로 검을 휘두른다.

──한 번 휘두른 걸로 코볼트 B의 목이 맥없이 날아갔다.

이어 몇 초 늦은 코볼트 A에 대비했지만 코볼트 A는 B가 순식간에 당한 걸 보고는 눈앞에서 멈춰 버렸다.

이제는 그저 표적이었지만 내가 검을 겨누니 전의를 상실한 건지 가지고 있던 창을 이쪽으로 던진다.

"우왓."

예상 밖의 행동이었지만 검으로 창을 쳐서 막았다.

도주 자세를 취한 코볼트가 등을 보인 직후 다리에 나이프가 박혀 펄쩍 뛰어오르듯 자빠졌다. 뒤에서 유키가 던진 것 같다.

"대단한걸. 도망치는 상대의 다리를 노리다니 만화를 보는 것 같아."

"익숙해."

난 유키를 칭찬하면서 쓰러진 코볼트의 숨통을 끊기 위해 다가갔다.

나이프가 박혀 일어서지 못하는 건지 코볼트는 다다미에 엉덩이를 붙인 채로 목숨을 구걸하듯이 소리를 지르고 있었다. 무슨 말인지는 모르겠다. 불쌍한 모습이지만, 물론 봐주지 않는다.

하지만 검을 쳐들었을 때 상상도 하지 못했던 일이 일어났다.

"엇?"

유키의 어이없어 하는 목소리가 들리고 그 시선 끝을 쳐다보니 다시 코볼트가 두 마리 나타나 있었다. ……코볼트 C와 D다.

"어, 뭐야, 늘었어?!"

증원이 있다는 건 예상외였다. 일단 눈앞 코볼트의 숨통을 끊고 덤벼오는 코볼트를 경계한다.

아무리 증원된다 해도 이 정도 강함이라면 문제없다. 마찬가지로 처리하면 된다.

하지만 순식간에 죽은 코볼트 A를 본 탓인지 일정 거리를 유지한 채 이쪽으로 오지 않는다.

"잠깐 기다려, 불길한 예감이 드는데."

"나도야."

불길한 예감은 맞았다. 다가오지 않는 코볼트들한테 시간을 뺏기고 있으니 다시 맹장지문이 열렸다. 코볼트 E, F의 등장이다.

뭐야, 이거 일정 시간으로 두 마리씩 늘어나는 거냐.

"유키, 들어가자!!"

"응!!"

전력으로 코볼트들의 출입구로 향한다.

코볼트들은 달려가는 우리를 받아칠 준비는 하지 않고 손에 든 창을 던졌다.

"뭐야!!"

힘없이 날아오는 창을 피하고는 전력으로 거리를 좁혀, 무방비 상태인 코볼트를 한 마리 베어 죽인다.

C, D, E, F, 이제 누가 누구인지 알 수 없게 됐지만 코볼트가 도망치려 하는 걸 뒤따라온 유키가 소검으로 처리했다.

젠장, 솔직히 너무 얕잡아 봤다. 그냥 놔두면 계속 늘어나는 거라면 그들이 일제히 창을 던지는 것만으로 아웃이다.

"유키! 그 맹장지문, 열지 못하게 막아 버려."

"어, 어엇? 아, 알았어."

추가 증원으로 나타난 코볼트 G를 나오자마자 베어 죽인 나는 유키에게 그 자리를 맡기고 또 다른 맹장지문으로 향했다.

맹장지문을 발로 부수고 나온다 해도 유키라면 분명 혼자서 대응할 수 있을 것이다.

내가 향하는 곳에는 코볼트가 세 마리. 아니, 네 마리로 늘었다.

네 마리가 일제히 창을 던지려 하고 있지만 난 그보다 먼저 달려가 허리에 차고 있던 손도끼를 던졌다.

유키처럼 핀포인트로 맞출 수 있는 기술은 없지만 이 경우는 견제의 의미가 강하기에 대체적으로 OK.

도끼는 운 좋게 코볼트 한 마리에 명중하고, 맞은 코볼트가 쓰러지면서 또 다른 한 마리의 행동을 방해해 줬다.

난 날아오는 창 두 자루를 피하면서 무방비 상태인 코볼트 네 마리를 공격했다.

"츠나, 맹장지문을 막았더니 더는 안 나오게 됐어!"

역시 그렇군.

이 보스전은 머리를 좀 굴려야 하거나, 두 번째 도전할 때 난이도가 대폭 내려가는 타입이었으리라.

겁에 질려 멍하니 있는 코볼트들을 차례로 베어 없애고는 추가로 나타난 마지막 한 마리의 숨통을 끊는다.

"젠장."

손으로 맹장지문을 닫으니 건너편에서 열려는 힘이 세지는 일도 없이 조용해졌다.

트라이얼 던전 제1층 보스 트라이얼을 공략했습니다.

방에 음성 시스템 방송이 흘러나온다.

이제는 이세계 판타지다움은 원하지 않기 때문에 이건 이해하기 쉬워 좋다.

> 보스 트라이얼 공략에 따라 Lv 1인 도전자만 레벨업 보너스를 획득.

이어지는 방송은 우리가 레벨업했다는 사실을 알려줬다.

스테이터스 카드를 꺼내서 보니 희미하게 빛을 내더니 정말 Lv 2로 바뀌어 있다. 경험치 시스템이 어떤 건지는 모르지만 이번은 이 보스전의 보너스인가 보다.

"해냈어, 레벨업이야!! 스테이터스가 올라갔어!"

유키가 신이 나 소리치고 있다.

정말로 카드에 표시되어 있는 스테이터스는 모두 상승되어 있었다. 원래가 Lv 1이었기 때문에 그런 건지, 원래 수치로 본다면 평균 20~30퍼센트 정도의 상승률이다.

수치상은 그렇게까지 차이를 모르겠지만 신체 능력 20% 증가라는 게 사실이라면 정말 대단한 일이다.

시험 삼아 검을 휘둘러 봤는데 잘 모르겠다. 미묘하게 힘이 세진 것 같은 기분도 들지만 정말로 20%나 강해졌다는 건가?

"왜 그래?"

"아니, 이 수치가 어느 정도 정확한 건지 잘 모르겠어서. 수치 정도로 강해진 것 같지는 않아."

"……응, 듣고 보니 그렇네. 입구에서 봤던 츠나의 〈힘〉을 넘 긴 했지만, 그렇게 강해지지 않았다고 생각해. 반영까지 시간이 걸리거나…… 혹은 뭔가 감춰진 스테이터스 같은 거에 영향을 받는 걸지도 모르겠지만 말이야……. 경험치 취급도 모르겠고, 나중에 좀 조사해 보자."

"그래, 나도 조사해 보겠지만 네가 더 잘할 것 같아."

칫타 씨한테 물어도 되고, 길드에서 조사해도 되겠지. 생각지 도 않은 해설본이나 강습이 있을지도 모른다.

스테이터스에 대해서는 여전히 의문이 남은 상태지만 이렇게 다른 의미로 간 떨어지게 놀란 우리의 첫 보스전은 종료됐다.

결국 끝나고 보니 상처 하나 없었지만 아무리 잘 봐줘도 완승 이라고는 말하기 힘들다.

"너무 방심했어, 우리."

"진짜 네 말대로야."

상대의 강함이라든가 마법, 사용하는 무기 같은 것에 너무 신 경을 빼앗겼다.

분명 숫자가 늘지 않는다고는 말 안 했다. 칫타 씨도 보스가 나오는 출구가 두 개가 된다고밖에 말하지 않았다.

아무리 단련된 인간이라도 보통은 투창 몇 개 맞으면 치명상이니 초심자한테는 그다지 친절하지 않은 설계라고도 말할 수 있다.

아니, 첫 시도에만 그런가. 알아 버리면 간단한 것이다. 정말이지 어린아이라도 클리어 가능하다. 개시까지 시간이 있었기에 시작하기 전에 맹장지문을 누르고 있으면 된다.

"오~ 제대로 클리어 했구냥."

칫타 씨가 있는 곳까지 돌아와 합류한다. 이 사람도 알고 있었던 모양이다. 왠지 실실 쪼개고 있어.

"그래서 공부가 됐냐옹?"

"그래, 둘이서 너무 방심했다는 걸 알았어. 맹장지문과 다다미의 위화감에 속아 대응이 늦었어. 창피하긴 하지만 필요한 거였다고 생각해."

"그래도 제대로 처음에 클리어 했으니 대단한 거다냥. 실은 그거, 처음 하면 상당히 사망률이 높다냥."

대응 방법을 모르면 물량에 밀리는 것도 이상하지는 않겠지. 나오는 간격도 짧았고. 사고로 한 명 정도 죽는다 해도 이상하지는 않다.

"저기, 얼마까지 느는 건가요?"

"모른다냥, 애초에 참가한 사람 수로 증가 속도도 변하는 거라 뭐라 말할 수 없지만……. 어떤 사이트의 검증에 의하면 천 마리는 넘었다고 한다냥."

그딴 걸 대체 어떻게 하라고.

"하지만 입구에 있던 학생들은 몇십 명이나 같이 들어가는 거잖아요? 엄청난 일이 벌어질 것 같은데요."

"실제로 엄청난 일이 벌어지겠지만냥. 그 녀석들은 기본적으로 이곳은 그냥 통과한다냥."

뭐야, 그거. 클리어 하지 않아도 된다는 뜻이야?

"이곳은 딱히 여기 계층주(階層主)도 뭐도 아니다냥. 그저 보스 체험 에어리어라서 공략은 필요 없다냥."

"그럼…… 우리도 싸울 필요는 없었다는 뜻인가요?"

"아니, 학생들은 몇 번이나 이곳에 왔으니 필요하지 않았을 뿐 한 번은 도전해야 한다냥. 대응 방법을 알게 되면 아무 의미도 없지만냥. 두 사람 모두 다음 도전에서는 통과해도 괜찮다냥."

정말 두 번 이상 할 필요는 없겠어. 보너스도 Lv 1 한정 같으니.

"스트레스 해소로 코볼트를 잡으러 가는 것도 괜찮지만냥. 가끔씩 그런 사람도 있더라냥."

그런 의미 없는 짓 하지 말라고.

"뭐, 맹장지문을 닫으면 된다거나 하는 기발하고 특수한 전투는 방금 게 처음이자 마지막이다냥. 앞으로 보스전은 2층, 3층, 4층 각각에 계층주, 그리고 5층에 미궁주(迷宮主)…… 던전 보스가 있다냥. 5층 이외는 모두 전투의 기본적인 것만 갖추고 있으면 간단하게 클리어 가능하다냥."

"역으로 기본을 갖추지 못한 경우는 공략이 어렵다는 말이죠. 5층은 다른가요?"

"5층은 기본적인 것만이 아니라, 소위 말하는 어엿한 모험가로서 해나가기 위한 능력이 요구된다냥. 쓰러뜨리면 정식으로 데뷔하는 게 되니까 그 나름대로의 수준이 요구된다냥. 기념 수험은 애초에 5층까지도 못 가지만 제대로 훈련한 모험가라면 누워서 떡 먹기 난이도다냥."

"필로스…… 초심자 강습에서 같이 듣던 녀석이 말했는데, 세 번째 어택으로 공략했다던데 어떤 수준이야?"

"세 번째라고 하면 상당히 빠르다냥. 클리어까지의 평균 도전 회수는 5회~10회라고들 하니, 그 루키는 상당히 우수하다냥. 그것만으로 대형 클랜에서 영입하러 올 레벨이다냥."

그런가. 가웨인은 모르겠지만 필로스는 밖에서 기사였다고 말하기도 했으니, 정말 강하구나.

"그럼 우리가 만약에 한 번에 클리어 하면 우리를 데려가기 위해 난리가 나겠네요. 드래프트 같은 느낌으로."

아무래도 프로 야구는 잘 모르겠지만. 설마…… 없겠지.

"뭐, 그거야 한 번에 성공하면 난리 날 거다냥. 지금까지 아무도 달성하지 못했으니 훈장이나 칭호를 받을지도 모른다냥."

"어, 없나요?"

"없다냥. 도전 두 번째, 모험가 등록을 하고 일주일이라는 게 가장 빠른 공략 기록이었을 거다냥. 그 기록 보유자는 지금 정상 그룹에서 활약하고 있다냥. 두 사람이 아무리 강해도 이걸 깨는 건 어려울 거다냥. 하지만 등록 첫날에 강의를 받고 그대로 트라이얼해 여기까지 최단 코스니까 이대로 공략 가능하다면 등록 첫날에 더해 첫 도전 클리어 타이틀 보유자라는 것도 완전 말도 안 되는 이야기는 아니다냥. 시스템상 앞으로 깰 수 없는 기록이 될 테고, 데뷔 후는 노리는 것조차 불가능한 찬스다냥."

들고 보니 허들은 상당히 높아 보인다. 제1층은 이렇지만 후반은 어려운 게 기다리고 있다는 건가.

아마도 일주일에 두 번째 클리어라는 것도 실패한 뒤 재훈련, 철저한 준비를 한 뒤라는 소리일 것이다.

데뷔한 뒤부터가 본방이라고는 하지만, 데뷔 전부터 강한 자는 엄청 많을 텐데도 그게 제일 빠른 기록인 것이다.

"뭐, 두 사람이라면 재훈련한 뒤 도전하면 두 번째나 세 번째 정도에는 어떻게든 되지 않을까냥. 내가 봐도 상당히 좋은 결과가 나올 것 같다냥."

"말이 나온 김에 칫타 씨는 몇 번째에 트라이얼 던전을 공략했나요?"

"핫핫하, 난…… 아니, 〈짐승 귀 대행진〉 멤버는 한심한 이야기지만 열 번 걸렸다냥."

……열 번이라. 웃을 수 없는 리얼한 숫자가 난이도의 높음을 말하고 있다. 칫타 씨 일행도 특별히 재능이 없는 것도, 준비를 게을리한 것도 아닐 테니.

"훈련하고 도전하기를 반복해 거의 1년 걸리는 공략이었지만, 그 사이 변변한 수입도 없어 훈련 비용을 대는 데도 어려움이 있어서 아르바이트를 하면서 도전했다냥. ……그 당시는 정말 힘들었다냥. 카운터에서 일하면서 울 뻔한 적도 있었다냥."

"그런데 5회~10회라는 도전 회수의 평균적인 기간은 어느 정도인가요?"

"대부분 반년 정도다냥. 우리는 꽤 늦은 편이었다냥."

아무리 그래도 그렇게까지 걸리지 않았으면 좋겠다.

아르바이트 같은 게 있다는 게 또다시 판타지 분위기를 깨지만. 익숙해지면 그 생활에 안주해 버릴 것 같다.

그보다 필로스와 가웨인, 한 달 만에 공략했다니 무지 우수한 거잖아. ……아니, 던전 공략은 보름인가.

"뭐, 중간 지점까지는 그리 멀지 않으니까 슬슬 가자냥. 제2층이 기다린다냥."

∞제4화 『계층주』

우리가 내려간 트라이얼 던전 제2층은 동굴이었던 제1층과는 달리 굉장히 인공적인 석조 던전이었다.

출현하는 적은 제1층의 고블린과 함께 흡혈 박쥐와 이리 비슷한 녀석. 변함없이 강하지는 않지만 숫자가 많다.

제1층의 세 배 정도로는 인카운트 하는 이미지다. 칫타 씨한테 물어보니 이 정도가 보통 던전의 인카운트율 같다.

전투할 때마다 유키와 분담해 섬멸한다. 어색했던 연계도 꽤 그럴싸해졌다. 무엇보다 유키의 긴장이 풀린 게 도움이 됐다.

그렇다, 유키는 문제없다. ……문제가 있는 건 나다.

"이런 젠장!!"

날아다니는 박쥐를 향해 검을 휘두르지만 맞지 않는다.

초음파로 독자적인 회피 행동을 하고 있으니 맞지 않는 건 특별히 문제가 안 되지만, 내가 비행하고 있는 상대에 익숙하지 않은 게 문제다.

솜씨 좋은 유키는 바로 요령을 터득해, 지금도 날고 있는 박쥐한테 화살을 쏘고 있다. 진짜 대단하다.

"크윽!!"

난 목을 무는 박쥐를 손으로 잡아 으깼다.

……안 좋아, 잡질 못하고 있어. 박쥐를 처리하는 건 유키 혼자다. 나 혼자였다면 강행 돌파하는 수밖에 없었을 것이다.

특별히 강하지는 않지만 검이 닿지 않는다는 건 문제일 것이다. 앞으로 공중을 나는 강적이 나온다면 바로 아웃일 거 아냐.

"약간 안심했다냥. 츠나도 루키다운 면이 있어서냥."

"물어뜯는 박쥐를 손으로 움켜쥐고 으깨는 게 루키?"

"그렇게 손으로 잡는 경우는 별로 없지만냥. 이대로라면 모자란 구석이 별로 없어서 재미없어질 것 같다냥. 루키는 여러 가지로 실패를 해야 된다냥. ……아무튼 패닉에 빠지지 않는 건 대단하다냥. 그 부분은 역시 다르다냥."

보통은 목덜미를 물리거나 하면 큰 대미지가 없다 해도 공포를 느낄 것이다.

고블린도 물어뜯기 때문에 익숙하긴 하지만 만약 독이라도 있으면 바로 아웃이다.

"적도 없어졌고 하니 여기에서 하나 강습을 하겠다냥."

"네."

잡은 박쥐는 일단 대충 버려 뒀다. 바로 마화해 사라질 것이다.

"그럼 지금까지 대미지를 입지 않았던 츠나가 조금 전 박쥐의 공격을 받아 카드에 표시된 HP가 준 건 알겠냐옹."

"어…… 확실히."

약간이긴 했지만 최대치에서 감소해 있었다.

"저기, 저 궁금한 게 있는데 애초에 이 HP라는 게 뭔가요?"

"생명력 아냐?"

0이 되면 죽는 건지, 기절하는 건지는 모르지만. ……아니, 납득은 안 가지만 말이다.

"그건 약간 다르다냥. 이 HP라는 건 벽 같은 거다냥."

"벽?"

"벽. 상대의 공격으로부터 몸을 지키는 벽. 방패든 막이든 상관없지만 이 수치만큼 체내에 가해지는 대미지를 대신 받아준다냥."

그렇구나, RPG적이라고는 해도 본질은 수치를 깎는 게 아니라는 건가. 실드의 내구치가 HP라는 거군.

"그렇다는 건 0이 되어도 죽지 않는다?"

"죽지는 않는다냥. 다만 0이 되면 벽이 없어지는 거라서 맨몸에 직접 공격이 닿게 된다냥. 그 상태로 칼에 베이면 쉽게 죽는다냥. 하급은 물론이고 이게 중급, 상급으로 올라감에 따라 HP 0이라는 건 바로 사망과 같은 상태가 되는 거다냥."

그건 그렇겠지. 그건 다시 말해 HP의 개념이 없는 밖의 인간은 늘 HP 0이라는 뜻으로, 지구의 상식으로 생각해 보면 그게 보통이지만.

"그럼 HP가 있는 한 육체에 가해지는 대미지는 없다는 이야기야? 방금 물어뜯겼는데."

카드로 보기에는 아직 HP가 남아 있다.

"이 HP의 벽을 돌파하는 방법은 몇 가지 있지만 그 하나가 크리티컬이다냥. 전부 다 그렇다는 건 아니지만 공격할 때 어느 정도의 확률로 HP를 무시한 공격이 들어간다냥. 조금 전에 츠나가 받은 공격은 HP에 의해 다소 줄어들었지만, 몇 퍼센트는 직접 육체 대미지로 갔다는 이야기다냥."

그렇군, 생명력 자체라는 것보다는 납득 가능하다.

다시 말해 크리티컬은 HP에 큰 대미지를 주는 회심의 일격 취급이 아닌 관통 대미지라는 건가. 그래서 HP로 일정 비율 막은 만큼은 감소했다는.

"그럼 급소를 노리거나 하는 건 의미가 없다는 뜻인가요? 저는 스타일상 정면으로 붙는 것보다 급소를 노리는 경우가 많은데요."

"의미가 없지는 않다냥. 역시 급소 공격이 크리티컬이 되기 쉽고, HP도 몸 전체를 빈틈없이 모두 지켜주는 것도 아니라서 역시 약한 부분은 약하다냥. 크리티컬이 아니어도 어느 정도 공격력과 방어력에 차이가 있으면 몇 퍼센트는 직접 대미지가 들어간다냥. 난 못하지만 상급 랭크가 되면 이 HP 부분 농도를 의도적으로 변화시켜 순간적으로 특정 부위를 보호하는 기술도 있는 모양이다냥."

유사 핀포인트 배리어인가. 멋지네.

"다시 말해 한 곳에 집중한 공격이 보다 더 크리티컬이 되기 쉽다는 뜻인가요? 베기보다는 찌른다거나."

"······그래, 듣고 보니 그럴지도 모르겠다냥."

대답하는 걸 보니 경험상 그럴 거라는 식의 대답이라 모범 대답 같은 건 아닐지도 모르겠다.

크리티컬의 발생 조건이라든가 자세한 건 명확하지 않은 부분이 있다는 소리인 건가. 단순히 이 고양이 씨가 자세히 모르는 것뿐일지도.

"보통 고려하는 건 무기 성능과 스킬에 의한 크리티컬 확률 보정이라서 공격 방법에 의한 발생률 차이 같은 건 그다지 생각해 본 적이 없다냥. 레이피어라든가, 낫이라든가, 도(刀) 같은 건 크리티컬 보정이 걸리기 쉬운데, 그런 의미가 있을지도 모른다냥. 물어뜯거나 하는 것도."

역시 일본도도 있다는 건가.

"물어뜯는 건 크리티컬이 나오기 쉬운가요?"

"체술 전반이 크리티컬이 나오기 쉬운 경향이 있지만 몬스터가 하는 물어뜯기 공격은 특히 더 위험하다냥. 별다른 공격력이 없는 녀석들이라도 자연스럽게 HP에 구멍을 낸다냥. 이건 조심해야 하는 포인트다냥."

쥐도 궁지에 몰리면 고양이를 문다는 소리다. 물어뜯기 공격은 위험하다. 무서워~.

내가 비행 생물이 고역이었다는 거 말고는 2층도 척척 진행되어 이제 곧 보스 룸인 것 같다.

나도 점점 공중의 적을 맞추는 게 익숙해졌다.

"이제 보스전이다냥. 여기 보스는 계층주라고 해 2번째 이후의 도전에서도 쓰러뜨리지 않으면 앞으로 나아갈 수 없는 특수한 보스다냥. 이곳과 3층, 4층, 그리고 5층의 보스를 쓰러뜨리는 게 모험가로서 데뷔하기 위한 등용문이다냥."

모든 계층에 있다는 건가. 제1층도 필수는 아니어도 보스는 있었고, 좀 과하게 많잖아.

"나오는 보스 같은 거 물어봐도 돼?"

"된다냥. 여기 2층은 오크가 도전자 수와 같은 수만큼, 3층은 고블린 리더가 이끄는 세 마리의 고블린 팀이, 이것도 마찬가지로 도전자의 숫자만큼 나온다냥. 이번엔 여섯 마리다냥. 4층은 좀 달라져서 도전자 숫자에 관계없이 강한 리저드맨이 한 마리 나온다냥. 5층은 규정 때문에 말할 수 없다냥."

5층은 본인 눈으로 확인하라는 뜻인가. 필로스가 말한 초심자용 세례가 기다리고 있는 거겠지.

"고블린과 오크는 알겠는데 리저드맨도 몬스터야?"

리저드맨은 숫자가 적기 때문에 미궁도시 밖에서는 본 적도 없지만, 분명 독자적인 문명을 가진 종족이었을 텐데.

미궁도시까지 데려와 준 도마뱀 아저씨도 분명히 리저드맨이었고.

"몬스터가 아니다냥. 아니, 그보다 미궁도시에서는 그 부분의 기준이 상당히 애매하다냥. 만났을 거라 생각하지만 길드에서 일하는 고브타로는 고블린이고 오크도 자연스럽게 도시에서 볼 수 있다냥. 던전에서 나오는 건 그 정도의 지능을 갖고 있지 못해 공존할 수 없는 녀석이나, 돈을 받고 일로 몬스터 역할을 하는 녀석이다냥. 이런 시험적인 곳에서 나오는 건 일이 많다냥. 딱히 구별할 수는 없지만."

일이냥. 혹시 몬스터 역할이라면 당하는 게 일인 거 아닌가.

"뭐, 일이든 그렇지 않든 봐주면서 할 필요는 없다냥. 상대도 알고 있고, 그걸 포함한 비용을 받고 있으니까냥. 언젠가 나도 할지 모른다냥."

뭐야, 이 프로 레슬러적인 감각은. 하는 일은 완전 진지하게 서로 죽이는 건데.

"이제 싸우게 될 오크의 최대 특징은 제대로 된 무기를 가지고 있다는 점이다냥. 그래서 하는 말은 아니지만 기술…… 액션 스킬을 사용하는 경우도 있다냥."

분명 언젠가 싸웠던 대부분의 오크들 중에서 곤봉처럼 제대로 된 무기를 썼던 건 눈에 띄는 녀석 정도였는데.

"덧붙여 어떤 무기를?"

"매번 변하기 때문에 이번 게 뭔지는 알 수 없지만 기본적으로 근접 무기일 거다냥. 무기 등급은 이곳의 렌탈품 정도, 아니 바로 그거다냥. 그리고 방패를 가지고 있으면 꽤 귀찮을지도 모른다냥."

나름 무기를 사용한다라. 무기를 가지고 있으면 유리해진다는 건가. 렌탈품이라고 하는 걸 보니 갑옷이나 투구는 없다고 봐도 되는 거려나. 그런 건 거기 없었으니까.

"뭐, 너희라면 여기는 딱히 문제가 안 될 거라고 생각한다냥. 난 전용 통로를 사용해 먼저 갈 테니까 빨리 끝내고 와라냥."

그렇게 말하고는 칫타 씨는 벽의 미채색으로 되어 있던 문을 열고는 재빨리 어딘가로 가 버렸다.

이기지 못하면 앞으로 나아갈 수 없다고 말했는데 상당히 초현실적인 광경이었다.

"저기, 우리가 저 통로를 사용하면 실격인 건가?"

"아무래도 그렇지 않을까?"

"어디 보자, 오크 두 마리라고 했지?"

"사람 수에 맞춘다는 이야기였으니 그렇겠지. 난 물론 없지만 츠나는 오크와 싸운 경험은?"

"있어. 아니, 지금까지 제일 많이 때려 죽인 몬스터야."

"어, 농담으로 물어봤는데 진짜야? 고블린보다도 서식지가 적고 강하다고는 들었는데. 설마 돼지처럼 생겨서 먹으려고 찾으러 다닌 건 아니겠지?"

정말 생긴 건 돼지지만 그건 아니다. 녀석들은 대부분 빨리 썩으니까. 아니, 썩지 않으면 되는 거냐고 묻는다면 ……당시였다면 찾았을지도 모르겠군.

"어쩌다 보니. 고향 산에 집단으로 나타났기 때문에 싸웠어. 덧붙여 먹기 위해 찾은 건 아니지만 역시 맛없었어. 고블린보다는 맛있지만."

돼지고기를 극한까지 맛없게 만들면 그런 느낌이려나. 1층에서 먹은 고블린 고기처럼 구우면 다소 맛있어질지도 모른다.

"역시 먹었구나……. 집단으로 상대했다면, 두 마리 정도는 여유?"

"산과 던전은 장소가 다르지만 문제없을 것 같아. 나 혼자서도 충분해."

굳이 말은 안 했지만 오크만은 놀랄 정도로 많이 때려죽인 경험이 있다. 지금까지의 내 인생에서 가장 중요한 장면이었다. 특히 그 눈에 띄던 오크와의 전투는 지금도 꿈을 꾼다.

"아니, 그냥 나도 싸울래, 트라이얼이니까."

"그럼 저쪽이 연대해서 올지도 모르지만 일대일로 싸워 볼까."

"응. 왕도에서라면 모험가의 관록이 붙는 최저 라인이 오크의 단독 격파인 것 같으니까 마침 잘된 걸지도 모르겠어."

그런 건가. 뭐야, 그럼 대량의 오크를 상대로 무쌍……까지는 아니어도, 싸웠던 난 용병 같은 것도 될 수 있었던 건가? 술집에서 허드렛일을 하지 않아도 됐던 거냐?

"그럼 연계를 대비한 협의도 필요 없으려나."

"응, ……특별히 조심해야 될 건 없어? 경험자로서."

"응, 그 녀석들은 피하지방이 굉장하고 껍질도 두꺼워서 웬만한 칼은 안 통할지도 몰라. 그리고 굉장히 크게 울부짖어."

"울부짖어?"

"아마도 스킬일 거라 생각하지만 정확히는 모르겠어. 단순한 위협일지도 몰라."

고블린은 안 하지만, 그딴 거.

"그 정도이려나?"

"응, 그럼 갈까. ……아, 역시 위험해지면 도와줄 거지?"

이봐, 너무 기죽지 말라고.

보스 룸은 코볼트전의 장난스러운 분위기와는 달리 돌로 만들어지고 천장이 돔 모양으로 된 원형 광장이었다.

싸우기에는 충분한 넓이로 웬만한 체육관 정도의 면적이다.

우리가 들어온 입구는 문을 닫자 소멸해서 벽이 되어 버렸다. 어떤 장치인지는 모르지만 돌아갈 수는 없다는 이야기다.

"그럼 이곳에서는 기본적으로 불간섭으로. 위험해져 도저히 어쩔 수 없는 경우는 '도와주세요, 제발요'라고 말해."

"아, 알았어."

알았어가 아니지. 농담이라고.

광장 한가운데까지 걸어가자 구석 쪽 지면이 빛을 발하기 시작했다. 우리를 끼고 좌우 양방향이다.

마법진 같은 문양이 그려져 있는 걸 보니 소환 마법 같은 것이려나. ······연출이 어떻다는 말도 했고. 따로따로 출현하면 분담하기 편할 텐데.

"그럼 유키는 왼쪽, 난 오른쪽."

"어, 알았어. 예상 외로 뒤에서 나오거나 하지는 않겠지."

"뭐, 1층 때도 그랬으니 완전히 부정할 수는 없지만 그렇게 되면 그때 생각할까."

마법진에서 강한 빛이 피어오르고, 그게 걷히자 옛날에 대량으로 살해한 것과 같은 돼지가 서 있었다. 사전에 들은 대로 오크였으며 나와 똑같은 검을 쥐고 있다.

게임에서는 자주 있는 연출이지만 지금까지 마법적인 걸 접해 보지 않았던 나에게는 신선하다.

반대쪽을 힐끔 쳐다보니 유키 담당은 손도끼를 들고 방패도 들고 있었다. 저쪽이 강할 것 같다.

"그럼 갈까?"

그 말과 함께 내가 다가가기 시작하자 돼지가 숨을 크게 들이 마셨다. 아마도 포효인 모양이다.

"유키, 바로 그거야. 조심해."

"조심하라니, 어떻게 하면 되는 건데?"

"잘은 모르겠지만 마음을 단단히 먹는다거나."

"너무 대충이잖아?!"

다음 순간, 좌우 양쪽 돼지들이 포효한다.

——Action Skill 《짐승의 포효》——

그 순간 눈앞에 의문의 메시지가 표시됐다. 소위 말하는 시스템 메시지다.

스킬이 발동하면 이런 식으로 표시되는 건가. 정말 게임이군.

——위압 효과에 저항——

이어 표시되는 결과 메시지.

그렇구나, 이 포효는 특수한 효과를 가지고 있고 내가 거기에 저항했다는 건가.

"유키, 넌 괜찮냐?"

"괘, 괜찮아, 는 아니지만, 괜찮아……."

……정말이냐.

유키를 보니 완전히 얼어붙은 건 아니지만 이 던전을 개시할 때 정도로 긴장하고 있는 것 같다.

오크는 아직 공격도 안 했는데…… 일단 발로 한 번 찬다.

"아얏, 무, 무슨 짓이야!"

"바보, 긴장하지 마. 상태 이상에라도 걸렸냐?"

남이 보기에는 충분히 이상하다. 위압이라는 걸 먹은 거려나.

"……미안, 이제 괜찮아. 효과가 좀 있는 것 같네."

"그러냐. 자, 그럼. 적도 우직하게 기다려 주고 있는 것 같으니까 가 보자."

트라이얼이라 그런지 오크 씨는 공격하지 않고 대기하고 있었다. 기다리게 해서 미안해.

다시 한 번 유키와 헤어져 오른쪽 오크에게 다가간다.

오크는 경계하듯이 그 자리에서 검을 겨누며 우리를 기다리고 있다.

그래, 이건 지금까지보다는 훨씬 강하군. 고블린, 코볼트와는 자세부터 달라.

유키가 간 방향에서 전투가 시작되는 소리가 들려왔다. 나도 싸움을 시작하자.

"꾸웨에엑!"

돼지 같은 괴성을 지르면서 검을 쳐들고 나에게 달려드는 오크.

후려치는 검을 내 검으로 받아내자, 그 파워가 전해진다. 검을 통해 전해진 손맛은 스피드도 파워도 제1층에 있던 고블린과는 비교도 되지 않는다.

기초 능력은 산에서 싸운 오크와 같은 정도. 하지만 사용하고 있는 무기가 좋은 만큼 이 오크 쪽이 강적일 것이다.

오크가 튕겨진 검 때문에 무너진 자세를 힘주어 고치고는 두 번째 검격을 가해 왔다. 난 몸을 반보 뒤로 비껴 그걸 피했다.

그러자 두 번 피하는 날 보고는 학습한 건지, 오크는 검을 크게 휘두르는 걸 그만두고 콤팩트한 폼으로 검을 휘두르기 시작했다.

대미지보다도 정확도를 우선하고, 검이 막혀도 크게 자세가 무너지지 않게 하려는 그 판단은 옳다.

종족의 신체 능력만을 보면 인간과 오크에게는 큰 격차가 있는 것이다. 그쪽은 전력으로 공격할 필요가 없다.

일격이라도 공격이 통하면 움직임은 둔해진다. 그렇게 되면 보다 쉽게 다음 공격이 먹힌다. 전투에 익숙하면 당연한 일이지만 이게 상당히 힘들다.

다시 말해 그걸 실천하고 있는 이 오크는 전투에 익숙하다. 고블린보다 훨씬 더 머리가 좋다. 역시 오크님이다.

검을 휘두른다. 피한다. 휘두른다. 피한다. 어퍼 스윙처럼 베어 올리는 걸 피한다.

레벨이 낮아 수치 자체가 낮기 때문이겠지만 칫타 씨가 말한 것 같은 HP의 벽이 존재하는 실감은 아직 없다.

오크의 완력에 장검이라는 무기가 추가되면 그 정도 얇은 벽 따위 쉽사리 분쇄되는 모양이다. 전력이 아니어도 큰 대미지다.

결국 그것은 거의 맨몸과 다르지 않다는 뜻으로, 나는 여전히 HP에 의지하는 싸움 방식을 선택할 수 없다.

그러니 피한다. 지극히 당연한 이야기다.

과거에 싸울 때는 그런 걸 생각할 여유도 없었지만 유키가 말한 것처럼 오크를 쓰러뜨리면 모험가로서 한 사람 몫이라는 것도 수긍이 되는 이야기다.

종족 자체가 갖는 거체, 강인한 근육, 체중, 피부의 두꺼움, 거기에 이런 전투 기술과 무기가 더해지면 전투에 익숙하지 않은 자라면 상대할 수 없을 것이다.

하지만 난 그런 단계는 아주 옛날에 통과했다. 무수히 많은 오크를 처리한 실적이 있다.

이 정도 상대에게 당할 정도라면 애초에 여기 서 있지도 못했을 것이다. 그 산에서 흙으로 돌아갔겠지.

이어지는 공격은 검이 아닌 그 거체를 활용한 태클. 이게 반격의 포인트다.

다가오는 거체를 마찬가지로 피하며……

"아자."

난 피하면서 꺼낸 손도끼를 들어 올리고, 그걸 미처 자세를 바로 잡지 못한 오크의 정수리에 내리쳤다.

두개골이 깨지고, 도끼의 칼날이 연약한 뇌로 잠겨 들어가는 감촉이 손을 통해 전해진다.

"꾸웨에에엑!!"

머리가 깨졌기에 즉사 판정이 된 건지, 오크는 피를 뿜어내면서 단말마의 소리와 함께 사라져 간다.

뿜어져 나온 혈흔과 냄새 말고는 흔적도 없이 사라지고, 대신 카드가 두 장 남았다. 드랍 아이템이다.

으음, 위험하지 않은 완전 승리다. 멋지다.

"어디 보자, 『트라이얼 롱소드』와 『구운 오크 고기』……. 또 고기냐."

마치 자신의 시체를 넘어서 가라는 것처럼 고기를 남기고 저승으로 갔다.

검은 이름 그대로 내가 쓰는 거랑 같은 트라이얼 던전의 렌탈품일 것이다. 카드니까 예비로 지니고 다니기에는 딱 좋다.

"과연 저쪽은 어떻게 됐을까."

반대쪽에서 싸우고 있는 파트너를 보니 아직 싸움 중이다. 제대로 된 접근전을 하고 있는 유키는 처음 보지만 비교적 좋은 움직임이다.

상대의 공격은 피하면서 자신의 공격은 제대로 가하고 있다. 오크 몸에는 몇 군데에 열상과 출혈이 보였다.

다만 하나하나의 상처는 얇은지 오크는 쌩쌩하고 오히려 유키는 살짝 헐떡이고 있는 것처럼 보인다.

이 구도만 본다면 약간 좀 외설스럽다. 그쪽 계열의 에로 게임에 나올 것 같은 장면이다.

"괜찮은 거야, 저 녀석?"

걱정은 걱정이지만 길어질 것 같아서 난 그 자리에 앉아……

"《머티리얼라이즈》."

……오크 고기를 물질화시켰다. 아니, 정말 위험해지면 도울 거라고. 휴식, 휴식이야.

풍겨 오는 냄새는 돼지고기다. 틀림없이 녀석들은 돼지다.

맛을 말하자면 일단 돼지고기 같은 맛이 났다. 고블린 고기와는 비교도 안 되지만 그래도 맛없다. 현대 일본인이 먹으면 한 입 먹고 뱉을 레벨이지만 뭐, 그냥 그럭저럭이다.

"못 먹을 정도는 아니군. 전혀 문제없어."

과거 날로 먹었던 것과는 비교가 안 된다. 굽는 것만으로 이렇게 달라지는 건가. 이런 거라면 놈들을 산 채로 구워서 먹었으면 좋았을걸.

피를 뽑는다거나 하는 문제도 있을 테니 맛은 다를 테지만 생으로 먹는 것보다는 분명 나았을 것 같다. 아깝다.

"뭐, 뭐 하는 거야, 츠나!"

이, 이런, 눈치챘구나.

전투가 한참인 상황에서도 유키가 날 보며 소리쳤다.

"어디서 돼지고기 냄새가 난다 했더니! 눈앞에 오크가 있는데 뭘 먹는 거얏!"

아니, 싸우는 건 너잖아. 하지만 잘 생각해 보면 오크한테 실례일지도.

"꾸웩……? 꾸웨에엑!!"

유키가 날 보며 소리 지르는 게 신경 쓰였는지 오크가 날 본다.

다시 유키에게 시선을 돌리는데, 앉아서 식사를 시작한 내게 놀랐는지 나를 다시 봤다가 그대로 굳었다. 황당했던 것이리라.

그 순간 이때다 싶었는지 유키의 소검이 오크의 목에 깊숙이 박힌다.

"오옷."

"꾸웨엑!!"

깊숙이 박힌 검이 목에서 뽑히자마자 춤추는 선혈. 응, 이제 승부가 났네. 내가 고기 먹는 걸 멈출 이유가 없어졌다.

그 뒤 피를 뿜어내면서도 계속 움직인 오크였지만 과다 출혈로 사망할 때까지 방치당해 죽었다.

"뭐야, 숨통을 끊어 줘. 불쌍하잖아."

"싫어, 내 소검 엉망이 됐다고."

보여준 검은 정말 피와 지방으로 엉망이 되어 있었지만 이미 그런 상태라면 한 번 더 찌른다고 크게 달라질 건 없지 않을까.

그렇게 될 걸 알고 있었기 때문에 난 검으로 찌르지 않고, 도끼를 사용해 머리통을 노렸던 것이다.

"그보다 전투 중에 웬 식사?"

"뭐가 어때서, 난 이미 끝났으니까. 역할 분담하자고 했잖아."

사전에 확실하게 말했는데 어처구니없다. 게다가 위험해질 것 같으면 바로 도와줄 생각이었다.

"그건 상관없는데, 저 오크, 자신이 싸우는 도중에 자기 파트너가 먹히는 것과 같은 상황이었잖아. 너무 심한 장면 아닌가?"

"……그러고 보니, 그렇게 되는 건가?"

오크가 드랍했을 뿐 딱히 그 오크인 건 아니지만.

……아, 그래서 그 오크, 이쪽을 보더니 그대로 얼었던 건가.

정말 입장을 바꿔놓고, 고기 타는 냄새가 나고 유키가 잡아먹히는 그런 상황이었다면 나도 겁먹을지도 모르겠다.

"으~ 됐어. ……그거 맛있어?"

"맛없지만 고블린보단 나아. 너도 드랍하지 않았어?"

"했지만…… 지금은 됐어. 아, 피곤해!"

그렇게 말하고는 유키는 바로 내 옆에 벌렁 드러누웠다. 바닥이 더러워 보였지만 피를 흠뻑 뒤집어쓴 상태라 새삼 유난을 떨지는 않는다.

"대미지가 하나도 안 먹혀서 때려도 때려도 끝나지 않는 건 힘들어."

"상당히 화려한 스텝이었던 것 같은데."

"이 감각은 뭘까, ……그거다, 아웃복싱의 고통을 이해할 것 같은 기분. 나비처럼 날아 벌처럼 쏠 수 없었다고."

진짜냐.

트라이얼 던전 제2층 계층 보스를 공략했습니다.

"오."

시스템 방송이 흘러나와 공략이 완료됐다는 사실을 알게 됐다.

계층 보스 공략에 따라 Lv 2 이하의 도전자만 레벨업 보너스를 획득.

오오, 제1층 때랑 같은 보너스인가. 이걸로 우리도 Lv 3이다.

크게 달라진 것 같진 않지만 그래도 의미가 없는 건 아니어서 약간은 힘이 나는 것 같다.

"그러고 보니 돼지가 울부짖을 때 메시지 떴냐?"

"어, 맞아, 그러고 보니 나왔어. 뭐였더라…… 《짐승의 포효》?"

"스킬 발동과 결과가 표시됐어. 클리어할 때 나오는 방송과 달리 음성은 없었지만 그거 시스템 메시지잖아."

최소한 밖에서 본 적은 없다.

"그렇군. 그건가, 이 도시에 오고 나서 시스템 업데이트라도 된 건가."

"그런 식으로 스킬의 발동을 알 수 있는 거구나. 밖에서도 표시되면 위압 효과가 있는 걸 알았을 텐데."

"응, 그러게, 음…… 그건가, 그게 상태 이상인가. 뭔가 강제적으로 위축됐다고 해야 되나……. 그렇게 강렬하지도 않았지만 걸렸다 해도 일률적으로 같은 효과인 것도 아닌 것 같아. ……어째서 츠나는 효과가 없었던 거지?"

모르지. 밖에서 몇 번이나 공격 받았지만 변한 건 하나도 없었다고.

"……멘탈?"

"아~ 그래, 굉장히 납득했어."

다시 말해 마음을 굳게 먹으면 위압 따위 안 통한다는 뜻이다.

그 뒤로 입구 반대쪽 벽에 출현해 있던 문을 통과하자 고양이 귀가 서 있었다.

"수고 많았다냥. 꽤 시간이 걸렸구냥?"

"시험 삼아 일대일로 해 보고, 나중에 고기를 먹었어요."

유키 것도 먹었습니다.

"그, 그러냐옹. 츠나의 나만의 길을 간다는 느낌은 굉장하다고 생각한다냥. 어쨌든 수고했다냥. 여기에서 돌아가는 것도 가능한데 어떻게 할 거냐옹?"

"돌아가?"

그러고 보니 칫타 씨 뒤에 이 던전에 들어오기 전에 통과한 것과 같은 워프 게이트가 있다. 처음에 말했던 중단 지점이라는 거려나.

……그렇다는 이야기는 전송 시설 입구로 돌아갈 수 있다는

건가. 클리어하든지 죽어 리타이어 할 때까지 계속하는 걸로 착각하고 있었다. 흡혈귀도 돌아올 수 있다고 말했는데.

"보스를 잡은 뒤에는 각각 워프 게이트가 있으니까 돌아갈 수 있다냥. 저 게이트를 통과하면 지상으로 직행이다냥."

유키가 '어떻게 할까'라는 시선을 나에게 보낸다.

솔직히 난 어느 쪽이든 상관없다. 손쉬웠던 오크와의 전투 덕분에 아직 여유는 있고 하니, 분위기를 봐서 한 층 정도는 더 가는 것도 괜찮다.

돌아간다면 일단 기숙사 방에 짐을 풀고 쉬고 싶다. 한번 도시를 관광해 보는 것도 좋을 것 같다. ……유키한테 맡길까.

"돌아가면 또 처음부터인가요?"

"처음부터도 되고, 돌아간 중단 지점부터도 개시 가능하다냥. 거슬러 올라가 시작하면 보스전을 다시 시작하게 된다냥. 다만 주의할 점으로 공략에서 한 번 철수하면 다음 도전은 6일 이상 텀을 두지 않으면 안 된다는 룰이 있다냥."

"헉……."

"진짜가……."

아, 그래서 최단 공략 기록이 일주일인 건가. 그거 이상으로 단축하기 위해서는 첫 번째 어택으로 공략을 완료하는 수밖에. 연속해 던전 어택은 불가능한 구조냐.

"저기, 어째서 6일이나 텀을 둬야만 하는 건가요?"

"음, 자세한 건 잘 몰라서 그냥 그렇게 결정되어 있다고밖에 말할 수 없지만 이 룰은 이곳 말고도 공통으로 적용되는 거다냥. 동반자라고는 해도 나도 이렇게 들어오면 마찬가지로 쉴 필요가 있다냥. 사망 페널티의 회복 등 다음을 준비하거나 여러 가지로 할 일도 많기 때문에 실제로는 그리 긴 것도 아니다냥."

휴양 기간이라고 받아들여야만 되는 거려나. 고교 야구 본선 같은 연속 등판은 어깨가 망가지니 안 된다는 느낌인가.

그렇게 되면 그 시간만큼의 벌이도 필요하게 되니까, 벌이가 적으면 던전에 들어올 횟수를 늘리는 것도 어려울 것이다. 아르바이트 같은 걸 생각하는 편이 좋을지도.

"그래서 단순히 돈이 없어 생활하기 곤란한 하급 모험가가 아니어도 부업을 가지고 있는 모험가는 많다냥. 뭐, 그중에는 아주 푹 휴양하는 녀석도 있고, 오로지 훈련만 하는 금욕적인 녀석도 있다냥. ……어떡할래냥?"

"계속할게요."

내 의견도 묻지 않고 유키는 속행을 선언한다. 굳이 말한다면 지쳐 있는 건 넌데.

"유키도 할 마음 같으니 속행으로. 이 게이트는 3층 보스 뒤에도 있는 거지?"

"있다냥. 4층 뒤에도 있고……. 뭐, 그 이후는 공략 후가 되지만냥. 그럼 힘차게 다음으로 가 볼까냥."

아직 반절도 못 왔을 거고 앞은 길 것이다.

텀을 둬야 할 필요가 있다는 걸 생각하면 나갈 수 있는 만큼 나가 버리는 편이 좋으려나.

◆ ◇ ◆

워프 게이트 옆 계단을 내려가자 그곳은 제3층이었다. 보기에는 크게 다르지 않다.

"여기부터는 뭐가 다른 건가요?"

2층에 내려갔을 때는 잔챙이들의 종류와 인카운트율이 변해 있었다.

"잔챙이들은 4층까지 크게 다르지 않다냥. 이곳의 메인 이벤트는 보스전과 보물 상자다냥."

"보물 상자!"

약간 피곤했던 유키가 갑자기 쌩쌩해졌다.

보물 상자라고 하면 RPG 같은 데에서 어째서 놓여 있는지, 누가 놔둔 건지 잘 알 수 없는 전형적인 약속 중 하나다. 자연 동굴 안에 보물 상자가 오도카니 놓여 있으면 이보다 이상한 건 없다.

"보물 상자는 누가 놔둔 거죠?"

"던전이 멋대로 만들어 둔 것 같다냥. 이곳은 예외지만 보통은 설치 장소가 고정되어 있는 게 아니라 랜덤으로 출현한다냥. 벽 안에 반쯤 묻혀 있는 경우도 있는데 그럴 때는 열심히 파기도 해야 한다냥."

그건 버그 같은 게 아닌가?

"루키를 위해 한 사람당 하나씩 설치하는 그런 건가요? 아니면 저희 둘이서 하나라든가."

"한 사람에 하나다냥. 그래서 이번에는 아마도 두 개가 설치될 거라냥. 덧붙여 한 번 열면 다음에 왔을 때는 보물이 없으니까 조심하라냥."

1회 한정 축하 선물이라는 의미군.

"뭐가 들어 있는지 정해져 있어?"

"랜덤이다냥. 랜덤이라고 생각하지만…… 다른 사람 이야기는 별로 들어본 적이 없다냥. 아마도 랜덤일 거다냥. 기본적으로 별 쓸모도 없는 게 들어 있어 다들 바로 잊는다냥. 다른 던전의 보물은 유실품이 된 무기라든가 나름 괜찮은 게 들어 있지만냥."

강습에서 말했던 그건가. 일정 기간 내에 다시 사 가지 않으면 듀라한한테 비웃음을 당한다는.

아는 사람 물건이 나오거나 하면 찜찜하지는 않으려나.

"그런데 칫타 씨 때는 뭐가 들어 있었는지 기억하나요? 몇 년 전인지는 모르지만요."

"난 아주 잘 기억한다냥. ……고양이 귀 머리띠였다냥."

너무 심하잖아. 의미를 알 수 없는 것에도 정도가 있다고.

"……조, 좋은 거 아닌가요, 고양이 귀. 귀엽고."

"내가 하니 귀가 네 개가 됐다냥. ……유키는 고양이 귀가 나오면 이 공략 중에는 강제 장착이다냥. 동반자 특권을 행사한다냥."

그런 권리가 있는 건가? ……아니, 적당히 둘러대는 것뿐이겠지. 그런 권리가 있었다면 순순히 고블린 고기를 먹지는 않았을 거야.

"뭐, 전 상관없지만 츠나도 해당되나요?"

"…………."

왜 그렇게 뚫어지게 쳐다보는 거지. 부끄럽다고.

"이 녀석은 됐다냥."

이유가 뭐냐. 난 고양이 귀를 달면 안 되는 거냐.

그런 대화가 있은 후 유키도 기운이 났는지 3층 공략은 순식
간에 끝났다.

변함없이 외길이었고 내가 박쥐에게 고전한 것 말고는 특별히
쓸 만한 사항도 없다.

"아무튼 왔네요, 보물 상자."

보스방 바로 앞. 전용 방으로 우리는 세 개의 보물 상자를 앞
에 두고 있었다. ……세 개?

"도전자 것만 있는 거 아니었어?"

"아, 이쪽 빨간 거는 동반자용 상자다냥. 안에는 아무것도 안
들어 있다냥."

왜 빈 상자를 준비하지?

"그쪽의 파란 게 도전자용 보물 상자다냥. 어느 쪽을 열 건지
는 둘이서 정하라냥."

"[*] '모처럼이니 지금은 빨간 상자를 고르겠어' 같은 건 안 되나요?"

이봐, 그만둬 컴뱃!

"무슨 말을 하는지는 모르겠지만 그건 안 된다냥."

"안 되나요……. 츠나는 어느 쪽 할래? 열쇠나 함정 같은 건 없는 거죠?"

"트라이얼 보물 상자에는 없다냥. 이곳 이외의 보물 상자는 자물쇠가 달려 있다거나 함정이 있다거나 보물 상자로 변신한 미믹이란 몬스터거나 하는 경우도 있다냥. 덧붙여 말하자면 무슨 이유에서인지 보물 상자 근처는 몬스터가 들끓기 쉽게 되어 있으니까 주위를 경계하는 게 보통이다냥. 열자마자 다가온다냥."

보물 상자에 함정 같은 게 있는 건가. 여기라면 죽어도 다시 살아나니 즉사 트랩 같은 거 흔하게 있을 것 같은데. [**]바위 속에 있다든가.

도적인지 스카우트인지는 모르지만 칫타 씨 같은 전문가가 쓰는 기술이 필요해질 것이다.

스스로 익히는 것도 좋겠지만 난 안 맞을 것 같다. 나보다는 유키가 이미지와 맞는다.

"유키가 먼저 골라도 돼. 양쪽 다 크게 다를 것 같지는 않아. 필요하면 교환하면 되고."

---

[*] 못 만든 게임으로 유명한 세가 새턴용 게임 『데스 크림즌』에 등장하는 대사. 주인공 컴뱃 에치젠이 "모처럼이니 난 빨간 문을 고르겠어."라고 이야기한 후 녹색 문으로 들어가는 장면이 컬트적인 인기를 끌었다.
[**] 게임 『Wizardry』 시리즈에서 보물 상자에 장치된 함정 '텔레포터'에 걸렸을 때 표시되는 문장. 벽 속으로 전송되어 파티가 전멸한다.

"그래? 그럼 모처럼이니 난 이 오른쪽 상자를 고르지."

"그럼 난 모처럼이니 왼쪽 상자를 고르지."

"뭐, 뭐야. 뭔가 도대체 모처럼이냐옹?"

컴뱃 씨의 말버릇 같은 건 몰라도 돼. 설마 이 세계에 똑같은 게임이 있을 리도 없으니.

내가 뚜껑을 열자 그 커다란 상자와는 어울리지 않는 작은 게 덩그러니 놓여 있었다.

그건 나쁜 짓을 하면 신세를 지게 되는 은색 팔찌다. 카드가 아닌 실물이다.

"……수갑?"

뭐야, 이걸로 뒤에 있는 고양이 귀를 체포하라는 건가? 설마 그런 플레이용인 건가?

"왜 그러냐옹?"

"아니, 좀 뜻밖의 물건이 들어 있어서……. 뭐에 쓰는 거지, 이거."

"꽤 이상한 팔찌다냥. ……팔찌?"

모르는 거냐. 체포 경력은 없나 보군. 이 도시에서 수갑을 사용하는지는 모르겠지만.

"수갑인 건 분명하지만. ……쓸 기회는 없을 것 같은데."

"뭐, 됐다냥. 유키는 뭐냐옹."

"나이프예요. 꽤 좋아 보이는데, 이쯤 되면 당첨인 건가요?"

그렇게 말하며 유키는 의기양양한 표정으로 손에 든 비싸 보이는 나이프를 보여 줬다. 손잡이 부분이 뱀 가죽으로, 장식도 많아서 무지 벼락부자처럼 보인다.

이 자식, 체포해 버릴까.

"꽤나 비싸 보이는 나이프네."

"장식도 공들였고, 우리 집에서라면 상당히 비쌀 것 같은데."

"허접한 물건만이 아니라 진짜 실용품도 나오는구냥."

아무래도 여기는 본래 좋은 물건이 나오는 그런 이벤트는 아닌 것 같다.

……하긴 당연한 걸지도. 루키의 강습용 이벤트잖아. 유키가 운이 좋았다는 건가.

그건 그렇고 이 수갑 어쩌지. 유키라면 어딘가에 나오는 경부처럼 탁 던져서 상대의 발에 걸거나 할 수 있을지도[*].

"그럼 다음은 보스전이다냥. 고블린이라고는 하지만 방심했다간 발목 잡힐 수도 있다냥."

"고블린 리더인가요. 어떻게 다른가요?"

색이 다르다거나 그러지 않을까. 용량을 절약하는 의미로.

"단순하게 강하다냥. 아마 오크도 사용했을 거라 생각하지만 고블린 리더도 뭔가 스킬을 사용할 가능성이 있다냥. 나오는 개체는 랜덤이라 사용하지 않을지도 모르지만냥."

"리더 이외는 평범한 고블린인가요?"

"기본적으로는 그렇다냥. 리더의 《지휘》 스킬이 발동되는 영

---

[*] 애니메이션 『루팡 3세』에 등장하는 제니가타 코이치 경부의 특기.

향으로 약간 파워업 상태다냥. 리더를 쓰러뜨리면 효과는 사라지니까 쓰러뜨리는 순서를 생각해 두면 좋다냥."

먼저 우두머리를 쳐야 하나, 아니면 확실하게 수하들부터 쳐야 하나. 다수의 적을 상정한 테스트인 모양이군.

"제1층과 같은 느낌으로 괜찮을까?"

"오크와 달리 나도 공격이 먹힐 거라 생각하니까 기본은 그걸로 괜찮을 것 같아. 가능하다면 리더 먼저로."

"그럼 그걸로 당장 가 볼까."

"꽤 빠른 것 같은데 벌써 회의 끝난 거냐옹. 그럼 난 먼저 가서 기다리고 있겠다냥."

그렇게 말한 칫타 씨는 빨간 상자를 열고 안으로 들어갔다. 잠시 뒤 방에 있던 보물 상자는 모두 안개처럼 사라져 없어진다.

……어라, 통로의 입구인 건가.

"다음에도 그런 느낌의 비밀장치가 있는 건가?"

"글쎄, 나도 모르지."

자, 이제 절반을 넘은 지점에서 보스전이다.

∞제5화 『새로운 바람들에게』

제3층 보스전.

고블린 리더가 이끄는 고블린 부대와의 전투는 내내 우리 페이스로 전개됐다.

개막. 뭔가 스킬을 발동하려 했던 고블린 리더를 유키가 활로 저격.

거기에 맞춰 한가운데로 강습을 강행한 내가 또 다른 고블린 리더를 몸통부터 두 동강 냈다.

순식간에 리더를 잃고 혼란에 빠진 고블린들은 통솔을 잃어, 오합지졸이 되어 공격해 왔다.

그렇게 되면 그냥 평범한 고블린이다. 한 마리씩 숨통을 끊어 가면 된다. 한 마리 도주를 개시한 녀석도 있었지만 이곳은 폐쇄 공간이다. 나중에 처리하면 될 것이다.

딱 한 마리 활을 가진 녀석은 내 옆을 빠져나가 빠르게 근접한 유키에게 활째로 썰렸다. 원거리 공격수가 사라지면 두려울 건 없다.

긴장이 풀렸다는 이유도 있을 것이다. 제1층의 코볼트전에서는 조악했던 우리의 연대도 그럴 듯해졌다.

특히 유키의 움직임이 날카로워졌다. 상황을 보는 눈이 좋은 건지, 정신을 차리고 보면 절묘한 위치에 서 있다. 공격력은 없지만 고블린 같은 상대라면 아무런 문제도 없다.

결국 당초 상정했던 이상적인 패턴이 먹혀, 거의 아무런 위험도 없이 전투는 종료됐다.

솔직히 유키가 안쪽에 있던 활잡이를 처리해 준 것만으로도 상당히 고맙다. 눈앞의 적에 집중할 수 있다.

숫자가 많았을 뿐이지 실은 오크 쪽이 더 강했던 것 같은 느낌도 든다.

"이걸로 마지막!!"

혼자 남아 도망치려고 우왕좌왕하던 고블린의 숨통을 끊는 유키. 그 장면만 보면 마치 약한 자를 괴롭히는 것 같다.

> 트라이얼 던전 제3층 계층 보스를 공략했습니다.

> 계층 보스의 공략에 따라 Lv 3 이하의 도전자만 레벨업 보너스를 획득.

늘 나오는 방송이 흘러나오고 공략이 완료된다.

레벨업 보너스도 마찬가지다. 최종적으로 Lv 6이 되는 건가?

Lv 4가 되어도 상승한 수치처럼 변한 것 같진 않지만, 처음과 비교하면 분명 힘이 들어가기 쉬워졌다는 걸 알 수 있다.

하지만 레벨이 올라도 뭔가 마법과 스킬을 익히거나 하는 일은 없다.

"공격이 제대로 먹히는 건 좋네."

마지막 고블린을 처리한 유키가 돌아왔다.

땅에 떨어져 있던 걸 돌아올 때 주웠던 건지, 손에는 여러 장의 카드…… 드랍 아이템이 있다.

"어디, 『구운 고블린 고기』가 네 장, 『구운 고블린 고기(중품질』이 2장, 『트라이얼 숏소드』가 2장, 『망가진 숏보우』가 1장. 그리고 『저품질 포션』. 전부 카드로 나왔어. 망가진 숏보우는 잡을 때 망가졌기 때문이려나."

완전히 랜덤으로 드랍하는 것도 아니고 해치울 때의 상태도 어느 정도 반영된다는 건가.

"틀림없이 네가 처리할 때 망가진 거야. 『트라이얼 숏소드』는 두 장 다 네가 가지고 있어."

"그럼 츠나는 고기인가, 전부 가져. 어차피 난 먹지도 못하니까."

그렇게 말하며 고블린 고기 카드를 건넨다.

고블린 고기로 중품질이라 해도 크게 다르지 않을 것 같지만. 설마 더 맛없어졌다거나 하진 않겠지.

제1층에서의 일을 생각해 보면 이걸 제대로 먹을 수 있는 녀석은 별로 없을 것이다. ……가지고 돌아가게 되면 고브타로 씨한테 팔까.

"포션은 무지 마셔 보고 싶지만, 일단 유키가 가지고 있어."

"역시 신경 쓰이는구나. 실은 우리 집에서도 팔았는데 굉장히 비쌌어. 집에서 판 게 저품질인지 고품질인지는 알 수 없지만."

그 정도는 밖에서도 팔고 있다는 건가.

"그런데 어느 정도의 가격이냐?"

"재고 상황에 따라 시세는 매번 변하지만 제일 싼 것도 일반적인 가정의 한 달 수입과 같은 정도? 이 그림 같은 유리병이 아닌 도자기로, 굉장히 작은 용기에 담아 팔았어."

카드에 그려져 있는 건 손에 들린 물약 병이다. 정확한 축척은 알 수 없지만 상상했던 것보다 꽤 작아 보인다.

편의점에서 팔고 있는 영양 드링크의 반절 정도다. ……이걸로 월 수입이 날아간다는 건가.

"밖에선 절대로 못 구하겠네. 그게 트라이얼에서 나온 거냐."

"효과도 적혀 있어. 서서히 HP 50 회복이라고. 즉시 회복이 아니라면 연속 복용하는 건 무리인 것 같은데. HP 이외에도 효과가 있거나 하려나. 그렇지 않으면 밖에서 팔아도 의미 없잖아."

빨갛진 않지만 빨간 포션 연타라든가. 애초에 전투 중에 물약을 대량으로 복용하는 건 불가능한 거 아닐까. 그건 물리 법칙 완전 무시인 게임이니까 가능한 행위다.

상처 같은 건 어떻게 되는 걸까. 상처가 낫는다고 한다면 그것만으로도 가치가 있다. 힐러가 없는 이상 앞으로 이게 우리의 회복 수단이 될 거라는 건 분명하고.

만약 여러 개를 손에 넣는다면 위험한 상태에서 갑자기 복용하는 것보다는 사전에 한번 시험해 보는 게 좋을 것이다.

"그러고 보니 고블린 고기는 이걸로 열 장을 넘겼군."

"츠나는 한동안 먹을 것 때문에 고생할 일은 없네."

나, 이제 좀 제대로 된 음식을 먹고 싶다고.

이 던전에 오는 도중 노점에서 팔던 햄버거라든가 핫도그라든가. ……역시 살 걸 그랬어.

어째서 난 이 도시에 와서도 고블린 고기를 먹고 있는 거지.

특별히 고전도 하지 않았으니 당연한 것처럼 제3층의 워프 게이트는 패스. 제4층으로 내려간다.

제4층도 보스전까지 오는 중에는 큰 변화도 없고, 고블린과 이리 비슷한 거랑 박쥐를 걷어차면서 전진한다. 딱 한 번 내가 박쥐 무리에게 둘러싸였지만, 그거 이외는 별일 없이 답파했다.

"자, 최후의 중간 보스전이다냥. 이곳은 리저드맨이 혼자서 상대한다냥. 달마다 종족이 변하기 때문에 다음에 올 때는 다를지도 모르지만냥."

달마다 리저드맨이기도 하고, 수인이기도 하는 모양이다. 워타이거 등은 종족 자체의 성능이 강한 것 같기 때문에, 거기에 비하면 이번 달은 별로 난이도가 높지 않은 모양이다.

"이쪽이 몇 명이든 상대는 혼자인가요? 그렇다면 머릿수가 많으면 유리한 거잖아요."

그렇다. 학생 클래스처럼 수십 명이 도전하면 뭇매도 때릴 수 있을 것이다.

"이곳 보스는 격파를 상정하고 있지 않다냥. 도전자 수X5분간 살아남는 게 공략 조건으로 한 사람이라도 죽으면 아웃이다냥. 안에 있는 건 Lv 10 정도의 리저드맨이라서 루키가 쓰러뜨리는 건 약간 어렵다냥……. 사실 이곳이 기념 수험하는 녀석들 대부분이 포기하게 되는 장소다냥."

한 사람 죽으면 아웃이라면 너무 약한 녀석은 같이 가면 안 되겠군.

후위도 힘들 것이다. 지금까지도 솔로라면 힘들었겠지만, 본격적으로 방패역이 필요하게 된 것이다.

우리는 두 사람 모두 전위라서 그다지 영향은 없지만, 다른 녀석들은 이곳에서 멤버를 다시 점검할 필요가 있을지도 모른다.

"Lv 10이 얼마나 강한지는 모르지만. 우리는 지금 Lv 4니까 단순하게 생각하면 약 3배 정도의 강함이 되는 건가요?"

그거야 모르는 일이지. 사실 Lv 1부터 Lv 4가 되어도 4배 강해졌다는 느낌은 안 든다.

"글쎄다냥. Lv 10이라고 해도 레벨 제한으로 거기까지 레벨을 낮출 뿐이라 원래의 강함에 따라서도 다르다냥. 여기 보스만은 현역 모험가가 아르바이트로 담당하는 경우가 많아서 원래부터 숙련된 리저드맨이거나 한다면 아주 심각한 상황이 되는 거라냥. 어떤 의미로 운을 시험당한다고나 할까냥. 뭐, 하지만 아르바이트를 하는 그런 사람은 신인 상대라는 걸 알고 있는 사람들이라서 실력이 무지 차이가 나도 좀 봐주기도 한다냥. ……대부분."

대부분……이라니 운 게임이냐. 어쨌든 아무리 운이 좋아도 최소한 Lv 10인 몹 리저드맨을 상대로 일정 시간을 버틸 실력은 필요하다는 이야기군.

지금까지의 보스 룸을 보면 넓기는 했지만 구조도 단순해 계속 도망치는 건 어려울 것이다. 방금 유키한테 쫓기던 고블린처럼 돼 버린다.

"물론 쓰러뜨려 버려도 된다냥. 담당이 아르바이트가 아니라면 의외로 어떻게든 될지도 모른다냥. 실은 쓰러뜨리면 특별 보너스가 있는 것 같으니까 노려봐도 좋다냥."

보너스라……. 매혹적인 말이다. 아주 좋은 방식으로 도전자의 의욕을 자극해 준다. ……좀 힘내 보실까.

"덧붙여 지금의 칫타 씨라면 혼자서도 무찌를 수 있나요?"

"어떤 게 와도 Lv 10까지 떨어뜨린 상대라면 전혀 문제 없다냥. 나 Lv 36인 게 폼은 아니니까냥. 5층 보스도 완전 이길 자신 있다냥. 여기에서 악전고투했을 때랑 비교하면 나도 강해졌다냥."

의기양양한 표정이다. 때리고 싶다, 웃는 이 얼굴.

하지만 뭐, 아마 사실일 것이다. 스테이터스 카드의 수치와 스킬을 보는 것만으로도 우리와 엄청난 차이가 난다는 사실은 알고 있다.

수치만이 아니다. 전투를 본 건 아니지만 행동만 보더라도 강함을 알 수 있는 것이다. 던전 앞에서 봤던 박카스 아저씨는 그렇다 쳐도, 이 고양이 귀마저 지금 상황에서는 아무리 용을 써도 못 이길 것 같다.

"그러고 보니 이 레벨이 올라가는 조건은 뭐죠? 보스 공략의 보너스만은 아닌 거죠?"

"적을 많이 쓰러뜨리면 올라간다냥. 강한 걸 쓰러뜨리면 쉽게 올라간다냥."

경험치가 기준이었나.

"그럼 어느 정도로 올라간다거나 하는 기준은 없나요?"

"랭크가 조금 올라가면 스테이터스 카드에 기능을 추가할 수 있게 된다냥. 그리고, 카드가 아니어도 볼 수 있는 스킬이 있다냥."

기능 추가……. 이제 카드라기보다는 소형 단말이라고 말하는 편이 좋을지도. 어떤 기술인지 도무지 상상도 안 되지만.

"그리고 한 가지 더 궁금한데요, 스테이터스에 표시되는 능력치라는 건 뭐가 기준인 거죠?"

"냥??? 수치가 높으면 그 능력이 강하다냥."

질문의 의미를 모르는구나.

"예를 들면 저의 〈힘〉 수치는 Lv 1일 때의 츠나보다 높아졌지만 그렇게 강해졌다는 실감은 없습니다."

"아, 그 이야기였냐옹. 그 구조는 아직 완전하게는 공개되어 있지 않지만 숨겨진 원래 수치에 곱셈을 한다는 게 유력한 정보다냥."

숨겨진 데이터가 있다는 건가.

그러고 보니, 그렇구나. 이건 능력치 그 자체가 아니라 보정치라는 건가. 그대로 곱셈이라고는 생각하기 힘드니 원래의 수치를 기준으로 한 퍼센티지일지도 모르겠군.

가령 〈힘〉 능력치가 15라면 원래 능력에 플러스 15%의 보정이 걸린다는 방식. 가령 유키의 〈힘〉의 수치가 나보다 높아도 처음부터 완력이 없었다면 그 보정은 거의 차이가 없다는 것이다. 공개되지 않았다니 그런 단순한 계산식이 아닐지도 모르지만 꽤나 엄격하군.

"〈머슬 브라더스〉 같은 근육맨과 내가 팔씨름으로 승부했을 경우 〈힘〉의 수치가 같다면 내가 진다냥. 그래서 러닝을 하거나 근육 트레이닝 같은 훈련은 꽤 중요하다냥."

"처음부터 완력이 없으면 보정치만 올라가도 그리 큰 효과는 없다는 거네."

"역으로 보정치가 높아지면 약간의 근육 트레이닝만으로도 힘이 대폭적으로 향상된다는 건가."

예전에 도시 밖에서 그 스테이터스에 대해 생각한 적이 있다.

가령 팔 굽혀 펴기를 해 〈힘〉이 올라갔을 경우, 어떤 형태로 강해지는 걸까. 힘이라는 게 완력만은 아닐 텐데, 라고.

팔에 근육이 붙으면 완력은 세진다. 그리고 그 결과 스테이터스의 〈힘〉이 올라가고 보정치로 다시 그게 강화된다. 알아차리기 힘들 뿐 전체적으로 근력이 올라간다는 뜻이다.

"〈민첩성〉처럼 거의 근력과 직결되는 거 아닌가 싶은 수치도 따로 관리되고 있어서 명확하게는 대답이 나오지 않는다냥. 그저 원래의 능력을 단련하면 보다 강해진다는 건 분명하다냥. 그리고 스킬이나 장비로 원래의 능력을 강화하면 효과가 있기도 해서, 〈머슬 브라더스〉는 이런 스킬을 사용해 매력적으로 보이기 위한 근육을 메인으로 단련하고 있다냥."

그게 매력적으로 보이는 근육인 거냥.

"그럼 저처럼 근육이 잘 안 붙는 체질이라면 힘이 별로 세지지 않을 거라는?"

"그렇게까지 비관할 건 없다고 생각한다냥. 방금 말한 스킬로 원래의 능력을 보강해도 되고, 역으로 보정치 쪽을 많이 올리는 걸로 츠나는 이길 수 있다냥. 나처럼 여성스러운 가는 팔로도 츠나랑 팔씨름을 해서 이길 수 있다냥."

"아니, 딱히 츠나를 이기고 싶은 건 아닙니다."

그래도 칫타 씨의 팔로 날 이길 수 있다고 단언할 수 있을 정도로 스테이터스의 효과가 있다는 거다.

여성이라 당연한 거겠지만 칫타 씨의 팔은 보기에는 유키와 별반 다르지 않다.

하지만 실제로 팔씨름을 시작하면 물리 법칙을 무시하고 내 손등이 땅에 닿을 것이다. 승부 이전에 악력으로 내 손이 으깨질 수도 있다.

으깨지다니 완전 무섭다. 온몸이 오싹한다.

"게다가 탑 랭커 같은 레벨이 되면 원래의 육체도 한계까지 단련되어 있기 때문에 보정을 하지 않아도 별반 차이는 없다고 한다냥. 어차피 육체적인 한계는 있으니까냥. 인간의 한계를 돌파하기 위해서 보정치는 필수다냥."

"칫타 씨는 근육 트레이닝 같은 거 해?"

"클랜 하우스에 근육 트레이닝 설비가 있고, 스포츠 센터에도 다니고 있다냥. 정기적으로 트레이닝 합숙도 참가하고 있고냥. 짐승 귀 부트 캠프다냥."

왠지 갑자기 현실적이 되었다. 하지만 그렇군. ……나도 근육 트레이닝 시작할까.

레벨업이 아니라도 스테이터스가 올라가는 걸 확인할 수도 있으니 이중의 의미에서 단련할 수 있을 것이다.

"다시 본론으로 돌아와서 이곳 중보스인 리저드맨은 Lv 10 고정이라서 두 사람과는 보정치로 보면 대략 약 3배 정도의 차가 있다고 생각하면 된다냥. 리저드맨은 종족적으로도 육체 성능이 높기 때문에 실제 차이는 좀 더 있겠지만냥."

"그렇군요, 잘 알았습니다."

"그럼 이제 슬슬 도전하라냥. 난 하던 대로 먼저 가서 기다리겠다냥."

칫타 씨가 서 있던 바닥이 무대 승강기처럼 내려가고, 그녀는 모습을 감췄다.

……이 연출은 매번 필요한 건가?

"어떻게 싸울까? 상대가 한 사람이라고 확정되어 있으니 약간 바꿔야겠어."

"그래, 좀 더 신경 써서 생각해 볼까."

그렇게 아주 약간의 작전 타임을 가진 우리는 제4층 공략에 도전한다. 최후의 중보스전이다.

◆ ◇ ◆

보스 룸은 2층, 3층과 같은 구조지만 사람 수가 적어서 그런 지 3층보다는 넓게 느껴진다.

광장 중앙에는 이미 리저드맨 한 명이 서서 기다리고 있었다. 별로 몹 같지 않다. 무장도 렌탈품 같은 느낌도 아니고, 좀 셀 것 같다.

"여어, 목 빠지게 기다렸다고. 루키."

뭐야, 말하잖아.

"어, 저기, 아르바이트 분이신가요?"

"아, 아르바이트?! ……아르바이트라고 하면 아르바이트지만 어쨌든 너희 상대를 지원했다."

우리를 노렸다는 건가?

"……왜요?"

"아, 그렇군, 인간들은 구분을 못하지. 나야, 나."

"나야나 사기?"

미궁도시는 현대 일본을 이 정도까지 도입한 건가. 사기까지 도입할 필요는 없었을 텐데.

"아냐! ……너희를 이 도시까지 태워 온 리저드맨이다. 3일이나 같이 보냈잖아. 매정한 녀석들."

"그, 그 도마뱀 아저씨인가."

"아저씨라니……. 아니, 아저씨 맞긴 하지만. ……젠장, 어째서 다들 아저씨 취급이야."

그 말을 들어도 전혀 구분이 안 된다.

종족의 벽은 높다. 칫타 씨 같은 수인이라면 그나마 구별은 할 수 있는데.

"그 아저씨가 어째서 여기에?"

"그거야, 여기에서 해야 할 일은 하나지. 시험관밖에 없잖아. 제4층의 보스역이다."

……위험해. 미궁도시로 오는 도중에는 몰랐지만 이 아저씨 꽤 강할 것 같아.

레벨에 제한이 걸려 약체화되어 있다 해도 이렇게 대치하는 것만으로도 위압감이 장난 아니다.

전투 상태에 들어간 것도 아닌데 지금까지 싸워온 고블린, 오크와는 다르다는 걸 확실하게 알 수 있다. 무심코 서 있는 동작부터 역전을 거듭한 강자의 굉장함을 느낄 수 있다.

이거, 완전 정신 바짝 차리지 않으면 쉽게 쓰러뜨리기는 힘들겠어.

"시험 전에 잠깐 이야기 좀 할까."

도마뱀 아저씨는 자세를 잡지 않고 우리를 향해 말을 건다.

"여기는 제한 시간이 있다고 들었는데요."

"그건 전투에 들어간 후의 시간이다. 그렇다고는 해도 딱히 오래 이야기할 생각도 없으니까 제한 시간을 늘리지. ⋯⋯3분이다."

아저씨가 그렇게 말하자 시야 한구석에 3:00.00이라는 숫자가 표시되고 카운트다운을 시작한다.

"넛붙여 선투 행동을 개시했을 경우는 이게 0이 되어 진짜 카운트다운이 시작된다."

카운트가 0이 되는 건가, 우리가 공격하는 순간이 전투 개시라는 거군.

"그래서 우리한테 무슨 이야기를?"

"너희는 상당히 가능성이 있어 보여 이곳에서 단련시켜 주려고 생각했다. 모험가 선배로서 초보를 가르쳐 준다는 거지."

선배⋯⋯ 그런가, 이 사람⋯⋯ 리저드맨도 선배가 되는 건가.

"마차 안에서 한 대화를 들었을 때 도착하는 날 바로 도전할 것 같았으니까."

뭐, 숨긴 것도 아니고 우리 두 사람만 탔기에 우리 대화가 들렸다고 해도 이상하지는 않다.

"그럼 첫날에 오지 않았다면?"

"그렇다면 뭐⋯⋯ 아쉽지만 단념했겠지."

그건 유키한테 고마워하는 게 맞겠군. 이 녀석이 가자는 말을 꺼내지 않았다면 내일 했을 거라 생각한다.

"그래서 뭘 가르쳐 준다는 거지, 아저씨."

"별다른 내용은 아니다. 던전 마스터 이야기다."

"던전 마스터?"

지금, 관계있는 건가, 그거.

"던전 마스터는 이곳의 관리자로 던전…… '무한회랑'의 공략을 추천하고 있다는 건 들었겠지?"

"어, 이유 같은 건 못 들었지만."

"자세한 이야기는 나도 모른다. 하지만 실제 공략 속도는 빨라도 고작 한 달에 한 층 정도다. 이것도 빨라진 편이지만, 사실 던전 마스터는 이게 불만인 것 같다. 하지만 지금 공략하고 있는 녀석들의 엉덩이를 걷어찬다 해서 딱히 스피드가 나는 것도 아냐. 놈들도 정말 필사적이니까."

한 달에 한 층 페이스라면 느리다는 건가?

"그래서 새로운 바람에 기대한다. 기본적으로 미궁도시 안에서 자란 녀석은 안 돼. 평균 이상은 되지만 그 이상은 목표를 잡을 수 없는 녀석이 많지. 태어나 자라온 환경에 적응했기 때문에 금세 타협해 버린다. 어릴 적부터 정상급인 녀석들을 봤으니 그게 목표하는 최고 지점이고, 그 이상의 재능을 가지고 있을 리 없는 우리는 그걸 목표로 자기 나름대로 최선을 다하면 된다고 말이야."

그건 이 던전에 들어오기 전에 본 학생들 같은 인재를 가리켜 하는 말인 건가.

그들은 박카스에 대해 알고 있었다. 그런 존재를 보며 자라왔다. 그래서 무의식중에 그게 목표가 되어 버렸다.

박카스만이 아니다. 그들은 우리가 모르는 모험가 정상 그룹을 목표로 하고 있다.

그 사람들은 단순히 힘만이 아니라 분명 뛰어난 무기 기술, 마술 솜씨, 전황 판단 능력, 부대 지휘 같은 면에 특화된 능력을 가지고 있을 것이다. 그건 직접 전투력과 관련되지 않은 서포트적인 분야라도 상관없다. 다채로운 재능을 보면 자신의 이상에 가깝다고 느끼는 존재도 있을 것이다.

목표가 있다는 건 좋다. 그런 존재가 되기 위해 노력하는 것도 좋다. 하지만 아저씨가 말하는 개념은 도달점이 그곳에 있다고 착각한 채 노력한다는 점이다.

갈 길은 멀고, 현재 톱이라도 여전히 도달하지 못하고 있기 때문에 그곳을 도달점으로 잡는 건 성장에 방해가 된다. 성장 잠재력을 죽여 버린다는 거다.

"그럼 안 되는 거잖아요? 그 목표도 매일 갱신되어야겠죠."

"안 되는 것 같아. 던전 마스터가 뭘 목표하는 건지는 모르겠지만 지금보다 빨리 던전을 공략하라는 말은 몇 번이나 들었어. 다시 말해 정확한 건 듣지 못했지만 무한회랑은 100층에서 끝나지 않을 거라는 이야기지. 대체 어디까지 이어지는 건지는 모르겠지만 말이야."

이제 1년 남짓하면 도달할 것 같은 100층 공략을, 이렇게 신인을 독려하면서까지 단축할 의미 따위 거의 없다.

도시의 문 앞에서 만났던 외부 모험가들도 그런 의도로 불러들이고 있는 거려나.

"그래서 밖에서 바람을 불어넣어 주길 기대하고 있다? ……누구든 괜찮은 건 아닐 텐데?"

안 그러면 아저씨가 일부러 우리를 노릴 이유가 없다. 외부 인원에 기대한다면 분명 다른 모험가여도 상관없을 것이다. 게다가 우리는 밖에서 모험가를 했던 것도 아닌, 굳이 말한다면 그저 평범한 아마추어다.

"그건 그렇지. 마차에서 말하던데 너희는 일본 출신이잖아? 던전 마스터와 같은 고향이라면 당연히 기대가 크지. 얼마나 대단한 나라인지는 모르지만 그 사실만으로도 뭔가 해 줄 것 같은 느낌이 들어."

아니, 그건 좀……. 일본인한테 너무 기대하는 거 아냐? 일본인이 딱히 초인 같은 것도 아니고.

나 같은 사람은 아무 쓸모가 없어서 마을에서 굶어 죽을 뻔도 했고, 술집에서 견습생이나 했는데.

그보다 던전 마스터는 역시 일본인이었군.

"특별히 너희에게 어떻게 하라는 건 아니야. 가능할지도 모르니까 우리는 공부를 준비해 놓고 기다리고 있는 거지. 기대되는 녀석을 닥치는 대로 전원 단련시키면 누구든 변할 테니까. 우리는 그게 누가 됐든 상관없으니까 말이야."

듣고 보니 별것 아니라, 희망이 보이는 녀석들은 공부를 시켜 단련해 주겠다는 부모의 마음이다. 고마워 눈물이 나올 것 같다.

"하나 묻고 싶은 게 있는데 괜찮겠어, 아저씨?"

"그래, 뭔데."

"도마뱀 아저씨가 앞서 나가는 대상이 되지는 못했던 거야?"

그건 유키의 도발인가. 아니면 단순한 확인이려나.

"그래, 무리다. 실망하지 말라고 말하고 싶지만, 이 미궁도시의 상위 그룹은 아무나 되는 게 아니거든. 나이를 먹을수록 점점 재능의 한계가 보이더군. 이건 육체적인 나이를 말하는 게 아냐. 나 또한 지금도 현역이지만 지금 있는 51층에 도달하기까지 십 년이 걸렸어. 더 이상의 공략은 무리라는 말은 안 하지만 사실 우리는 이미 조금도 앞으로 나아가질 못하고 있어. ……거기부터 앞에는 벽이 있어. 평범한 사람들은 쉽게 깰 수 없는 거대한 벽이."

"포기했다는 뜻?"

"포기하지 않았다. 단지 나 혼자 앞으로 나아가려 아무리 노력해도 별 수 없다는 거지. 오래 정체된 공기는 탁해진다. 탁해진 가운데 앞으로 나아가는 건 일부 녀석들뿐이다. 난 이걸 어떻게든 해 볼 수단을 찾고 있다. 탁해진 공기를 날려 버릴 바람을 원한다. ……그러니까 노인네의 훈수다 생각하고 얌전히 후진 교육을 받아라. 루키."

"…………."

그걸 태만이나 이 도마뱀 아저씨가 별거 아니라는 의미로 받아들일 수는 없다.

레벨이 제한되어 신체 능력이 떨어져 있음에도 불구하고, 눈앞에서 느껴지는 압박은 과거 느낀 적 없는 것이다.

우리는 이제부터 능력 제한과 시간 제한이 걸린 조건이라고는 해도 본래라면 초인이라든가, 영웅이라든가, 혹은 용사로 불리는 그런 상대와 대치하지 않으면 안 되는 것이다.

눈에 들어오는 시간은 이제 얼마 남지 않았다.
유키를 쳐다보니, 유키도 나를 보고 있었다.

'너, 지금 져도 다음에 다시 하면 된다고 생각하고 있지는 않겠지?'
'설마. 제5층을 생각하면 여기에서 단련할 수 있는 건 하늘이 주신 기회라고. 우리 목표는 이 트라이얼을 한 번에 돌파하는 거잖아.'
'그런 목표는 못 들었지만 뭐 그래, 이 아저씨한테 이기면 가능할지도.'
'아, 일단 급조한 단기 목표니까 말이야.'
'알았어, 알았어.'

왠지 눈을 보는 것만으로도 마음이 통한 것 같았다. 완전 불가사의한 현상이다.

카운트다운이 곧 끝난다.
도마뱀 아저씨가 허리에 찬 무기를 뽑았다. 트라이얼 지급품이 아닌 본인의 손에 익은 곡도(曲刀)인 것 같다. 화려하고 아름다운 장식은 없지만 좋은 물건이라는 건 알 수 있다.

유키 쪽은 볼 필요도 없다.

……그럼 도전하러 가 볼까.

카운트다운이 끝나고 원래의 10:00 표시로 바뀌었다.

처음에 덤벼든 건 유키였다.

투척용 나이프. 지금까지 중 가장 많은 3개를 동시 투척. 바로 이어 단궁을 쏠 자세를 취한다. 물 흐르는 듯한 동작은 이미 숙련의 경지다.

난 거기에 맞춰 아저씨와의 거리를 좁힌다.

당연히 나이프가 먹힐 거라는 생각은 안 하지만 회피하든, 쳐내든 뭔가의 동작을 할 필요가 있다. 그 틈을 노린다.

하지만 3개의 나이프가 거의 동시에 착탄하는 순간, 아저씨는 곡도를 단 한 번 휘둘러 모든 걸 쳐냈다.

내가 공격해 들어가기 전에 아저씨는 받아칠 자세로 바뀌어 있다. 착탄에 맞춘 타이밍이 모두 소용없어졌다.

젠장, 이 상태라면 3개를 모두 타이밍을 달리 하는 편이 나았잖아.

이제 와서 멈출 수는 없다. 거의 생기지 않은 틈을 노리며 검을 휘두른다.

"하아압!!"

지금까지 대치했던 상대라면 확실하게 닿을 일섬.

하지만 그건 상상 이상으로 유려한 동작에 의해 빗나갔고, 곧바로 난 자세가 무너졌다. 검을 막아낸 것도 쳐낸 것도 아니다. 그 자세 그대로 전혀 예상치 못한 방향으로 비켰다.

되돌리는 동작으로 휘둘러진 곡도가 자세가 무너진 나에게 다가온다.

장난 아니잖아, 이거!!

무리해 몸을 비틀어 그걸 피하지만 칼날이 아슬아슬하게 스치면서 내 피부를 살짝 찢는다.

간신히 피했다 생각한 순간, 아저씨는 이미 다음 참격 동작으로 들어가 있었다. 동작의 이행이 너무 빠르잖아! 행동 하나하나로 발생하는 동작에 군더더기라고는 뭐 하나 찾을 수 없다.

이대로는 도저히 피할 수 없는 일격. 완전히 둘로 갈라지는 내 모습이 머리에 그려진다.

하지만 그 참격이 나에게 오는 일은 없었다.

추가 공격으로 유키가 쏜 화살을 쳐내기 위해 아저씨는 몸을 비틀어, 날아오는 화살을 절단한다. 튕겨 내는 수준이 아니라 완전히 가운데부터 정확하게 둘로.

난 그 말도 안 되는 광경을 보면서, 그때 만들어진 순간적인 틈을 이용해 사이를 벌렸다.

"……장난 아니잖아."

엄청나다. 이 달인은 뭐냐.

그저 일합으로 압도적인 실력 차이를 보여줬다. 아무리 그래
도 그렇지 지금까지의 보스전과는 격이 너무 다르다.

날 받아친 솜씨도 그렇지만 날아오는 화살을 절단하는 건 절
대 흉내 낼 수 없는 대단한 기술이다. 달인으로 TV에 나가야 될
것 같다.

어쩌지.

유키도 그렇게 다양한 원거리 공격 수단이 있는 건 아니지만
이 아저씨를 대상으로 근접전을 펼치는 건 너무 무모하다.

그렇게 되면 내가 전면에 나설 수밖에 없다는 이야기지만 저
곡도의 벽을 돌파할 수 있는 비전이 떠오르지 않는다.

생각할 여유도 없이 아저씨가 거리를 좁혔다.

난 맞서지 않고, 받고 쳐내는 걸 전제로 그 공격에 대처한다.
그래도 겨우겨우다. 태풍 같은 검극에 죽을 둥 말 둥 검을 부딪
친다.

일격, 일격이 말도 안 되게 무겁고 날카롭다. 긴장을 늦추면
바로 검을 튕겨내 버린다. 반격으로 이어지는 타이밍 따위 전혀
없다.

제대로 맞으면 일격으로 치명상이 될 것 같은 참격이 태풍처

럼 날 덮쳐오는 것이다. 한 번이라도 당하면 끝장이다.

숨도 못 쉬고 그저 버티기만 하다가, 이대로라면 그냥 밀리다가 잘리겠다 싶었을 때 유키가 구해줬다.

끝에 갈고리를 단 로프. 지금까지 사용한 적 없었던 처음 보는 무기지만, 절묘한 타이밍으로 던져진 그 무기가 아저씨 팔에 감겨 그 동작을 순간적으로 멈추게 만들었다.

"나이스!!"

유키가 만들어낸 최고의 틈을 살려야 하는 난 아저씨한테 달려가 전력으로 검을 내리쳤다.

"큭!"

처음 먹힌 유효타. 하지만 얕다. 팔을 잡힌 상태에서도 몸을 비틀어 치명상을 피한다.

이 자세로 어떻게 피하지.

"제길!"

이어 가해지는 두 번째 공격.

하지만 그 전에 아저씨는 팔을 구속하고 있는 로프를 역으로 잡아당겨 쉽게 빠져나가 버렸다.

당연한 듯 빗나가는 나의 검. 그 뒤로 유키가 로프로 당겨져 지면에 쓰러지는 소리가 났다. 유키의 손을 떠난 로프는 아저씨 손에 들어가 휘둘러진다.

"아야아아."

"괜찮아?"

아저씨가 공격해 오는 걸 계속 경계하면서 둘 사이에 서서 유키가 일어나는 걸 기다린다.

"뭐, 꽤 나쁘진 않군. 상상 이상이다. 설마 이렇게 쉽게 일격을 먹을 줄은 생각도 못했다."

"……거 죄송하네요."

거의 스친 정도잖아.

이쪽은 '상상 이상이었다'고 할 레벨이 아니거든요. 기량의 차이는 분명히 말해 절망적이다. 내 경험 중에서 이 정도로 힘의 차이가 나는 상대와의 전투 경험은 없다. 완전히 미지의 영역이다.

리저드맨의 종족 특성 탓인지 HP의 벽 때문인 건지는 모르겠지만 출혈도 거의 없다. 숨도 흐트러지지 않았다.

하지만 우리는 전력으로 도전했고, 그 결과 그 짧은 시간으로도 숨이 찼다. 체력에는 자신이 있었는데도 이 모양이다. 한심하다.

시야에 들어오는 카운트다운은 아직 1분도 줄지 않았다.

시야의 끝에서 유키의 핸드 사인이 보였다. 자신도 앞으로 나간다, 는.

……확실히 원거리 공격이 제대로 통할 상대는 아니지.

결심을 하고 다시 간격을 좁힌다.

오늘 최고로 깊게 들어가 휘두른 공격도 역시 아저씨의 곡도에 막혀 닿지 않는다.

하지만 받아넘기는 건 불가능했는지 나의 자세가 흐트러지는 일도 없었다.

이번에는 내 차례라는 듯 계속해 두 번, 세 번 검을 휘두른다. 곡도에 막혀 닿지는 않지만 여전히 내가 공격하는 쪽이다.

공격의 강도를 늦추지 마. 계속 공격해라. 전력으로, 동시에 빈틈없이, 반격당하지 않게.

순간이라도 틈을 만들면 아저씨는 바로 공수 전환을 할 것이다. 바늘구멍 정도의 틈이라면 있을지도 모른다. 하지만 난 그걸 알아차릴 수도 없고 노릴 기량도 없다.

……그 바늘구멍을 노리는 건 내가 아니다.

내 몸을 스크린 삼아 접근한 유키가 틈 사이로 공격한다.

시간을 들여 아저씨의 의식 밖으로 이탈해 있던 유키가 갑자기 나타나면 허를 찔릴 것이다. 미리 호흡을 맞춘 건 아니지만 좋은 타이밍이다.

"뭐지?!"

시야가 막혔던 장소에서의 공격은 예상외였는지 아저씨가 소리를 질렀다. 칼날은 닿지 않지만 회피 때문에 아저씨의 자세가 무너진다.

난 그 틈을 찌르듯이 검을 내리쳤다. 유키도 다음 동작에 들어가 있다.

절대로 피할 수 없는 자세다. 당장 곡도를 휘둘러도 영격은 늦는다.

절대로 명중할 궤도를 그리며 아저씨의 몸에 **빨려** 들어가듯이 검이 내달렸다.

하지만 맞았다고 확신한 순간 내 옆구리에 강한 충격이 내달린다.

"크앗!!"

눈앞이 뒤집혔다. 아니, 공중을 날았다.

뭐지, 무슨 일이 일어난 거지.

그대로 날려가 지면에 낙하. 상황을 이해하지 못한 채 한 바퀴 회전하는 기세를 살려 몸을 일으키고 추가 공격에 대비한다.

"큭!!"

옆구리에 둔탁한 통증이 내달린다. 이건 참격의 고통이 아니다……. 타격…… 설마, 발로 찬 건가?

"으아아앗!!"

"으웃!!"

앞에서 유키가 날아왔기에 얼떨결에 받아냈다. 이렇게 안고 보니 상상 이상으로 작잖아, 이 녀석.

아저씨가 발을 들고 있는 걸 보니 이 녀석도 걷어차인 건가. 발차기로 여기까지 사람을 날릴 수 있다니 보통이 아니군. 체격도 나랑 별반 다르지 않은데 말도 안 되는 파워다.

"고, 고마워, 츠나."

유키를 내려놓고 아저씨와 거리가 벌어진 상태로 대치한다. 젠장, 배가 아파.

온전히 검술에만 온 신경을 모으고 있었다. 검을 겨루는 시합이 아니니 발이 나오는 것도 당연하다. 젠장.

파워가 부족하다. 스피드가 떨어진다. 반응 속도, 강적과 대치한 경험, 그리고 무엇보다 검을 다루는 실력이 부족하다.

실력이 너무 심하게 차이가 나 어른과 어린아이라고 해도 좋을 정도다. 이 차이는 《근접전투》 기프트만 가지고 메울 수 있는 게 아니다.

신체 능력과 경험만으로 나오는 검의 기량이 아니다. 분명 《검술》이나 그것과 유사한 스킬의 은혜를 받고 있다.

아저씨가 칫타 씨가 보여 준 것처럼 많은, 아니 그거 이상의 스킬을 보유하고 있다고 한다면 얼마나 차이가 벌어질까.

이게 미궁도시의 모험가라는 건가. ……제한된 게 이 정도니, 분명 괴물이다.

우리를 정리할 수 있는 절호의 기회였는데도 아저씨의 추격은 없다. 쳐다보니 아저씨는 그 자리에 우뚝 선 채로 손짓으로 우리를 부르고 있다. 너무 여유로운 거 아냐.

조금 전에는 둘이서 어이없게 발차기에 당했다. 검도 여전히 틈이 보이지 않는다.

하지만 나의 커다란 몸과 유키의 작은 몸을 이용한 스크린은 나쁘지 않다. 나와 거의 체격 차이가 없는 상대한테라면 꽤 유효하다.

"유키, 방금 건 먹혔어. 다시 해 보자."

"알았어. ……발차기 조심해."

우리는 다시 아저씨와 대치하기 위해 자세를 취한다.

그때였다.

난 시야 한구석에 시스템 메시지가 뜬 걸 알아챘다.

[스킬 《검술》을 습득했습니다.]

그건 정말로 사소한 차이였다.

검을 휘두르는 방법, 각도, 힘 조절, 다리의 움직임, 최적인지 어떤 건지는 모르겠지만 지금까지의 움직임으로 수정해야만 하는 점을 알 수 있다.

지금까지의 《근접전투》와 《한손무기》. 그리고 자기 나름대로의 전투 경험에 의지했을 뿐인 전술에서 확실하게 체계적인 《검술》로 승화되어 간다는 감각.

하나하나는 사소한 차이로, 얼핏 보면 차이점 따위 전혀 알 수 없지만, 사용하고 있는 본인 입장에서 본다면 엄청난 차이다.

실제로 지금까지 도저히 대적할 수 없던 상대를, 유키의 조력이 있다고는 해도 계속 공격할 수 있다.

하지만 여전히 최적이라고 의식하는 움직임과의 차이가 크다. 조금 어긋나 틈이 생기면 바로 베인다. 팔을 베이긴 했지만 고작 피부. 움직임에 지장은 없다. 이 정도는 아무것도 아니다.

괜찮다. 게다가 《검술》의 최적화가 진행되면 이런 틈도 없어진다.

아저씨 정도라고는 말 안 한다. 이런 단시간에 그렇게까지 바란다는 건 말이 안 된다.

유키와 둘로도 좋다. 둘이서 아저씨와 대결할 수 있을 정도 높이에 도달한다.

그게 지금 목표로 해야만 하는 나의 《검술》이다.

"너, 이 위기에서도 뭔가 습득했군."

상대는 확신하고 있지만 일부러 정보를 줄 필요는 없다. 흘려 듣는다.

집중. 집중. 집중.

가능한 《검술》에 의식을 집중시킨다.

괜찮아, 조금의 미스라면 분명 유키가 커버해 줄 거야. 그렇게 믿고 다시 한 번 더 접근전을 시도했다.

아마도 《검술》 스킬은 이 전투만으로 얻은 건 아닌 것 같다.

과거 산에서 싸웠을 때의 경험, 이 던전에서 싸웠던 경험과 함께, 도마뱀 아저씨의 검을 보고, 체감하는 걸로 발견한 것이다.

분명 타이밍이 좋았다고 할 수는 있지만, 자극제로써 아저씨의 뛰어난 기량은 충분하고도 남을 정도다. 습득한 것도 필연이라고도 말할 수 있다.

그렇게 되면 이 스킬의 최적화를 진행하기 위해서 제일 필요한 건 보는 것이다.

아저씨의 검이 움직이는 모습, 각도, 궤도, 다리의 움직임을 인식해 학습한다. 동작 하나하나 모든 것을 놓치지 않고 그 모든 것을 자신의 《검술》로 피드백하자.

그렇군, 이건 정말 좋은 공부다. 최고의 참고서와 싸우고 있는 것이다. 고맙다.

"오오오오오옷!"

유키의 공격에 맞춰 틈이라고도 말할 수 없는 자세의 흐트러짐을 노리며 일격을 날린다.

완전하지는 않지만 현재 최적이라고 판단 가능한 이상적인 움직임이 겹쳐졌다. 바늘구멍을 통과하는 듯 정밀하게, 검의 결계에 생긴 미세한 틈으로 때려 넣는다.

그 일격은 검의 벽을 돌파해 처음으로 아저씨에게 유효타를 먹였다.

"크오옷!"

칼에 베였다는 사실에 순간적으로 주저하지만 크게 휘두르는 반격을 해 와 다시 거리가 벌어진다.

하지만 나도 자세는 무너지지 않는다. 이대로 속행 가능하다.

바로 공격해 들어가야 하기에 다시 앞으로 향한다.

몇 번이든 그 검 결계의 틈을 뚫고 공격에 성공하겠어!!

"정말, 너희는 뭐냐. 정말 말도 안 되는 루키군."

그렇게 중얼거리는 아저씨에게 달려들었다.

나쁘지 않아. 이것도 이상적인 이미지에 가까운 검격——.

——위험해.

등에 뭔가 차가운 게 내달리는 기분이 들었다.

인생 속에서 배양된 야생의 감이 지금까지 중에서 최대의 경종을 울리고 있다. 멈추라고 온몸이 울부짖고 있다.

갑자기 슬로가 된 시야 안에서 아저씨의 곡도가 녹색의 빛을 발하는 게 보였다.

뭔가가…… 온다.

——Action Skill 《파워 슬래시》——

시야에 그 메시지가 표시되는 것과 동시에 말도 안 되는 스피드의 검섬이 나의 검을 빠져나가 가해졌다.

나중에 휘둘렀으나 내 검이 도달하는 것보다 빨리 참격이 다가온다.

"츠나!"

유키가 외치는 소리가 들린다.

이건 아냐, 아냐, 아냐. 이건 받아서는 안 되는 일격이다.
방어는 불가능하다. 검으로 받아넘기는 것도 불가능하다. 피
해, 피해, 무슨 수를 쓰든 회피해.
이미 공격 모션으로 들어가 있던 자세를 억지로 회피로 이행
한다.

안 돼. 못 피하겠어!

녹색의 빛이 순간적으로 내 몸통에 도달해서는 피부를, 살을
베고 찢는다.
깊다. 치명상이라고 할 만큼 깊은 검격이다. 당연히 그건 뼈
까지 도달하고, 난 그 참격으로 날아가 버렸다.
의식한 것도 아니다. 비명조차 제대로 지르지 못한다.

순간적인 회피 행동으로 검의 궤도를 아슬아슬하게 피하고 뒤
로 뛰어 물러섬으로써 약간의 대미지를 줄일 수 있었지만 피해
는 막대하다.
내 몸 전면에 비스듬하게 새겨진 열상(裂傷)은 늑골까지 달해
몇 개는 부러지고…… 아니, 절단되어 있을 것이다.
생각했던 것보다 피가 뿜어져 나오지 않은 건 HP의 벽 덕분
이려나. ……직격이라면 지금 한 방만으로도 죽었을 것이다.

하지만 그래도 추가 공격을 당하면 끝이다.

"아앗!!"

얼굴을 드니, 스킬 발동의 틈을 노린 건지, 유키의 검이 아저씨에게 닿아 있었다.

"쳇!"

유키는 아저씨의 반격을 피하고는 다시 그에게 육박한다.

나와도 아저씨와도 다른 유키의 검은 아무튼 빠르다. 스피드만이라면 아저씨의 것을 뛰어넘고 있다.

하지만 아마도 그건 시간 벌기일 것이다. 순간적으로 마주쳤던 눈이 나에게 어서 빨리 일어서라고 말하고 있다. 거의 참살 사체 직전인 나를 상대로 너무 심한 취급이다.

……그래, 기대에 부응해 주마. 아직 죽은 것도 아니니.

말을 듣지 않는 몸을 가까스로 움직여 일어선다.

엄청난 양의 출혈이 몸의 전면을 적시고 있었다. 원래도 걸레와 비슷한 수준이었던 나의 단벌옷이 더한 넝마가 됐다. 이런 출혈에도 용케 기절하지 않았군.

죽지 않은 건 HP의 벽과 스테이터스에 의한 약간의 능력 향상이 있었기 때문일 것이다.

하지만 일어나도 이 상태여선 제대로 싸울 수 없다. 싸우기는커녕 조금 움직이는 것만으로도 부러진 늑골이 이상한 곳을 찌를 것 같다.

이대로는 생명 유지조차 곤란하다고 몸이 강렬한 고통으로 경종을 울리고 있다. 보통 인간의 위험 영역은 초과한 상태다.

하지만 움직여라.
난 움직일 수 있다. 분명 지금까지도 그렇게 해 온 것이다.
가령 숨을 쉬는 것조차 불가능하다 해도 눈앞의 죽음에 대항하는 게 나일 것이다.

그렇게 생각하고 있는데 유키한테서 뭔가가 날아왔다. ……카드다.
받아들고는 그게 뭔지조차 확인도 하지 않고 외친다.
"《머티리얼라이즈》!!"
움직임을 거의 멈추고 있는 폐를 강제로 움직여 발성하자 카드에서 발광 현상이 일어났다. 이게 고블린 고기이면 나중에 후려갈길 것이다.
물론 그럴 일 없이 물질화된 건 《저품질 포션》의 작은 병.
편의점에서 산 영양 드링크보다도 작은 병의 뚜껑을 열어 단숨에 들이켠다. 제대로 숨조차 쉴 수 없는 상황이지만 억지로 흘려 넣었다.
다 마신 순간 그것만으로도 출혈이 멈췄다. 그리고 조금씩이지만 힘이 돌아온다. 서서히 회복이라는 설명이었지만 이것만으로도 어떻게든 움직일 수 있을 것 같다.
……숨을 쉴 수 있다. HP만이 아니라 육체의 손상도 회복시

켜 주고 있다. 이런 거라면 비싼 게 당연하다.

유키 쪽을 보니 아직 검을 겨루고 있었다.

……아까부터 몇 초 지났지? 분명 10초는 넘게 지났을 것이다. 그 사이, 저 녀석 혼자서 막아내고 있었다는 건가?

아니, 아마도 저 녀석도 뭔가를 습득한 모양이군. 내가 보기에도 동작이 달라졌다.

제법인데, 유키.

그리고 내 시야에는 다시 메시지가 표시된다.

[스킬 《자세 제어》를 습득했습니다.]

[스킬 《긴급 회피》를 습득했습니다.]

다시 두 개의 스킬 습득 표시.

……나도 제법인데.

유키와 아저씨의 대결은 유키가 쓰고 있던 검이 부러짐으로써 균형이 무너졌다.

"우아앗!"

"하아압!"

아저씨의 발차기가 유키에게 가해지고, 정통으로 맞은 유키는 그대로 뒤로 날아가 나한테 날아왔다.

하지만 유키가 맞은 건 일부러였는지, 추가 공격을 하려 하는 도마뱀 아저씨를 향해 공중에서 나이프를 던진다.

"우옷!!"

아저씨도 의표를 찔렸는지 피하지 못해 나이프가 스쳐 지나갔고, 그도 걸음을 멈췄다.

유키는 그 기세 그대로 내가 있는 곳까지 날아와 착지한다. 겉모습은 토끼인데 고양이 같은 녀석이다.

"아얏, 《머티리얼라이즈》!!"

고통에 얼굴을 찡그리면서 품에서 꺼낸 두 장의 카드를 물질화한다. 소검 두 개다.

……어, 이 녀석 칼 두 자루를 쓰는 거야? 이도류?

"츠나, 괜찮아? 싸울 수 있겠어?"

"그래, 갈 수 있어. 피도 멈췄어."

도와주기 위해 끼어들까 생각했지만 그 전에 상황이 정지했다. 도마뱀 아저씨도 여전히 공격하지 않는다.

"그 《파워 슬래시》 후 아저씨의 움직임이 멈췄어. 그건 경직 시간이 있기 때문이라고 생각해. ……아마 발동 전에 충전 시간도 있을 거야."

그래, 그래서 유키가 아저씨를 벴던 거였어. 잘도 봤구나, 파트너.

뭔가 코스트는 있겠지 싶었지만, 격투 게임처럼 충전 시간과 사용 후 경직이 있다는 건가. MP도 소비하고 그러려나.

"……너, 이도류 하는 거야?"

"아까 《아크로뱃》과 《공간 파악》, 그리고 《소검술》을 익혔어. 레벨업으로 힘도 세진 것 같고, 지금이라면 할 수 있을 것 같아. 저 아저씨에게 공격을 먹이려면 아무래도 손이 많이 갈 것 같으니까."

"그런가."

완력이 부족한 것도 어떻게든 되는 건가? ……아니, 이 녀석이라면 어떻게든 해낼 것 같다.

"이쪽은 《검술》과 《자세 제어》, 《긴급 회피》다. 아까보다 기대해도 좋아."

"대단한데. 왠지 이 전투에서 단숨에 강해진 것 같아."

틀림없다.

카운트를 보니 약 7분 정도가 남았다. 완전 길다.

"너희 좀 이상하잖아. 그렇게 **뿅뿅뿅뿅** 스킬을 얻고 있다니!"

아저씨가 열 받았다. 아니, 정확히는 모르지만.

강습에서 던전 안에서는 스킬을 배우기 쉽다는 말은 했지만 어디까지나 약간이다. 아저씨의 반응으로 봐서 이 습득 속도는 이상한 모양이다.

솔직히 이곳으로 와 대량으로 스킬을 습득하는 이유를 정확하게 짐작할 수는 없다. 아저씨라는 능력이 월등한 상대가 있기 때문일지도 모른다.

하지만 확실히 그 아저씨와의 차이는 좁혀졌다. 제한된 상대라고는 해도 명확하게 손이 닿는 장소까지 다가갔다는 걸 느낀다.

"덧붙여 독 나이프를 던지면 당황스럽지. 루키 주제에 이런 요상한 걸 가지고 다니다니. 나, 독 치료 마술 안 가지고 있단 말이야."

"그거 독 나이프였던 거야? 완전 럭키네."

너도 몰랐던 거냐. ……아, 조금 전에 보물 상자에서 꺼낸 나이프냐.

내 수갑도 써먹을 날이 오려나. 아저씨의 움직임이 너무 빠르기에 채울 수도 없을 것 같지만.

"아, 안 돼, 분위기 파악은 끝이다. 이제부터 전력으로 간다."

——Action Magic 《피지컬 부스트》——

——Action Magic 《패스트 스텝》——

——Action Magic 《샤프 에지》——

——Action Magic 《맥시멈 파워》——

계속해 스킬이 발동하고 아저씨의 몸에서 빛이 난다.

어, 뭐지 저거, 보조 마법? 이제부터 파워업 하는 건가.

"자, 잠깐 아저씨, 그건 어른스럽지 않잖아?"

"닥쳐라, 루키들."

능력 제한이 걸려 있다고는 해도 베테랑이니 지금은 여유를 가지고 대응하자. 그런데 왠지 궁지에 몰린 광폭화 보스 같아져 버렸잖아. ……설마 변신 같은 건 안 하겠지.

"잘 들어, 지금 난 독으로 HP가 계속 감소하고 있는 상태다. 평소라면 발동하는 자연 회복 패시브 스킬도 레벨 제한에 걸려 있으니까 치료 수단이 없어."

왜 그런 것까지 폭로하고 있는 거지.

"이 스피드로 HP가 없어지다간 3분도 버티지 못하고 HP가 모두 사라진다. 그러니 남은 3분간 전력으로 와라. 3분을 버텨 내거나, 내 HP를 다 닳게 하면 너희 승리다. 덧붙여 격파 보너스도 가지고 가라."

그렇군, 독으로 제한시간이 단축되었다는 말이다.

덧붙여 추가 대미지가 있으면 더 단축될 수 있다는 뜻이다. 일부러 가르쳐 준 건 아저씨 나름대로의 격려인 모양이다.

"그런데 아저씨, 나 좀 궁금한 게 있는데."

"……뭔데."

"독이란 게 HP의 대미지만으로 그치는 건가? ……보통 몸 자체에도 영향이 있지 않나?"

그걸 지금 물어도 되나? 갑작스러운 질문에 도마뱀 아저씨는 당황스러워한다. 찬물을 끼얹어 불만이기도 한 것 같다.

확실히 나도 궁금은 하지만 그 사실을 안다 해도 지금의 상황에는 아무런 영향은…….

……아니, 이 녀석 시간을 벌고 있는 건가. 뭐, 상관없지만. 얼마나 교활한 녀석인지. 좀 더 해라.

"……그거야 독도 한 종류는 아니잖아. 스테이터스 이상(異常)

인 독 효과는 전부 같지만, 종류에 따라서는 HP 감소 말고도 스테이터스에 드러나지 않는 효과가 반영된다고. 실제로 지금도 힘이 빠져나가는…… 뭐야, 너! 시간 벌기냐, 이 자식."

"너무 늦게 눈치채셨네요, 아저씨!"

유키는 그렇게 말하고는 이미 꺼내 놓고 있던 뭔가를 땅에 때려 넣는다.

그건 지면에 부딪친 순간 엄청난 연기를 만들어…… 뭐야, 연막인가!

"우왓, 이 자식 완전 더럽네!"

"시끄러워. 이기면 장땡이지."

유키는 그렇게 말하더니 연막에 놀라고 있는 아저씨를 향해 다시 뭔가를 던진다.

"으갸악!"

시야가 나빠진 아저씨는 연기에 둘러싸인 채 그 직격을 받고 있는 것 같다. 모습은 보이지 않지만 비명을 질렀다.

우리는 재빨리 연기가 별로 없는 장소로 이동했다.

"꺄아아아앗!! 아, 아파!! 눈이 아파!! 뭐야, 이거!! 너, 이 자식 무슨 짓을 한 거야."

"자극물을 대량으로 집어넣은 달걀이올시다. 닌닌."

닌닌은 또 뭐야. 왜 갑자기 닌자 흉내냐, 너.

"너, 너 이 자식, 죽여 버린다, 으아악――!"

연기 속에서 절규가 들린다.

우리는 연기 안을 천천히 이동했다.

"유키, 너 아무리 그래도 너무 심한 거 아냐?"

"대미지는 없으니까. 1분 정도는 벌 수 있지 않을까."

유키는 추가 공격으로 화살을 쏜다. 완전 심하다.

"우오오옷, 위험하잖아! 무슨 짓을 하는 거야!"

"난 이동하면서 견제할게. 연기가 걷히면 승부다."

"알았어."

유키는 안개 속으로 사라져 갔다.

아니, 이 연기 구슬은 어떻게 된 거지? 엄청난 양의 연기를 뿜어내고 있는데.

이런, 위험해, 가만히 있다간 내가 있는 곳이 노출돼. 만약을 위해 이동해 둘까.

잠시 시간이 지나자 안개가 걷혔다.

도마뱀 아저씨가 말했던 시간까지는 앞으로 1분 넘게 남았지만 아무래도 지금 이상의 시간 벌기는 어려울 것 같다.

실제로 아저씨의 모습이 보이기 시작했다. 유키가 맞췄는지 화살이 3개 정도 박혀 있다. 그리고 뭔가 이상한 물체가 찰싹 달라붙어 있었다.

연기 속에서 대상도 보이지 않을 텐데, 어떻게 맞춘 거지? 이제 와 새삼스럽지만 저 녀석, 여러 가지로 대단하네.

"후, 후후후, ……죽여 버린다."

독 때문인지 몸이 변색된 상태에서도 아저씨의 목소리는 분노에 떨리고 있었다.

당연히 화나겠지. 나 같아도 화나지. 하지만 저 녀석이 한 짓은 뭐 하나 잘못된 게 없다. 취할 수 있는 방법을 취한 것뿐이다.

유키는 도마뱀 아저씨를 끼고 대각선상에 있었다.

독으로 약해져 있는 것 같기도 하니 조금 전까지라면 유키와 동시에 공격하면 됐겠지만 각종 부스트가 마음에 걸린다.

지금 이 상황에서는 역시 내가 앞에 서고 저 녀석이 유격하는 게 올바른 전법일 것이다. 실제로 유키도 날 보며 그렇게 말하고 있다……. 아니, 그런 기분이 든다.

"그럼……."

다시 시작이다.

난 지금까지 몇 합이나 겨뤄 너덜너덜해져 있는 검을 쥐고는 아저씨와의 거리를 좁힌다.

"그래, 너희는 나쁘지 않아. 시간 벌기가 유효하다면 그건 올바른 수단이지. 하지만 루키를 상대로 지금처럼 무시당한 건 처음이다."

"아니, 난 잘못한 거 없어. 주로 저 녀석이 범인이야."

"너도 공범이거든!"

아저씨가 날아왔다.

그 동작은 조금 전까지와는 달리 생기는 부족하지만, 보조 마법 탓인지 스피드는 훨씬 위다.

단번에 결판을 낼 생각인지, 그 곡도가 둔탁하게 발광한다. 아마도 그 스킬인 모양이다.

"우오옷!!"

——Action Skill 《파워 슬래시》——

아저씨의 곡도로 날아드는 참격은 역시 빠르다. 발생을 눈으로 보고 인식한 뒤 회피를 하는 건 불가능한 속도다. 적어도 지금의 나에게는.

하지만 그게 온다는 걸 알고 있다면 이야기는 다르다. 타이밍을 맞춰 회피하기만 하면 될 뿐이다.

보조 효과로 참격의 스피드가 상승하고 있는 것 같지만 그래도 아슬아슬하게 피하는 것에 성공했다.

덧붙여 다른 스킬이라는 선택지가 있거나, 좀 더 스피드가 있다거나 한다면 이렇게 똑바로 정면에서 받으면 아웃이다.

제한으로 이것밖에 쓸 수 없으면 좋겠다는 전제를 기반으로 한 도박이다. 이 시험에만 통용되는 도박 같은 것이다.

겨우겨우 아저씨의 파워 슬래시를 피한 난 그대로 노리고 있던 카운터를 날리기 위해 가로로 검을 휘둘렀다.

피한 게 예상 외였는지 아저씨는 경악한 표정이었다.

스킬 발동 후 약간의 경직 시간을 노린 그 공격은 그대로 먹혀 아저씨의 HP를 줄인다. 이 싸움에서 거의 처음이라 해도 좋을 클린 히트다.

얼마나 줄었는지 눈으로 볼 수 없어서 모르지만, 이제 시간도 줄어들었을 것이다.

"크옷!! ……그렇군, 역시 처음 보는 게 아닌 데다 선택지가 없었다곤 해도 피할 수 있었단 말이지."

"아니, 그냥 우연."

"너, 분명 카운터를 노렸던 거 아니었어?"

좋았어, 이런 간단한 도발도 먹힐 정도로 완전히 열 받았어. 이 분위기로 유키를 완전히 놓쳤으면 좋겠는데. 정면에서 싸우는 건 내 역할이다. 이대로 날 보고 있어 달라고.

마음을 가다듬고 검을 겨눈다.

내가 일부러 공격할 필요는 없다. 독이 허풍이 아닌 한, 이대로 시간이 지나면 이긴다.

……저 휘청거리는 상태를 보면 아무래도 허풍이라고 생각하긴 힘들어. 여러 가지로 애통하시겠습니다요.

시간제한 때문에 초조했는지 공격해 온 건 저쪽이다. 스피드도 파워도 올라가 있지만 처음보다 훨씬 더 잘 보인다.

《자세 제어》의 효과인지 검을 휘두를 때 자세의 안정감이 늘어나 있다. 지금까지 알아채지 못했던 세세한 자세의 변화까지 인식할 수 있다.

《검술》 스킬 효과는 보다 더 정밀해지고, 보다 더 정확하게 그 검이 향해야만 하는 목적지를 인식하고 검을 휘두를 수 있다.

상대가 베테랑이라도 능력이 제한된 아저씨라면 대등하게 싸울 수 있을 정도로는 강해져 있었다. 비장의 카드가 없다면 이렇게 나와 무기를 맞부딪치는 것만으로도 시간이 다 간다.

아저씨의 검의 벽을 뚫는 건 여전히 쉽지 않지만 나도 치명상을 피하는 것 정도라면 여유. 에라 모르겠다 하고 《파워 슬래시》를 때려 주면 카운터다.

그리고 경합 중인 상황에서 유키가 가만히 있을 리도 없다.

"엇!"

대체 어디에서 나타난 건지 사각에서 그 검을 내지른다.

나 혼자를 상대할 때도 경합 상태였다. 스피드가 나보다 나은 유키의 검이 하나, 아니 두 개가 더해지니 아무래도 다 대응할 수 없을 것이다.

소검 두 개라고는 해도 이도류는 쉽사리 습득할 수 있는 기술이 아닐 텐데 그 모습은 일단 제법 그럴싸하다.

지금이라면 할 수 있다고 말했던 건 그게 가능한 준비가 이미 됐고, 실력이 부족하지 않다는 뜻이었던 것일지도 모르겠다.

철벽으로 생각됐던 검의 벽은 조금씩 터지기 시작해 한 방, 두 방 대미지를 더해 간다.

공격을 계속하면서 이해한다. 이 아저씨는 역시 괴물이다. 정확하게 맞고는 있지만, 두꺼운 HP와 비늘의 벽이 우리의 공격을 막아 제대로 된 클린 히트도 없다.

움직임이 둔한 상황에서도 두 사람을 상대로 끈질기게 버티고 있을 수 있다는 게 아저씨의 특별함을 말해 주고 있다.

이런 괴물, 트라이얼에서 나오지 말라고!

"하아압!!"

드디어 폭발한 건지 아저씨의 검이 녹색으로 발광했다.

하지만 기술의 시동을 확인할 수 있고, 그게 《파워 슬래시》인 이상 위협은 아니다.

괜찮아, 아무리 빨라도 정면에서 들어오는 거라면 더는 먹히지 않는다. 그게 어떤 자세로 가해지는 건지, 어떤 궤도를 그리는 건지를 관찰할 여유마저 있다.

두 번째보다도 자연스럽게 그걸 회피한다.

그리고 지금 이 순간에 그게 나오냐라고 말할 것 같은 타이밍에서 나의 시야에 시스템 메시지가 출현했다.

추격을 하지 않는 날 뒤돌아보며 다시 한 번 《파워 슬래시》를 내뿜는 아저씨. 이미 상황 판단도 불가능한 건지 자포자기의 심정으로 흥분하고 있다.

난 그걸 정면에서 받아치면서⋯⋯

"《파워 슬래시》!!"

──Action Skill 《파워 슬래시》──

바로 방금 막 얻은 스킬을 발동했다.

◆ ◇ ◆

"……젠장, 도저히 믿을 수 없는 루키들이군."

마화되어 그 모습이 안개로 변하는 동안 아저씨가 말을 내뱉었다. 연출인 건지, 마화에 걸리는 시간이 길다.

"미안, 아저씨. 진짜 그 똥 구슬이 먹힐 줄은 생각도 못 했어."

"역시 똥이냐. 젠장……. 안 듣는 게 나았을걸."

너무 심하다.

"뭐, 여러 가지로 때려 죽이고 싶어지는 학생들이었지만 공부는 됐냐, 루키?"

"아, 네, ……물론입니다, 감사합니다."

"감사합니다."

어디까지가 진심이었는지는 모르겠지만 이 아저씨도 베테랑이다. 마지막에는 폭주한 것 같긴 했지만 힘 조절을 해 줬겠지.

원래 실력이었다면 도저히 어떻게 해 볼 도리가 없을 것 같은 차이였을 텐데도 일부러 능력에 제한을 걸어 시험관을 맡아 준 것이다.

그 은혜는 크다. 정말 이런 데서 얻기 어려운 경험을 시켜 준 것이다.

"그렇다고는 해도 시간 경과로 끝나는 거면 모를까 설마 질 줄은 생각도 못 했다. 《파워 슬래시》를 쓸 수 있는 루키는 거의 없거든. 하물며 그걸 트라이얼 중에 배우다니."

그건 세 번이나 보여 줬기 때문일 것이다. 습득한 《검술》의 영향과 그 스킬을 이 몸으로 받은 것도 영향을 준 걸지도 모른다.

"아, 츠나는 됐어. 넌 분발해라."

"네."

"유키, 네놈은 용서 못해. 신인전에서 지명해 죽일 테다!"

"네? 아, 네."

유키는 제대로 이해하지 못한 채 대답을 했고, 도마뱀 아저씨
는 그대로 사라졌다.

……신인전이라는 건 또 뭐지.

"으~ 정말 강했어. 진짜 장난 아니었어."

"그러니까. 2층이나 3층은 별거 아니었는데 갑자기 난이도가
너무 올라가 버렸다고."

이런 싸움만 하면 미궁도시 모험가는 당연히 강해질 것이다.

"아저씨는 노리고 보스가 된 것 같으니까 매번 이런 난이도는
아닐 거라고 생각하지만 말이야. ……하지만 이걸로 첫 번째
클리어라는 목표가 보이기 시작한 걸지도. 살짝 놀랄 정도로 스
킬을 여러 가지 배웠고."

"스킬이라…… 상대가 아저씨라서 배울 수 있었을 거야."

훈련 같은 게 아니라 진짜 죽이러 왔으니까.

던전에 습득 보정이 있었을 가능성도 있지만, 그래도 이런 스
피드로 스킬을 습득하는 경우는 평범하지 않을 것이다.

모 게임이라면 분명 번쩍 하고는 게임 오버가 됐을 것이다. 도마뱀 아저씨 도장이다.

"그러고 보니 너, 혹시 이도류를 배우거나 한 거냐?"

마지막에는 제법 그럴 듯해 보였다.

"후훗, 배웠어. 카드는 변함없이 다섯 개밖에 표시되어 있지 않지만 《소검 이도류》였어. 굉장하지, 이대로 그냥 닌자라도 목표로 해 볼까."

연기 구슬 같은 것도 썼지.

하지만 닌자가 이 도시에서도 통할까? ……응, 통할 것 같아.

"츠나도 여러 가지를 배웠고 하니 이대로 제5층으로 갈까? 그만 가자고는 안 하겠지?"

"당연히 안 하지. 여기까지 왔으면 완전 화려한 데뷔를 장식해 보자고."

트라이얼 던전 제4층 계층 보스를 공략했습니다.

계층 보스 공략에 따라 Lv 4 이하의 도전자만 레벨업 보너스를 획득.

공략이 완료됐다는 안내가 나온다. 이걸로 Lv 5다.

[4층 보스 격파 보너스로 스킬 오브: 《간파》와 기념 아이템이 제공됩니다.]

그러고 보니 격파하면 보너스가 있다고 말했지.

에어리어 중앙에 우리 두 사람 몫의 보물 상자가 출현했다.

함정은 아니겠지 하며 뚜껑을 열어 보니, 손바닥 사이즈의 수정구가 들어 있다. 이게 스킬 오브라는 건가. 이걸 쓰면 스킬을 얻을 수 있다는 거야?

옆을 보니 유키는 이미 사용한 후인 건지 오브가 없어져 있었다. 변함없이 망설임 따위 전혀 없는 녀석이다.

"《간파》!!"

작은 명탐정이나 역전하는 변호사처럼 날 가리키며 말한다. 그 동작은 필요한 건가?

"오, 츠나 이름과 HP가 보여. ……그뿐이야. 하지만 없는 것보다는 훨씬 나은데."

"그러게. HP를 알 수 있으면 이야기가 달라지지."

나도 스킬을 얻어야 하기에 스킬 오브를 손에 쥔다.

……이거 어떻게 쓰는 거지?

"그냥 쓴다고 생각하면 쓸 수 있어."

"그렇구나."

내가 당황하고 있다는 걸 알아챈 건지 유키가 도움의 손길을 내밀었다.

그 말대로 쓰니 스킬 오브가 사라지고 시스템 메시지가 뜬다.

[스킬 《간파》를 습득하였습니다.]

조금 전 전투에서 몇 번이나 본 그거다.

시험 삼아 유키를 향해 발동하니 이름, HP가 표시된다. MMORPG 같은 그거다. 아쉽지만 MP 이외의 정보는 표시되지 않는다. HP 표시도 그냥 바만 나오지 수치는 표시되지 않는 것 같다.

"아마도 이거 데뷔 후에 쉽게 얻을 수 있는 거 아닐까. 다들 쓸 것 같은데."

"그러게, 아주 조금만 먼저 얻을 수 있답니다 같은 느낌인데."

나중에 손에 넣는 경우는 아주 조금 가격이 비싸거나 퀘스트를 공략할 필요가 있거나 한 건 아닐까.

"발동하고 있는 동안에는 계속 MP가 줄어드는 것 같네. 지금 우리는 MP를 소비할 일이 없으니까 관계없긴 하지만 마법을 쓸 거라면 주의해야겠어. 완전히 팍팍 줄고 있어."

"확인할 타이밍에서 아주 조금만 발동하는 느낌으로 써야 되려나. 그렇다고 하면 스킬명을 말하지 않고 바로 발동하는 연습이 필요하겠어."

1층에서 보여 준 칫타 씨의 《머티리얼라이즈》라든가 아저씨의 《파워 슬래시》처럼.

"츠나의 《파워 슬래시》도야. 가능하면 던전 보스 전에 습득하고 싶어."

"그러게. 갑자기 안 나오면 곤란하니까 말이야."

그게 불가능한 녀석을 위한 음성 기동이겠지만, 그거 없이도 기동할 수 있는 쪽이 당연히 편리할 것이다.

　메시지는 표시된다 해도 일부러 말로 해 뭘 쓰는지 선전해 줄 필요는 없고, 기습 같은 걸 할 때도 괜히 소리를 내고 싶지는 않다.

　"그러고 보니 기념품은 뭐지? 조금 전 수정구밖에 없었잖아."

　"내 것도 텅 비었어. ⋯⋯츠나의 보물 상자에 카드가 있네."

　듣고 보니 스킬 오브가 놓여 있던 장소에 카드가 있었다. ⋯⋯밑에 깔려 있었나.

　"기념품이라고 말했으니 대단한 건 아니겠지만. ⋯⋯뭐야, 뭐야?"

　그렇게 말하면서 유키가 안의 카드를 꺼낸다. 그거 내 보물 상자거든.

　"이거 너무해⋯⋯."

　유키가 날 향해 보여 준 카드에는 『리저드맨의 영정 사진』이라 써져 있고 도마뱀 아저씨가 그려져 있었다.

　이 미궁도시에서나 가능한 블랙 조크군. 확실히 죽긴 했지만 분명 다시 살아날 텐데⋯⋯.

　"나중에 아저씨 찾아서 이거 선물로 줄까?"

　"제발 참아 주세요."

　넌 그냥 가만히 있어도 어그로를 끌 텐데, 더 찍힐라.

　"그럼 칫타 씨도 기다리고 있을 테니 그만 갈까. 영정 사진은 네 마음대로 해도 돼."

"음…… 나도 필요 없는데."

나도 그렇거든.

이제 트라이얼도 남은 건 딱 한 층이다.

이렇게 되면 제일 빠른 기록을 세워 칫타 씨와 도마뱀 아저씨, 필로스 일행을 놀라게 해 주자.

……미궁도시에 막 왔으니 어쩔 수 없지만 아는 사람이 너무 없구나.

그러고 보니 도시에 들어올 때 이야기를 나눴던 마법사 아이는 무사히 들어 왔으려나.

기왕이면 그 아이한테도 자랑하자. 그냥 별것도 아닌 사람으로 오해했던 상대한테 선수를 빼앗겨 분명 분할 것이다.

……잠깐, 그 아이 이름이 뭐였더라?

외전
마술사의 여로

모험가 길드 직원한테서 그 이야기를 들은 건 스승인 조모가 돌아가시고 한참이 지난 후였다.

"미궁도시……요?"

"중견 모험가에게는 반드시 말하게 되어 있어."

최근에는 혼자서 하는 활동에도 상당히 익숙해져 모험가 일도 문제없이 해결할 수 있게 되었다.

내 경우는 솔로…… 혼자서 활동하는 경우가 많기 때문에 여럿이서 활동하는 모험가에 비하면 평가가 어렵긴 하지만 중견이라는 것도 틀리지는 않을 것이다.

"특히 자네처럼 누군가와 팀을 이루고 있지 않은 모험가에게는 추천이지."

딱히 좋아서 혼자서 활동하는 건 아니지만 홀가분한 건 확실하다. 주로 지갑이 너무 홀가분해서 공중에 떠 버릴 정도로.

솔로로 활동하는 모험가는 적다.

혼자서는 대응 불가능한 경우가 많이 있는데 역할 분담이 불가능하다는 건 실수가 바로 죽음으로 연결되는 모험가에게는 치명적이다. 내 경우는 형편과 사정이 있어서 솔로로 활동하지만, 이런 경우는 굉장히 드문 케이스라고 말할 수 있다.

사실 효율은 좋지 않다. 조모와 2인조 모험가로 활동하던 경험도 있었기 때문에 혼자서도 간신히 해 나갈 수 있는 느낌이다.

하지만 일이 가능하다는 게 그대로 수입으로 연결되지는 않는다. 나에게만 국한된 이야기는 아니지만 최근에는 수입이 별로 좋지 않다. 어딜 가도 불경기라는 말이 들리는데 모험가 같은 밑바닥 직업은 특별히 그 여파에 민감하다.

"자네라면 모험가 일 하나만으로도 먹고살 수 있겠지만, 일단 규칙이니까."

……어쩌지. 지금 이 상황은 먹고살 수 있는 상황인 거려나.

확실히 모험가로서의 기량은 높게 평가받고 있고 일도 별 어려움 없이 하고 있다.

하지만 일의 양은 둘째 치고 보수가 낮다. 도시에서 도시로 이동하면서 어떻게든 일을 계속하고는 있지만, 그래도 한 건당 보수가 적으면 생활이 힘들어진다.

게다가 대다수의 모험가가 부업으로 하고 있는, 힘 쓰는 일용직은 나에게는 무리다. 절망적일 만큼 완력이 없다.

전투 이외의 특수 기능도 없다. 고작해야 대필이나 사본 정도로 그것도 최근에는 건수가 적다.

불경기 때문인 건지 외식도 비싸지는 분위기고, 식재료도 마찬가지로 비싸지고 있다. 돈이 없을 때 어쩔 수 없이 먹는 채소도 최근에는 비싸다.

모두 빈곤한 것이다. 그리고 그중에서도 난 꽤나 아래쪽에 있다. ……배고프다.

"……그곳은 어떤 도시인가요? 저기…… 자세하게."

"오, 관심 있나? 왠지 좀 수상쩍긴 하지만, 꽤 좋은 곳인 것 같아. 실은 우리 쪽에서도 몇 명 갔어."

전례가 있다는 건가. 그렇다면 사기일 가능성은 낮다고 봐도 되는 걸까.

수상쩍긴 하지만 이 이야기는 받아들여야만 한다. 받아들이지 않는다고 해도 긍정적으로는 생각할 필요가 있다. 나에게는 선택지가 별로 없다. 이대로라면 바로 아사인 것이다.

"하지만 자네라면 모험가가 아니라 제대로 된 전문 마술사로 가는 쪽이 좋지 않을까?"

"그건 여러 가지로 사정이 있어서……."

제국 내에서라면 본가의 압력이 가해질 가능성이 높기에 취직은 어려울 것이다. 그렇다고 해서 제국 말고 다른 곳에 연줄이 있는 것도 아니다.

마술사는 혈통주의다. 마술 길드에 등록하는 것에도, 성과를 파는 것에도, 연구를 하기 위해 후원자를 찾는 것에도 대대로 쌓아 온 실적이 모든 걸 말해 준다.

정체도 모르는 다른 나라 마술사를 상대해 주지 않을 것이다. 잡일을 하려 해도 최소한 소개장은 필요하다.

나에게는 그 모든 게 손에 넣을 수 없는 것들이다. 밖으로 내

놓을 수 없는 연구. 압력을 가해 오는 대귀족 본가. 길드 등록도 불가능하기에 인정받은 실적도 없다.

부정적인 재료만 산처럼 쌓여 있다. 마술사로서는 사방이 막혔다. ……그렇기에 이런 밑바닥 직업인 모험가를 하고 있는 것이다.

"그렇게 말한다면 오케이. 미궁도시는 말이야, 들리는 이야기로는 던전에 들어가 돈을 벌 수 있다던데."

"……어떻게요?"

던전에 들어가는 건 좋은데 돈을 버는 방법은 짐작이 안 된다.

던전의 몬스터를 쫓아내거나 없애는 건 돈 안 되는 일의 대표격이다.

몇 번인가 일로 들어간 적이 있는데 지상의 일과 달리 특유의 기술이 요구된다. 필요한 물자도 많다. 누군가가 하지 않으면 안 된다는 건 알고 있지만 솔직히 수지 타산이 안 맞는다.

"자세한 건 모르지만 최소한 이 근처에서 모험가를 계속하는 것보다야 더 벌 수 있는 것 같아. 게다가 실력주의야. 지금의 자네처럼 고화력을 주체 못하는 일은 없지."

실력주의. ……그건 좋을지도 모르겠다.

지금까지 마술사로서 전력을 다해 싸운 상대는 없었다. 필요가 없었다. 오크 무리를 단독으로 섬멸할 수 있는 화력은 이 부근의 모험가에게는 소용없다.

옛날이야기에 나올 것 같은 몬스터가 있다면 이야기는 달라지겠지만 그런 건 본 적이 없다. 있다고 해도 그것들을 없애야 할 이유가 없다.

일부러 던전의 깊은 곳까지 가서 오거를 없앤다 해도 그게 일이 아니면 돈을 받을 수 없는 것이다. 고생해 없애도 손에 들어오는 건 고작 쓰레기에 가까운 약탈품뿐이다.

"구체적인 금액이라든가 정보는……."

"듣기로는 아주 다양해. 우리 쪽에서도 한 사람 미궁도시로 간 녀석이 있었는데 이 녀석은 대충 일반적인 모험가의 세 배 정도를 벌고 있대. 지난번에 엄청 으스대며 웃는 소리가 들리는 것 같은 편지를 보내 왔더라고. 요즘 불경기라서 나도 모험가나 될까 싶어……."

"……세 배."

듣기만 해도 어질어질할 정도다. 침이 나온다.

일반적인 모험가의 수입으로 생각할 때 세 배라면 상당히 큰 금액이다. 내가 제일 잘 벌었을 때도 그렇게 번 적은 없다. ……아마 스승님조차 없었을 것이다.

잠깐…… 이거 완전히 갈등된다. 이상한 이야기라도 들어 보는 것 정도라면 괜찮지 않나 생각할 정도로.

옛날에도 비슷한 이야기에 속아 넘어가 노예상한테 팔릴 뻔한 적도 있었지만 그래도 관심이 생긴다.

그 뒤 자세한 이야기를 들어보니, 수상한 점이 셀 수 없이 많았다.

큰돈을 벌 수 있다. 모험가가 엄청나게 많다. 밥이 맛있다. 고향에 돌아오고 싶은 생각이 들지 않을 정도로 환경이 좋다.

그 모든 요소가 진위가 의심스러운 것들뿐이다. 하지만 직원 말에 따르면 그런 수상한 이야기들이 모두 정말이라고 한다.

그 말을 다 곧이듣는 건 아니지만 밥이 맛있다니 좋다. 요즘 제대로 된 식사를 한 적이 없어 그것만으로도 꿈만 같은 이야기로 들린다. 가난은 괴롭다.

"오렌디아의 왕도까지 가는 상인들이 이번에 출발하는데 그 호위로 가는 건 어때? 호위 보수는 선금이라 좋지."

"으……."

선금. 선금이라……. 솔직히 그 이야기만으로도 상당히 고맙다.

모험가를 하면서 성공 보수 외의 보수가 나오는 경우는 거의 없다. 그리고 액수를 대충 속이는 경우도 비일비재하다. 트집을 잡아 지불하지 않는 경우마저 있다.

시골 촌락에서 나오는 몬스터의 토벌 의뢰 같은 건 성공 조건마저 애매해서 몇 마리를 없애든 불만을 털어놓는다.

근처에 있는 걸 불태워 협박하면 대부분은 지불해 주지만, 그렇게 하면 다음 의뢰는 없어진다는 디메리트가 있다.

액수를 속이는 의뢰인은 나도 질색이지만, 길드에 클레임을 거는 건 제발 그만해 줬으면 한다. 난 정당한 대가를 요구하고 있는 것뿐이니까.

그 점에서 이런 상인, 특히 상인 무리는 지불을 잘한다. 호위, 게다가 나라를 넘나드는 장거리 의뢰라면 액수도 상당할 것이다.

먼 게 어려운 점이지만, 차라리 이참에 왕국으로 거점을 옮겨 버릴까. 길드의 실적도 다르고, 연줄이 없는 건 힘들지만, 그래도 활동하다 보면 어떻게든 되지 않을까.

왕국이라면 모험가가 아니어도 마술사로서의 길도 열릴지 모르고. ……이제 할머니도 없다. 이상한 굴레밖에 없는 제국에 계속 있을 필요도 없다.

"이 호위는 하려는 사람이 없어서 애를 먹고 있으니 자네가 한다고만 하면 밥은 내가 사지."

"하겠습니다."

거의 반사적으로 대답해 버렸다.

이렇게 바로 결정하고는 나중에 힘들어지는 게 내 패턴이다. 이 직원은 그걸 잘 알고 있다. 불태워 버리고 싶다.

하지만 남의 돈으로 먹는 밥은 맛있겠지. 내 지갑에 손을 안 대도 된다는 안도감은 맛에 영향을 준다고 생각한다.

정식 대답은 왕도의 길드에서 하면 된다고 했기 때문에 미궁 도시라는 곳에 갈지 안 갈지는 보류. 일단 왕국으로 가는 상인 무리에 호위로 참가하게 됐다.

처음에 여자 모험가라는 이유로 얕잡아 보는 건 늘 있는 일이었지만, 도중에 만났던 야생 몬스터와 도적을 불태워 죽이자 상인들의 분위기도 달라졌다.

쓸데없이 과한 화력으로 불태운 뒤 마음에 안 들면 너도 불태워 버릴 거라는 의지를 담아 계속 노려보는 게 비법이다. 외모와의 갭 때문에 더 공포스러울 것이다.

운 좋게 도중에 나타난 야생 사슴을 잡아 식사에 추가하게 됐다.

먹을 수 있는 동물은 태우지 않을 정도로 화력을 조절해 죽이는 게 특기다.

산과 숲속이라면 밀렵 취급이지만, 이곳은 사람들이 다니는 길 한가운데다. 상관없을 것이다. ……설령 문제가 있다 해도 내가 책임자도 아니니.

"조금 전에 썼던 불 마법 같은 걸 쓰면 어떨까? 마술사님을 이렇게 심부름센터 직원처럼 쓰는 것도 좀 그렇지만 곧바로 불씨가 준비될 것 같지도 않으니."

"딱히 상관없습니다. 괜찮다면 나이프를 빌려주시면 사냥감 해체도 해 드리죠."

촉매도 필요 없는 기본 마술이다. 지금은 도움을 주고 내 몫을 많이 받도록 하자.

"아가씨, 해체도 할 줄 알아?"

"익숙합니다. 그러니까 고기는 많이 주세요."

"아, 그래, 그건 상관없지만 마술사라는 건 좀 더…… 고귀한 이미지였는데. 솔직히 의외라고 할까……."

고귀한 인간한테 불 피우기를 시킬 생각이었다는 건가. 그 배짱은 정말 대단하다고 생각한다. 평범한 귀족이었다면 나한테 얻어맞았을지도 모른다.

"제가 예외인 것뿐이죠."

모험가는 둘째 치고 호위를 하는 마술사는 숫자가 적지만 없지는 없다. 하지만 짐승을 죽여 피를 빼고 해체해 요리까지 하는 건 나 정도일 것이다.

젊은 사냥꾼보다도 나을 거라고 자신한다. 바로 얼마 전까지였다면 스승님이 그런 부류였지만 이제는 없다.

……오랜만의 고기는 아주 맛있었습니다.

밤이 되면 마차의 바퀴도 멈춘다. 한동안은 이렇게 노숙이 이어진다.

호위라는 입장상 망을 보는 것도 교대다. 여자라고 해도 우대 따위 없다. 우대되는 경우는 대부분 상대가 뭔가 꿍꿍이가 있을 때다. 그런 경우는 늘 상대가 재가 되었다.

"마법이라는 건 편리하네. 다른 때 같았으면 이렇게 모닥불을 준비하는 것도 힘든데."

준비된 장작 대신 톱밥에 불을 붙이니 같이 망을 보는 파트너 용병이 그런 말을 꺼냈다. 지금까지 몇 번이나 들었는지 셀 수도 없는 흔한 감상이다.

"《발화》는 기본입니다. 마술사라 불리는 사람들 중에는 이걸 못 쓰는 사람이 더 적을 거라 생각합니다."

말은 이렇게 하지만 실제로 쓰는 사람은 별로 없을 것이다. 필요가 없으니까.

평소 생활 속에서 불씨를 굳이 마술로 준비하는 그런 미친 마술사는 없다.

"이 정도로는 몬스터도 못 잡아요."

오크 한 마리도 《화염구》 몇 발은 필요한 것이다.

역으로 말하면 모험가의 숙적인 오크마저 《화염구》로 처리해 버린다.

비장의 카드인 《불화살》 대량 발사도, 이 여행 중에 보여줄 기회는 없을 것이다.

"그러고 보니 상당히 솜씨가 좋다고 하던데. 도적을 주저 없이 통째로 불태워 버렸을 때는 완전 쫄았어."

"여기 있는 모두가 제가 자고 있을 때 덮쳐도 몽땅 처리할 수 있을 정도의 실력은 있다고 생각합니다."

과거에는 실제로 그런 상황도 있었다. 이 상인 무리보다 규모가 컸던 것 같다.

실은 위장한 도적단이었기 때문에 보상금이 나왔다. 형체를 알아볼 수 없을 정도로 불타 버렸기 때문에 액수는 줄어들었지만 그건 좋은 수입이었다.

"그런 짓 안 해. 무섭다고."

마술사는 일반인들이 이해할 수 없어 두려움을 사는 존재다.

과거에 몇 번인가 호위 대상들이 덮친 적도 있었지만, 그때마다 완전히 불덩이로 만들어 격퇴했다. 곧 아무도 덮치지 않게 됐다. 소문이 퍼진 것이리라.

그러고 보니 노예 사냥꾼도 그렇다. 이 로브를 입기 시작하기 전엔 자주 납치하러 왔지만 최근에는 전혀 나타나질 않는다. 그것도 꽤 좋은 용돈 벌이였는데.

……로브를 벗으면 덤비려나.

"아가씨, 체술로도 나보다 센 거 같은데. 몸은 그렇게 쪼그맣지만."

"……어떻게 아셨죠?"

역시 이 사람은 상당한 실력을 가진 용병 같다.

로브 위로는 알아보기 힘들 텐데 움직임만으로 꿰뚫어 본 건가. 대단해.

그리고 쪼그맣다는 말은 필요 없다.

"그거야 뭐. ……나도 실력은 자신 있지만 이길 수 있을 거란 생각이 안 들어. 괜히 실력자라 평가되는 게 아니라는 건가."

"현명하시네요. 저, 비교적 강해요."

"비교적이라……. 마법사는 모두 아가씨처럼 강해?"

그건 아니다. 대부분은 형편없이 마른 체격의 인간들뿐이다.

마술사는 기본적으로 몸을 단련하는 일은 없다. 그 대신 마도의 연구에 시간을 바치는 게 보통으로 본인들은 그게 사명이라고 생각하고 있다.

거기에 관해서는 나도 예외는 아니지만 접근 방식이 다르다.

아니, 단련하지 않으면 여행도 제대로 못한다.

"강한 사람은 강하지 않을까요. 별로 싸워 본 적은 없지만요."

싸울 때는 발을 멈춰 포대가 된다. 그게 일반적으로 생각하는 마법사의 이미지다. 방향성은 다르지만 그것도 강하다고 말할 수 있을 것이다.

그 인식은 일반인에게도 정착되어 있어 옛날이야기에서도, 극장에서 하는 무대 연극에서도 등장하는 마법사는 모두 그런 느낌이다.

그래서 나처럼 돌아다니는 마법사는 다들 의아해한다.

마도 연구만으로 그 가장 깊은 곳에 도달할 수는 없다. 그건 스승님의 말씀이자, 지금 내가 실감하고 있는 말이다.

"사는 세계가 다르다는 건가. 이런."

하지만 아무리 강하다 해도 가난한 건 변함없다. 세상은 엄격하다.

여행은 이어진다.

왕도로 가는 여정은 길다. 직선거리로는 그렇지도 않지만 나라 간의 관계도 있어 몇 개의 국경을 넘지 않으면 안 된다. 일부러 멀리 돌아가는 건 흔한 일이다.

이 부근의 나라는 모두 사이가 나쁘다. 어딘가에서 싸움이 시작되면 주변을 끌고 들어가 대규모 전쟁으로 발전할지도 모른다.

무수히 많은 소국이 난립했다 짧은 기간으로 사라져 간다. 모든 국가와 외교 관계를 파악하고 있는 사람은 별로 없을 것이다.

그중에서도 몇 안 되는 긴 역사를 가진 게 제국과 왕국이다. 이 대륙의 역사는 대부분 이 두 개를 중심으로 움직이고 있다.

큰 나라는 그 두 개밖에 없기 때문에 직접 국경을 다닐 수 있게 해 주면 좋을 텐데 나라끼리의 복잡한 관계가 허락해 주질 않는다.

셀 수도 없을 정도로 많은 마을을 지나 산을 넘고, 도로를 빠져나와 드디어 왕도에 도착했다.

긴 여행이었다. 지금까지 살아온 중에 분명 제일 긴 여행일 것이다. 덧붙여 수입도 최고액이다.

여행을 함께했던 상인들과 다른 호위들과도 친해졌다. 상인 책임자한테서는 제국으로 돌아가는 길도 호위해 주지 않겠냐는 제안을 받았다.

한 달 정도는 왕도에 머문다고 했으니 왕도의 일도, 미궁도시도 아니다 싶으면 그 제안을 받아들이도록 하자.

실은 모험가보다 위병이 되어 호위를 하는 쪽이 돈을 더 벌지 않을까. 스승님한테 맞춰 시작한 모험가지만 고려할 필요가 있을지도 모른다.

오랜만에 지갑이 나름 따뜻하다. 여행 경비가 굳은 게 크다.

대륙 굴지의 오랜 역사를 자랑하는 도시라는 이유로 기대하고 있었지만 왕도는 제도보다 활기가 없었다.

공기가 침체되어 있다. 상가가 늘어선 큰 거리조차도 통행하는 사람이 적다. 그리고 더럽다. 쓰레기 천지다.

오렌디아 왕국은 대륙의 2대 국가 중 하나인데도 그 수도가 이럴 줄은……. 이걸 보면 일도 기대할 수 없을 것 같다.

그렇게 각오하긴 했지만…….

"설마 일 자체가 없다니……."

왕도의 모험가 길드에 들렀지만 직원에게 물어도 일은 한 건도 없다고 했다.

정확히는 발행되어도 순식간에 수주해 가는 모양이다. 다소 위험하고 체구에 맞지 않는 일이라도 관계없이 몽땅. 상당한 불경기인 것 같다. 어쩌면 제국 이상으로.

거리와 길드에 가득한 분위기로 볼 때 내가 다른 곳에서 왔기 때문에 꺼려한다거나 하는 것도 아닌 모양이다.

제국의 길드라면 어디에서든 몇 명은 모험가가 있기 마련인데 여기는 텅텅 비었으니까. 직원밖에 없다.

"여기는 요즘 계~~~~~속 이런 느낌이야. 경기가 좋다는 이야기는 몇 년 동안 들어보지도 못했어."

길드 직원의 푸념을 듣게 돼 버렸지만 이것도 정보 수집의 일환으로 생각해 두자.

말수가 많은 편도 아니기에 듣는 역할은 잘한다.

"미궁도시라는 곳은 경기가 좋다는 이야기를 들었습니다만.

……같은 왕국 안이잖아요."

"아~ 그곳은 뭐 다른 이야기지. 다른 나라라고 생각하면 될 거야. 그런 걸 묻는다는 건 길드에서 추천을 받았다는 거잖아? 그냥 거기로 가는 게 좋을 거야. 여기는 모험가한테 일이 없으니까."

같은 국가이고 거리가 그리 멀리 떨어져 있는 것도 아닌데 그렇게 다른가.

"혹시 실은 독립한 국가이거나 한 건가요?"

명목상으로만 왕국에 속해 있을 뿐인.

"아니. ……아니지만 비슷한 거야. 일단 세금은 걷고 있는 것 같으니 왕국에 속한 건 맞지만, 말은 전혀 안 들어. 그곳에 있어 왕국은 그냥 방패막이야. 왕국도 제국도, 나라의 상층부와 모험가 길드만이 아는 약속 같은 거지. 감출 이유도 없지만 너무 떠들고 다니지는 마."

그런 존재라면 정말 공공연하게는 못 말할 것 같다.

……미궁도시라는 곳을 점점 더 알 수 없게 됐다. 듣는 이야기만으로는 왕국도 흡수할 것 같은 규모인데 왜 일부러 영지인 채로 있는 걸까.

"그곳은 약간 상식이 달라. 그리고 왕도 내에서 미궁도시 이야기는 되도록 안 하는 게 좋아. 귀족과…… 특히 기사 귀에 들어갔다간 목이 날아가. 이렇게…… 물리적으로."

직원이 손으로 목을 자르는 동작을 보여 줬다.

어느 나라든 귀족이라는 자들은 원래 교만하지만 그걸 감안하더라도 미궁도시는 상당히 미움을 받고 있는 모양이다.

불태우고 도망쳐 죄인으로 수배되는 것도 싫으니 조심하도록 하자.

"미궁도시행 마차가 있다고 들었는데요."

"정기적으로 전용편이 출발하지. 우리한테서 소개장을 받아 가면 공짜로 태워줄 거야. 미궁도시까지 며칠이 걸리지만 그동안 식비도 공짜야."

몇 명이 타는지는 모르겠지만 그거 굉장하다.

도시에 들어갈 수 없는 경우도 있기에 왕복편인 것 같다. 식사를 목적으로 몇 번이나 왕복하는 사람도 있을 것 같지만 그건 나름 대책이 있을 테지.

또 미궁도시에 들어가기 위해서는 심사가 필요하다고 한다. 듣기만 해도 엄중한 심사가 되리라는 걸 예상할 수 있었다.

추천서가 있는 모험가라면 일단 괜찮겠지만 그중에는 미궁도시에 불이익을 가져올 자도 있다. 예를 들어 미궁도시에 원한을 가진 귀족이 들어가려 하면 심사에서 거부된다 한다.

미궁도시는 대체 얼마나 강한 권한을 가지고 있다는 걸까.

모험가 이외의 사람이 미궁도시에 가기 위해서는 어떻게 해야 되는 거냐고 물어보니 숫자는 적지만 그쪽은 그쪽 나름대로 마차가 다니는 것 같다.

일반인으로 모험가를 지망하는 자는 그걸 타는 거라 한다. 다만 이민도 난민도 받아주지 않는다. 미궁도시에 들어가는 건 모험가이거나 그 지망자뿐이다.

그래서 아무래도 실적이 있는 모험가 쪽이 대우는 좋은 것 같다. 마차도 크다고 한다.

"아, 그러고 보니! 당신이라면 일이 있겠어."

갑자기 생각난 것처럼 직원이 말했다. 무슨 일인 거지.

"저라면, 이라뇨? 의뢰인이 중견 모험가를 지정했다거나."

"아니, 여성 모험가. 그런 경우는 별로 없어서 깜빡했어. 전단지를 붙여 놓지도 않아서 말이야."

그건 또 드문 경우다. 의뢰인은 이 업계에 여성이 적다는 걸 모르는 건가. ……모르는 거겠지.

지금까지 활동하면서 여성 모험가는 스승님을 포함해 몇 명밖에 못 만났다. 어떤 의미로는 희귀동물 수준일 것이다.

그런데도 지정한다는 건 분명 이 업계에 대해 모르는 일반인이라서 그럴 것이다.

"……하지만 이거 장기 계약이라서. 미궁도시에 갈 거라면 힘들 것 같은데."

"어떤 내용인지 여쭤 봐도?"

"어, 왕도에 저택을 갖고 있는 남작님의 딸을 두세 달 장기로 지도해 줬으면 좋겠다는 의뢰야. 왕도라서 여기에서 걸어서 갈 수도 있고, 거기에서 머무는 걸로 보수도 좋아."

아~ 그래서 여성 모험가인가. 난폭한 남자를 딸 가까이 두고 싶지 않을 테니, 그렇게 이상한 의뢰는 아니다. 귀족이라면 지불도 좋을 것이다.

"저, 마술사인데요, 그래도 괜찮나요?"

난 괜찮지만 보통 모험가라고 하면 육체파다. 기대와 다르다는 둥 그런 소릴 듣는 것도 짜증 난다.

작다는 소릴 들으면 나도 모르게 태워 버릴 것 같다. 귀족 상대로 그건 좀 위험할 테지만.

"마술사라면 더 좋다고 써져 있어. 아무 문제없어. ……지금 당장 결정하라는 건 아니니까 미궁도시 쪽이 아니라면 받아들여 보는 건 어때?"

"그러……게요."

지금까지였다면 바로 승낙할 만한 의뢰였지만 보류하는 게 좋을지도 모르겠다.

나 말고 그런 조건에 맞는 사람도 없을 테고, 그쪽도 쉽게 찾을 수 있을 거라고는 생각 안 하고 있을 것이다. 제국행 호위 건과 함께 미궁도시가 아니었을 때의 보험으로 생각하면 된다.

……뭐야, 불경기라고 생각했더니만 의외로 일은 있잖아. 실은 이제부터 운이 트이는 걸지도 모르지.

미궁도시행 마차는 제일 빠른 게 내일 아침 출발이라고 했기에 소개장만 받고 모험가 길드를 나온다.

출발하는 건 정차장이 아니라 이곳에 도착했을 때 이용한 문 옆 같다.

숙소를 찾아 길드에서 소개받은 싸구려 술집 겸 여인숙으로 향한다.

노숙도 괜찮지만 지금은 주머니가 두둑하고 운도 좀 트인 것 같으니 분발해 숙소를 잡자.

소개받은 게 슬럼 옆 싼 여인숙이라는 게 비참하지만 침대조차 없는 날들이 계속 이어졌으니 이거라도 큰 발전이다.

도중에 노예상 호객꾼한테 잡혔지만 관심도 필요도 전혀 없었기에 적당히 뿌리친다.

이상할 정도로 싼 가격을 제시 받았는데 그렇게 해서 돈을 벌 수는 있을까. 타지 사람이라서 속일 셈이었는지도 모르지만 말이다.

"손님, 희한하시네요. 우리 집에 왔다는 건 설마 모험가?"

소개받은 모험가용 싸구려 술집에서 식사를 하고 있는데 급사가 말을 걸었다. 약간 마른 느낌의 어린 소녀다. 아무래도 이 집 딸 같다.

덧붙여 식사는 약간 무리해 고기다. 무슨 고기인지는 모르겠지만 먹을 수 있는 것만으로도 훌륭하다.

"네. 역시 왕국에서도 여성 모험가는 적은가요?"

"그렇죠. 거의 없고 있다 해도 몸집이 우락부락한 큰 여자들 뿐이라서 손님 같은 사람은 처음이에요."

그건 빙 둘러서 작다고 놀리는 건가. 불태워 버린다.

더는 키가 자라지도 않는데 그건 분명 가난한 식생활 때문일 것이다. 틀림없이 그거다.

"왕국에서도, 라는 걸 보니 외국인인가요. ……왕도는 어때요? 불경기죠?"

"……그러게요. 정말 일이 하나도 없을 줄은 생각도 못했어요."

왕국 사람과 말할 만한 그런 내용은 아니지만 말을 먼저 꺼낸 건 저쪽이다.

정확하게 말하면 일은 있었지만 그건 특수한 사례일 것이다.

"모험가는 특히 더 없죠. 이 근처, 몬스터도 거의 안 나오게 됐으니까요."

"……안 나와요?"

몬스터가 나오지 않는 상황이라는 건 이해가 안 된다.

그것들은 마소(魔素)만 있으면 어디에서든 출현한다. 빈도가 다른 건 있지만 발생하지 않는 지역이라는 이야기는 들어본 적이 없다.

……그러고 보니 왕도에 도착하기 꽤 전부터 느껴지는 마력이 약해진 것 같았지만 기분 탓인가 싶었다.

스승님이었다면 정확하게 감지할 수 있었을 텐데. 난…… 아직 미숙하다.

"미궁도시가 뭔가를 하고 있다는 이야기인데 전 잘 몰라요."

또 미궁도시다. 뭔가 이상한 이야기가 나오면 반드시 그 이름이 나오는 것 같다. 대체 그곳에서는 무슨 일이 벌어지고 있는 걸까.

"레베카. 니드 녀석 못 봤어?"

"몰라. 오늘은 아침에 창고 정리하는 걸 봤을 뿐인데."

"……젠장. 설마 도망친 건 아니겠지."

"설마…… 뭐, 정말?"

뭐지, 좀 수상한 느낌의 대화다. 도망쳤다는 내용으로 보면 니드라는 건 이 술집의 노예인 건가.

그 사람을 찾기 위해서 아가씨한테 말을 걸어온, 가제 주인 같아 보이는 사람은 바로 어딘가로 가 버렸다.

"노예라도 도망쳤나요?"

"아, 노예는 아니에요. ……뭐, 크게 다르지는 않지만 최근에는 노예시장도 불경기라서요, 스스로 자신을 팔러 갔는데 사 주지 않았대요. 그래서 제발 우리 집에서 일하게 해 달라고 친척을 통해 부탁해 왔죠."

도망쳤다고 하는 걸 보니 직장의 대우가 나빴다거나 그럴 만한 이유가 있었을 거라 생각했다. 하지만 그렇게 말한다면 경우가 다른 것 같다.

그건 그렇고 왕국은 노예조차 될 수 없는 상태인 건가. 아무리 그래도 그렇게까지 불경기일 거라고는 생각도 못했다.

……여기 오는 도중에 노예상이 그렇게 계속 호객 행위를 한 건 그게 원인인가. 싸게라도 좋으니까 재고 정리를 하고 싶었던 모양이다.

여행자한테 노예를 판다거나 하는 건 비상식적이라고 생각했지만 모든 일에는 원인이 있는 법이다.

"레베카 씨는 안 찾아봐도 되나요?"

"괜찮아요. 아마도 아버지나 니드의 동생이 잡을 수 있을 거예요. 어차피 도망칠 수 있는 곳이라고는 슬럼 정도밖에 없으니까요. 슬럼에 사는 사람들은 저희랑 거의 다 연결이 되어 있어서 몰래 숨겨 주거나 하는 건 불가능해요. 못 찾는다 하면 귀족거리밖에 없는데 그쪽은 따로 수색하고 있을 테니까요."

도와주고 보수 같은 걸 받는 건 어떨까 싶었지만 일이 커지지는 않을 것 같다. 아쉽다.

"그 니드…… 우리 집에서 일하는 종업원인데요, 귀족님 눈에 들어 팔리게 됐거든요."

"아."

귀족의 애인인가. 꽤나 문란한 세상이다. 이런 점은 왕국이나 제국이나 다르지 않다. 우리 아버지도 오빠도 애인들이 엄청났다. 분명 제국 안에 배다른 형제자매가 있을 것이다.

"그게 싫어 도망친 거 아닐까요."

"귀족의 애인이라면 대우가 나쁘지는 않을 것 같은데……."

귀족이라 해도 종류야 다양하지만 노예…… 노예나 다름없는 대우로 일하고 있는 거라면 귀족에게 사육당하는 쪽이 더 행복할 거라고 생각한다.

이상한 취미를 가진 사람도 많기 때문에 반드시라고는 말할 수 없지만.

"대우는 나쁘지 않을 거라 생각하지만 상대 귀족님은 남자예요."

"그러면 그 니드라는 사람은⋯⋯."

"남자예요."

이상한 취미 쪽이었다.

제국 귀족 중에서도 같은 취미를 가진 사람이 있었지만 뭐가 좋은 건지는 선뜻 이해할 수 없었다. 대체 어떤 세계인 걸까.

그날 밤 도망친 남자를 그 동생이 잡아와서 귀족한테 넘겼다는 사실을 레베카 씨한테 들었다.

이 동생도 가게도 추가로 보수를 받았다고 한다. 취미는 둘째 치고, 인색한 귀족은 아닌 것 같다.

이걸로 잘됐네 잘됐어⋯⋯이려나. 니드 씨는 앞으로 힘들겠지만 신천지에서 파이팅하길 바란다.

다음 날 아침 지정된 장소까지 가니 이미 마차가 기다리고 있었다. 꽤 거대한 마차로 안에는 모험가로 보이는 남자들이 많이 앉아 있었다.

⋯⋯이곳에 있다는 건 길드에서 나름대로 쓸 만하다고 추천을 받았다는 의미다. 모든 사람들이 다들 강하다는 걸 분위기로 알 수 있다.

마차가 달리기 시작한 지 한참이 지나도 나한테 지분대지 않는 걸 보니, 나도 그중 한 사람이라고 생각하기 때문인 것 같다.

도중에 그 누구도 입을 열려 하지 않는다. 솔직히 이 마차는 숨이 막힌다. 얼마 전까지 탔던 상인들의 마차와는 너무 다르다.

막사를 치고 식사를 할 때도 거의 아무도 말하지 않는다. ……지급된 휴대식의 맛은 좋기에 그건 기쁘다.

마차 안은 그런 상황으로 밖을 봐도 보이는 건 황야뿐. 뭐랄까 삭막한 여행이다.

어쨌든 시야에 들어오는 건 황야밖에 없다. 정말 이런 곳에 사람이 살 수 있다는 건가. 주위의 중견 모험가들이 없었다면 개척 노예로 팔려 가는 거 아닐까 의심할 정도다.

3일간 그런 상태가 이어지고, 드디어 미궁도시의 외벽이 보이기 시작했다.

처음 보는 엄청난 거대함에 압도되었지만 지금까지 들은 이야기를 종합해 보니 납득이 됐다.

저곳에는 내가 상상조차 하지 못했던 뭔가가 있는 거겠지. 그건 스승님이 목표로 삼았지만 도달하지 못했던 마도의 심연과도 연결되는 뭔가일지도 모른다.

그렇다면 나에게 있어 저 도시는 목표로 해야만 하는 장소다.

"굉장해……."

누가 말한 건지는 모른다. 하지만 마차에 타고 있던 모두가 같은 생각이었을 거라 생각한다.

적어도 나는 그랬다.

◆ ◇ ◆

도시로 들어가기 위해 문 앞에 줄을 서니 긴 대기와 긴 심사가 시작됐다.

긴 행렬도, 심사의 내용도 대단한 건 없다. 대단한 건 없지만 굉장히 지루해서 미치겠다. 빨리 끝났으면 좋겠다.

하지만 심사는 첫날에는 끝나지 않고 다음 날도 계속된다고 한다. 도시에 들어가는 것뿐인데도 정말 신중하다.

특별히 도시에 들어오는 사람들을 위한 숙소를 빌려주는 것 같다. 3일 만에 침대에서 잘 수 있을 것 같다.

준비된 숙소는 거대한 외벽 안에 있었다. 투박한 석조 통로를 빠져 나와 전용 구획에 배당받은 자신의 방에 들어간다.

그곳은 상상하지 못했던 방이었다.

"뭐야……."

우아하고 아름다운 건 아니다. 일상 집기들이 갖춰져 있는 것도 아니지만 실용적이고 세련된 방이다.

침대도 푹신푹신해서 몸을 날려 누워 보니 지금까지 맛본 적 없는 왕후귀족 같은 분위기에 젖는다. ……안 돼. 이대로 잠들어 버릴 것 같다. 이건 위험한 침대다.

심사 기간만 쓰는 임시 주거공간이라 4인실이긴 하지만 좁지는 않다. 왕도에서 묵었던 싸구려 숙소보다 2배 이상의 면적일 것이다.

덧붙여 4인실이라고는 해도 여자는 나만 있는 것 같아 독점 상태다. 너무 멋지다. 심사가 끝난 뒤에도 계속 여기 살 수는 없으려나.

침대에서 나오기 아쉬웠지만 식사도 해야만 한다.

짐을 정리하고 같은 외벽 안에 있는 전용 식당으로 향하니 마차에 같이 타고 있던 모험가들이 각자 식사를 하고 있었다.

다만 상당히 시끄럽다. 여기 오는 중간에는 입도 열지 않았던 사람들이 식사에 대해 이런저런 이야기를 하고 있다.

그렇게 좋은 식사가 나오는 건가. 준비된 방을 생각하면 기대해도 되겠다 싶어 가까이 앉아 있던 사람의 쟁반을 슬쩍 보니, 믿을 수 없는 것들이 가득했다.

왕도의 숙소에서 나오는 식사는 기본적으로 보리죽과 야채 스프다. 등급이 올라가면 빵이 되기도 하고, 어제 먹었던 정체를 알 수 없는 고기가 나오기도 한다.

하지만 눈앞의 식사는 부드러워 보이는 흰 빵과 조개가 듬뿍 들어간 스프. 그거 이외에도 반찬이 두 가지 더 있다.

다른 사람의 식사를 보니 그 내용이 달랐다. 아무래도 여러 가지 반찬 중에서 고를 수 있는 것 같다. 게다가 여기는 황야 한가운데임에도 불구하고 생선 구이도 있다. 도대체 어떻게 된 일인지 이해할 수 없다. 최고는 디저트다. 처음 보는 푸딩이라는 디저트가 딸려오는 것 같다. 우락부락하게 생긴 남자가 믿을 수 없는 미소를 지으며 먹고 있다. 저 남자는 분명 여기 오는 도중에 계속 누군가를 노려보는 듯한 불쾌한 표정을 계속 짓고 있었는데. 믿기지 않는다.

약간 패닉 상태가 계속돼 도대체 얼마나 돈을 받을지 걱정됐지만 이것도 공짜 같다. 미궁도시는 대체 어떻게 된 거지.

이세계에서라도 헤매고 있는 거려나.

"여어, 드디어 만났군."

내 인생에서 처음 구경하는 너무 맛있는 식사에 입맛을 다시며 다 비우고는, 푸딩의 달콤함과 식감에 감동하고 있는데 건너편 자리에 안면이 있는 남자가 앉았다.

본 적은 있지만 이름이 떠오르지 않는다.

"까먹지 말라고, 페이즈잖아."

아, 그렇다, 페이즈다. 제국에서 온 상인 무리를 호위하던 용병 중 하나다. 몇 번인가 같이 밤에 망도 봤었다.

"어째서 용병이 이곳에?"

이곳에 오는 건 분명 모험가뿐일 텐데. 용병은 길드도 다르고 관할 외 아닌가.

"그 상인 무리 호위는 이곳으로 오기 위해 수락한 마지막 일이었어. 거기는 왕도에 도착한 시점에서 그만뒀어."

그렇군, 나랑 같은 경위로 이곳에 있는 건가. 이 남자도 미궁도시의 모험가가 되기 위해 여기에 왔다는 거구나.

"그보다 이곳에 오는 마차에서도 함께였는데. 눈치 못 챘겠지만."

전혀 몰랐다. 사람 얼굴을 기억하는 건 그다지 자신도 없고. 말을 걸지 않았더라면 보고도 알아보지 못했을지도 모른다.

그 마차에 탔었다는 건 모험가만이 아니라 용병도 길드에서 추천을 받을 수 있다는 건가. 전투력으로는 큰 차이가 없으니 문제는 없을 것도 같지만.

"다시 말해 모험가가 되기 위해 왔다는…… 거죠?"

"나이 차이는 있지만 같은 모험가가 되는 거니까 경어는 됐어. 뭐, 그 말대로야. 모험가가 되기 위해 왔어."

솔직히 이곳 말고 다른 데에서 모험가가 되겠다는 소리를 들었다면 '참으로 안되셨네요.'라고밖에 말할 수 없지만 여기라면 선택지로써 꽤나 근사한 부류에 들어갈 것이다. 오히려 처음부터 이곳에서 모험가가 될 수 있다는 건 부러운 일이다.

"심사도 길어질 것 같지만 이 대우라면 아무런 불만 없이 지낼 수 있을 것 같아."

"솔직히 엄청 놀랐어."

"하하, 나도, 나도. 방 같은 것도 훌륭하고. 그런 부드러운 침대는 난생 처음이야. 지저분한 같은 방 남자만 없으면 아주 최고겠지만 말이야. 같은 방 녀석, 마차에서 무지 코를 골던 녀석이어서 좀 우울해졌어."

"난 4인실을 혼자 써."

"뭐……라고……."

굉장한 우월감에 빠졌다.

뜻밖의 재회였지만 그쪽도 단순한 인사였던 것 같다.

도시에 들어간 뒤 기회가 되면 파티에 끼워 달라는 말을 들었는데, 실력은 나쁘지 않았던 것 같으니 한번 생각해 봐도 좋을지도 모르겠다.

덧붙여 파티에 끼워 줄 테니까 푸딩을 달라고 말했다가 전력으로 거부당했다.

맛있는 식사와 푸딩, 청결하고 푹신푹신한 침대. 마치 왕후귀족이라도 된 것 같은 기분에 빠져 그날은 취침한다.

욕조까지 있는 것 같으니 내일도 심사가 끝나지 않으면 가 보고 싶다. 여기에서라면 긴 심사도 힘들지 않을 것 같다.

……잊고 있었지만, 난 어쨌든 귀족이었다.

하지만 그게 며칠이나 계속 되니 점점 질려간다.

식사도, 잠자리도 무료라고는 생각할 수 없을 정도로 호화롭고 목욕탕도 준비되어 있지만, 그것보다도 빨리 도시에 들어가고 싶었다.

숙소가 준비된 마을의 외벽에서 한 발짝도 앞으로 나아갈 수없다. 심사가 앞으로 며칠 더 계속 되는 건지도 알 수 없다.

벽 안이라는 이유로 폐쇄감이 감돌고 있는 게 상당히 괴롭다.

하지만 밖으로 나가 심사 대열에 서면 주위는 황야로 그건 또 엄청난 황량감에 사로잡힌다. 개방감 같은 게 아니다.

페이즈와는 그 뒤 몇 번인가 더 이야기했지만 그쪽도 약간 지겨워하고 있다는 게 느껴졌다.

"그보다, 이 심사라는 게 도대체 언제까지 계속 되는 거지?"

"누가 알겠어. 너, 계속 그 이야기만 하고 있다. 몇 번씩 듣는 내 입장도 생각해 달라고. 질린다, 질려."

"너도 그렇게 생각하고 있으면서."

"생각은 하고 있지만 이 몸은 어른이라 입 밖으로 꺼내지 않는다고."

식당에서 밥을 먹고 있는데 말싸움 소리가 들려 귀를 기울여 본다.

쳐다보니 마차 안에서 한마디도 하지 않았던 2인조다. 최근 며칠 사이가 좋아졌던 걸까. 말싸움이라도 교류가 있으면 이 따분함은 이겨낼 수 있을 것 같다.

"미궁도시에서 난리를 치려던 녀석이 섞여 있어서, 심사해서 쫓아낸 것 같아."

"으악, 설마 그 불똥이 우리한테 튄 거야?"

"원래 심사가 긴 것 같긴 하지만 영향은…… 있지 않겠어."

다른 곳에서 그런 대화도 들린다. ……그런 일이 있었다는 건가.

확실히 그런 사람이 안에 들어가 파괴 공작 같은 거라도 펼쳤다간 큰일일 것이다. 심사가 길어지는 것도 어쩔 수 없는 거려나. 괜히 그 사건에 말려들어 손해 보는 쪽도 생각해 줬으면 좋겠다.

"나, 여기 밥을 계속 먹을 수 있다면 앞으로 한 달 정도는 끄떡없어."

"……넌 참 무사태평하다."

응, 전혀 관계없지만 밥은 위대하다. 여기 밥은 맛있으니 따분하지만 않다면 문제없는데.

벽 안에 잡혀 있는 몸이지만 죄인은 아니다. 심사 시간이 아니면 숙소 안에서는 비교적 자유롭게 다닐 수 있다.

너무 할 일이 없어 산책을 시작했지만 조금 걸으면 금세 싫어진다.

자유가 허락되는 범위는 모두 돌 통로다. 내가 묵고 있는 방도 마찬가지지만 그저 같은 복도가 이어지고 있을 뿐이다. 어딜 가도 같은 광경이다. 하나도 즐겁지 않다.

식당 넓이의 훈련장이라도 있으면 마술 훈련도 가능하겠지만 이런 좁은 장소라면 문제가 있다.

한동안 아무 생각도 안 하고 걷다가 계속 이어지는 돌벽이 싫어져 돌아가려고 생각했을 때 처음 보는 사람이 눈에 들어왔다.

같이 심사를 받고 있는 모험가가 아니다. 이곳에 와 처음 만나는 동성…… 여자다.

"저, 저기……."

얼떨결에 말을 걸어 버렸다. 무슨 말이라도 좋으니 말 상대가 되어 준다면 좋겠는데.

"모험가분이신가요. 무슨 일이시죠?"

"……저기, 미궁도시의 직원이세요?"

모험가분이라고 말한 걸 보면 이 사람 자신은 역시 모험가가 아닌 모양이다.

"네, 미궁 길드의 직원입니다. 무슨 질문이나 불편한 점이라도?"

미궁 길드라는 건 모험가 길드다. 미궁도시에서는 그렇게 부른다고 심사할 때 설명해 줬다.

"아뇨……. 좀 지루해서요."

나의 그 말이 의외였는지 직원은 눈이 동그래져서 키득거리며 웃기 시작했다.

"그런가요. 심사는 기니까요."

"이건 언제까지 계속 되는 거죠?"

"지금은 뭐라 말하기가…… 실은 어제 도착한 마차에 파괴 공작원이 섞여 있기 때문에 심사를 엄중하게 하고 있어요."

식당에서 들은 이야기가 사실이었나. 그 녀석 때문에 이런 따분함을 맛보고 있다는 소린가. 지금이라면 역으로 내가 그 녀석을 파괴해 주고 싶다.

"미궁도시 안에서라면 오락도 많이 있는데요. 여기는 TV도 있으니까요."

TV가 뭔지는 모르겠지만 안은 상당히 즐거워 보인다. 이곳의 대우를 생각하면 안에는 그 이상의 것이 있겠지. 솔직히 보고 싶다.

"규칙으로 문제가 없다면 말인데요, 안에 대해 물어봐도 되나요? 아, 바쁘지 않으시다면."

"아뇨아뇨, 등록 전이라고는 해도 모험가 케어는 직원의 일이니까 개의치 마세요. 이참에 안을 한번 보실래요?"

"어, 볼 수 있는…… 건가요?"

너무나도 가벼운 느낌의 제안에 깜짝 놀라 이상한 말투로 물었다.

"오늘 시점에서 문제가 보이지 않는 거라면 괜찮습니다. 벽 위에서 안을 보는 것 정도는 제 권한으로 가능합니다."

"오~."

믿음직하다. 그저 위에서 보기만 하는 거지만 그래도 재미있을 것 같다.

직원 뒤를 따라 잠겨 있던 통로로 들어가자 돌 같지만 돌이 아닌 신기한 재질의 벽으로 둘러싸인 통로가 나왔다.

금속도 아니고…… 뭘까, 이거. 매끈매끈하다.

"벽 위로 간다는 뜻은 이 앞에 계단이 있다는 건가요?"

"계단도 있지만 올라가기 힘드니 엘리베이터를 이용하죠."

"엘리베이터?"

익숙하지 않은 단어지만, 오르내리는 용도의 장치인 건가. 이 벽은 높기에 계단으로 올라가지 않아도 된다는 건 편해서 좋지만.

그 이후 이상한 좁은 상자 같은 장소로 들어가, 아주 잠시 바닥에 빨려 들어가는 것 같은 감각을 느낀 뒤 다시 나오니 그곳은 조금 전 통로와는 다른 장소였다.

실내가 아니라 하늘이 보인다. 이곳은 밖이다.

"어라?"

무슨 일이 일어난 거지. 순간적으로 이곳까지 이동한 건가? 무슨 마술이라도 사용한 건가? 아니, 그거라면 분명 눈치 못 챘을 리 없고…….

바람이 세다. 심사 대열에 끼기 위해 밖으로 나올 때보다도 훨씬 강한 바람이다. 이곳은 설마, 그 벽의 위인 건가.

"자, 저기에서라면 도시를 다 살펴볼 수 있을 겁니다."

"……아, 네."

패닉에 빠진 채로 직원이 권하는 대로 걸어간다. 이곳이 벽 위라고 한다면 향하고 있는 곳은 벽의 안쪽 끝이리라.

그 끝은 이곳보다 높은 장소에 있기 때문에 계단을 오를 필요는 있지만 겨우 몇 개다.

왠지 구름이 가깝다. 이렇게 높은 곳에 오른 건 인생에서 처음일지도 모른다. 엄청난 개방감이다. 제국의 황족이 높은 성을 짓는 기분을 알 것만 같다.

"봐요, 이게 미궁도시랍니다."

그 말에 벽 끝에서 도시를 들여다보니 그곳에는 상상을 초월하는 광경이 펼쳐져 있었다.

"…………."

대단한 광경에 할 말을 잃었다.

쇠락한 왕도 따위와는 비교도 안 된다. 제도와 비교해도 훨씬 고도의 건축물이 수없이 빼곡하게 들어서 있다.

뭔가 상당히 모가 난 형태의 건물이 많지만 그중에는 창의 위치로 보아 4층, 5층 건물인 것도 있다. 왕성도 아닌데 엄청난 규모다.

거리 탓인지 크기가 가늠이 잘 안 되지만 걷고 있는 사람의 크기로 상상하면 1층의 높이가 통상의 배 정도 된다. 다시 말해 높이로만 본다면 제국에서 말하는 10층 높이다.

아마도 거인처럼 큰 종족에 맞춘 것이리라. 그런 높은 건축물을 훨씬 위에서 내려다보고 있는 거니 이곳이 얼마나 높은 곳인지 알 수 있다.

"……와이번."

그리고 하늘에는 용이 날고 있었다. 다리에 상자 같은 것을 달고 있는 것을 보면, 저건 제국에서 황족과 일부 상류 귀족만이 쓸 수 있다는 용 가마인 모양이다.

아룡(亞龍)이긴 하지만 사납다고 알려진 와이번을 길들이고,

심지어 사육한다는 건 쉽지 않다. 수고도 들고 돈도 든다. 실제로 비용에 맞는 가치는 없을 것이다.

그래도 제국이 용 가마를 유지하고 있는 건 왕국에 경제적인 우위성을 과시하기 위한 퍼포먼스에 지나지 않는다. 그게 지극히 당연한 것처럼 날고 있다. 게다가 몇 마리나.

도저히 믿기지 않는 광경이지만 눈에 들어온 게 너무나도 압도적이라서, 그건 오히려 자연스러운 것처럼도 보였다.

"저건 이동용 탈것이라기보다는 공중 유람용이에요. 돈을 내면 미궁도시를 위에서 내려다볼 수 있답니다."

"오락이군요……."

이동 수단조차 아니었다.

자세히 보니 지상에는 마차도 달리고 있다. 하지만 말만이 아니라 분명 지룡(地龍)이라 알려진 생물이 끌고 가는 것도 있었다.

……어쩌지. 저걸 상대로 이길 수 있을 것 같지 않은데.

마차…… 지룡이 끌고 있는 것이기에 용차라고 말해야 되려나. 그걸 끌고 있을 정도니 훈련을 받은 거겠지만 주위 사람들은 무섭지 않은 걸까.

지룡 같은 건 와이번과 마찬가지로 거의 옛날이야기 세계의 생물이다. 제대로 싸우면 오거조차 한 방에 날릴 것이다. 그게 짐을 끌고 있다……. 질 나쁜 농담을 보고 있는 기분이다.

"저기 있는 네모난 건물이 미궁 길드의 본부 회관입니다. 미궁도시의 모험가는 저곳을 거점으로 일을 하게 됩니다."

직원이 가리키는 방향에는 정말 제일 큰 사각 건물이 있었다.

"저 제일 큰 건물 말인가요?"

"제일……? 아, 네, 맞아요. 그 건물이에요."

왠지 뒤끝이 개운치 않았지만 맞는 것 같다.

네모난 모양의 건물은 보기에는 기묘하지만 합리적인 구조로도 보인다. 예술성 따위 추구하지 않는 것이리라.

"이곳의 영주가 살고 있는 성을 못 찾겠는데요……."

이 정도로 발전된 도시라면 왕성보다 커다란 성이 있어도 이상하지 않을 거라 생각하는데 그래 보이는 건물은 없다. 보이는 것들 중에서 제일 큰 건물은 조금 전의 길드 본부다.

"영주님이 계신 곳은 공개하지 않아요. 어디에 있는지는 저도 모릅니다."

"몰라요……?"

어떻게 된 걸까. 지하에라도 있는 건가. ……설마 더 위인가……. 아니, 마술적인 위장을 하고 있을 가능성도 있다.

"영주님이 모험가와 만날 기회는 그리 많지 않아요."

확실히 그렇다. 일단은 귀족이지만 집에서 쫓겨난 하찮은 귀족이 이런 거대 도시의 영주를 만날 수 있을 리 없다.

이 규모를 본 이상 오히려 오렌디아의 국왕을 만나는 편이 더 쉬운 거 아닌가 생각하게 된다.

"던전은 어디에 있나요?"

"여기에서라면 약간 먼데요, 저 열린 장소의 한가운데에 있는 특징적인 형태의 건물이 입구입니다."

"……저기가 던전인가요?"

거대한 부지 안에 복잡기괴한 구조의 건물이 있다. 높이는 낮지만 여기에서의 거리를 생각하면 저건 분명 상당히 거대한 건축물일 것이다…….

던전인데도 동굴이 아닌 건축물이 입구인 건가……. 이제는 의문을 갖는 것도 피곤해졌다.

"저 건물 주변은 삼림 공원으로 되어 있어 모험가분들이 조깅을 하기도 한답니다."

"풍족하고 평화……롭네요."

"맞아요. 당연히 빈부의 차는 있지만 최소한 왕도처럼 슬럼이 있거나 하지는 않답니다."

정말 왕도 뒷골목의 슬럼가 같은 장소는 이곳에서는 확인할 수 없다.

여기까지 오면 정말 이세계다. 너무나도 현실감이 없다. ……하지만 분명 난 이곳에 서 있고, 그 현실감 없는 세계를 내려다보고 있다.

이곳이 앞으로 내가 살 도시인가…….

그 뒤 직원이 맛있는 식당과 디저트가 나오는 가게를 가르쳐 주기도 했고, 미궁도시에는 어떤 사람들이 살고 있는지 이야기해 줬다.

보이는 범위 안에서는 수인과 요정족이 당연하다는 듯이 너무나도 자연스럽게 걷고 있지만 설마 몬스터까지 살고 있을 줄은.

"애초에 저도 도플갱어예요."

직원부터가 몬스터였던 것 같다. ……전혀 눈치 못 챘다.

◆ ◇ ◆

도시를 보고는 흥분한 건지 그날 밤은 잠도 이루지 못해 다음 날은 평소와 달리 늦잠을 자고 말았다.

"알람 맞추는 걸 깜빡했네."

심사 순서 대기가 시작되는 건 이 시계의 짧은 바늘이 6을 가리키는 시점부터인데 벌써 7을 지나고 있다.

방에 준비되어 있는 시계로, 미리 시간을 설정해 놓으면 그 시간에 소리가 울리는 구조다.

정교한 시계라는 것만으로도 고가품인데, 거기에 더해 이런 기능이 딸린 시계는 이곳 말고 다른 곳에서 본 적도 없다. 이제 와서 새삼스럽게 문명의 격차에 대해 딴죽을 걸고 싶은 생각도 없지만.

이곳에 와 이걸 사용해 기상하고 있었는데 어제는 설정을 깜빡해 버렸다. ……뭐, 딱히 문제는 없을 것이다.

심사 줄은 어디에 서든 시간 차이는 크게 없다. 마지막 줄이든 맨 앞줄이든 기다리는 시간은 거의 같고, 종료 시간이 바뀌는 정도다. 그렇다면 늦잠을 자도 딱히 상관없을 것이다.

방에서 나오자 나처럼 당황해 밖으로 향하는 모습들이 군데군

데 보인다. 나처럼 늦잠을 잔 모양이다. 따뜻한 침대는 마성의
힘을 감추고 있다 생각한다.

　기상 시간이 늦었기에 아침밥은 못 먹었지만 그건 포기할 수
밖에 없다. 여기로 오기 전의 나에게 말했다간 얻어맞을 법한
이야기다.

　서둘러도 어쩔 수 없기에 맨 뒤에 줄을 선다.

　앞으로 길게 뻗은 줄을 보며 이제부터 또 그 긴 시간을 기다려
야 한다고 생각하니 상상하는 것만으로도 넌덜머리가 난다.

　"그러고 보니 이 줄을 선 사람들 모두 모험가 지망인 건가."

　문득 뒤에서 익숙하지 않은 목소리가 들렸다. 어제 만났던 직
원의 목소리가 아니다. 그 마차 안에는 없었던 소녀의 목소리
다.

　"그렇지 않을까? 미궁도시라고 할 정도니."

　뒤를 돌아보니 젊은, 나랑 비슷한 나이 정도의 소년과 소녀가
담소를 나누고 있다.

　소년 쪽은 나보다는 아주 초금 크지만 같은 나이일 것이다. 아
니, 소녀 쪽도 나보다 크다……. 아주, 아주아주 조금.

　역시나 처음 보는 사람이다……. 새롭게 추가로 온 모험가인
건가.

여자아이가 왔다는 건 그 4인실 방의 독점도 끝났다는 뜻인가. 좀 아쉽지만 말할 상대가 생긴 게 기쁘다.

"하지만 상인 같은 사람들도 조금은 섞여 있는 게 보통일 텐데. 그래 보이는 사람이 없어."

평소였다면 신경도 안 썼을 것이다. 먼저 말을 걸어오지 않는 한 아무 말 없이 지나쳤을 것이다.
내가 먼저 말을 거 건 신기함과 지금까지의 따분함이 겹쳤기 때문이다.

"너희는 몰랐어?"

그러니까 분명 이 만남은 우연으로.
나중에 그 우연은 나의 마음에 깊게 새겨지는 소중한 것이 된다는 사실을……

그때의 나는 아직 몰랐다.

무한의 저편으로 1

2021년 02월 15일 제1판 인쇄
2021년 02월 25일 제1판 발행

지음 후타츠기 고린 | **일러스트** 아카이 테라

발행 영상출판미디어(주)
등록번호 제 2002-000003호
주소 21311 인천광역시 부평구 평천로 132 (청천동)
전화 032-505-2973(代) | FAX 032-505-2982

ISBN 979-11-6625-653-0
ISBN 979-11-6625-652-3 (세트)

SONO MUGEN NO SAKI E Vol.1
ⓒFutatsuki Gorin 2015
First published in Japan in 2015 by KADOKAWA CORPORATION, Tokyo
Korean translation rights arranged with KADOKAWA CORPORATION, Tokyo.

구매 시 파손된 도서는 구매처에서 교환하실 수 있습니다.
기타 불편사항, 문의사항이 있으신 독자님께서는 노블엔진 홈페이지
[http://novelengine.com] 에서 Q&A 게시판을 이용해 주시기 바랍니다.

경계미궁과 이계의 마술사

1~7

귀족의 서자로 계모와 이복형제들에게 학대를 받던 테오도르 가트너는
수로에 떠밀려서 죽을 뻔했을 때 『전생의 기억』을 되찾는다.

전생의 기억과 함께 마법을 쓰는 법도 떠올린 테오도르는 자신의 성장과
새로이 태어난 이 세계의 수수께끼를 찾기 위해,
자신을 보필하는 소녀 그레이스와 함께 집을 나와 미궁도시 탐월즈로 떠나는데―.

오노사키 에이지 지음/ 나베시마 테츠히로 일러스트

영상출판
미디어(주)

꼬마 현자님, Lv.1부터 이세계에서 열심히 삽니다!
1~2

내 이름은 쿠죠 유리, 열아홉 살!
VRMMO 〈엘리시아 온라인〉을 플레이 중, 겨우겨우 염원했던 현자로 전직했어!
그런데 전직 퀘스트를 마치고 '진정한 엘리시아로 가겠습니까?'라는 선택지가 떠서
얼떨결에 승락했더니, 게임 속 세계로 들어왔어!
그런데 외모는 아바타와 똑같은 어린아이(8세)?! 게다가 레벨은 1이라고?
흐에에에엥~ 대체 어쩌다가 이렇게 된 거야아아아!
정신까지 어려진 꼬마 현자님, 이세계에서 어떻게든 잘 살아 보겠습니다!

ⓒYume Ayato 2018
Illustration：Nōto Takehana
KADOKAWA CORPORATION

아야토 유메 지음 / 타케하나 노트 일러스트

영상출판
미디어(주)

슬라임을 잡으면서 300년,
모르는 사이에 레벨MAX가 되었습니다
1~11

원래 세계에서 과로사한 것을 반성하고 불로불사의 마녀가 되어
느긋하게 300년을 살았더니——레벨99 = 세계 최강이 되어 있었습니다.
생활비를 벌려고 틈틈이 잡았던 슬라임의 경험치가 너무 많이 쌓였나?
소문은 금방 퍼지고, 호기심에 몰려드는 모험가, 결투하자고 덤비는 드래곤,
급기야 나를 엄마라고 부르는 몬스터 딸까지 찾아오는데 말이죠——.

슬라임만 잡는 이색 이세계 최강&슬로 라이프!
마음이 훈훈해지는 고원의 집으로 오세요!

모리타 키세츠 지음 / 베니오 일러스트

영상출판
미디어㈜

몸은 고블린, 머리는 인간!
험난한 판타지 세계에서 고블린으로 살아남아라?!

고블린 서바이버

1~3 [완]

정신을 차리자 눈앞에는 낯선 풍경. 몸은 생소한 이형의 모습으로 변해 있었다.
그 모습은 어딜 어떻게 보아도 난쟁이 도깨비, '고블린'.
치트 능력은 깜깜무소식! 인간 말도 까막눈!
지옥불 난이도 고블린 라이프!

주절주절, 촐싹촐싹 고블린의 생존기, 개막!

© Taro Bandou / OVERLAP

반도 타로 지음 / 파루마로 일러스트

영상출판
미디어㈜